Estranho IRRESISTÍVEL

Universo dos Livros Editora Ltda.
Rua do Bosque, 1589 – Bloco 2 – Conj. 603/606
CEP 01136-001 – Barra Funda – São Paulo/SP
Telefone/Fax: (11) 3392-3336
www.universodoslivros.com.br
e-mail: editor@universodoslivros.com.br
Siga-nos no Twitter: @univdoslivros

CHRISTINA LAUREN

Estranho IRRESISTÍVEL

São Paulo
2013

UNIVERSO DOS LIVROS

Published by arrangement with the original publisher, Gallery Books, a Division of Simon & Schuster, Inc.

Diretor editorial: **Luis Matos**
Editora-chefe: **Marcia Batista**
Assistentes editoriais: **Cássio Yamamura e Raíça Augusto**
Tradução: **Felipe CF Vieira**
Preparação: **Bóris Fatigati**
Revisão: **Louise Bonassi**
Arte e adaptação de capa: **Francine C. Silva e Valdinei Gomes**
Design original da capa: **Fine Design**
Foto: **bart78/Shutterstock Images**

Dados Internacionais de Catalogação na Publicação (CIP)
Angélica Ilacqua CRB-8/7057

L412e

Lauren, Christina

Estranho irresistível / Christina Lauren; tradução de Felice C. F. Vieira. – São Paulo : Universo dos Livros, 2013. (Beautiful Bastard, v. 2).

288 p.

ISBN: 978-85-7930-574-0

Título original: *Beautiful Bastard*

1. Literatura americana 2. Literatura erótica 3. Ficção
I. Título II. Vieira, Felice C. F.

13-0814 CDD 813.6

Prólogo

Quando minha antiga vida morreu, não se pode dizer que foi calmamente, durante o sono. Ela levou um tiro.

Para ser honesta, fui eu mesma quem apertou o gatilho. Em apenas uma semana, coloquei minha casa para alugar, vendi meu carro e terminei com meu namorado galinha. E, embora eu tivesse prometido aos meus pais superprotetores que teria juízo, foi apenas quando já estava no aeroporto que liguei para minha melhor amiga para contar que estava me mudando.

Foi nesse momento que a ficha caiu, num perfeito instante de lucidez.

Eu estava pronta para começar de novo.

– Chloe? Sou eu – minha voz estava trêmula enquanto eu olhava ao redor do terminal. – Estou indo para Nova York. Espero que a oferta de emprego ainda esteja de pé.

Ela gritou, deixou cair o telefone e, então, ao fundo, ouvi que ela tentava tranquilizar alguém, dizendo que estava tudo bem.

– A Sara está vindo – ela explicou, e meu coração se apertou só de pensar em estar lá com eles no começo daquela nova aventura. – Ela mudou de ideia, Bennett!

Ouvi um som de celebração, como se alguém estivesse batendo palmas, e ele disse algo que não consegui escutar direito.

– O que ele disse?

– Perguntou se o Andy vem com você.

– Não – parei um pouco para controlar a sensação ruim em minha garganta. Fiquei com o Andy por seis anos, e, por mais feliz que estivesse por finalmente terminar tudo, essa virada dramática em minha vida ainda parecia surreal. – Eu terminei com ele.

Ouvi Chloe quase engasgar:

– Você está bem?

– Melhor do que bem – e estava mesmo. Acho que não tinha percebido exatamente o *quanto* eu estava bem até aquele momento.

– Acho que foi a melhor decisão que você já tomou – ela me disse, e então fez uma pausa para escutar Bennett falando ao fundo. – Bennett disse que você vai cruzar o país como um cometa.

Mordi meu lábio, segurando um sorriso.

– Quase isso. Estou no aeroporto.

Chloe soltou um grito entusiasmado e prometeu me encontrar no aeroporto LaGuardia.

Eu sorri, desliguei e entreguei minha passagem no balcão de embarque, pensando que um cometa seria algo concentrado demais, obstinado demais. Eu parecia mais uma velha estrela, queimando minhas últimas energias, com minha própria gravidade me puxando para dentro, quase me esmagando. Eu não tinha mais forças para minha antiga vida perfeitinha, meu emprego previsível, meu relacionamento sem amor – estava exausta, com apenas vinte e sete anos. Como uma estrela, minha vida em Chicago desabou debaixo da força de seu próprio peso, então decidi ir embora. Grandes estrelas deixam buracos negros para trás. Pequenas estrelas deixam anãs brancas. Eu mal estava deixando uma sombra. Toda minha luz estava indo comigo.

Eu estava pronta para começar de novo como um cometa: me reabastecendo, reacendendo e queimando através do céu.

Um

– Você vai usar o vestido prateado ou eu vou te matar – disse Julia na "área da comida", que era minha nova maneira de chamar aquele espaço. Com certeza não era grande o suficiente para ser chamado de cozinha.

Saí de um grande prédio de estilo vitoriano nos subúrbios de Chicago para um adorável apartamento no East Village do tamanho da minha antiga sala de estar. Parecia ainda menor depois que desfiz as malas, coloquei tudo no lugar e recebi minhas duas melhores amigas. A sala de estar/sala de jantar/área da comida era cercada por grandes janelas que se projetavam para fora do prédio, mas o efeito deixava o espaço menos elegante e mais como um aquário. A Julia ficaria apenas o fim de semana, para uma noite de celebração, mas ela já tinha perguntado ao menos dez vezes por que eu havia escolhido um lugar tão pequeno.

A verdade era que eu tinha escolhido por ser diferente de tudo que já experimentei. E porque apartamentos pequenos são basicamente a única opção em Nova York quando você vai morar lá pela primeira vez.

No quarto, experimentei o pequeno vestido cheio de lantejoulas e fiquei olhando a quantidade de perna branca que eu mostraria à noite. Odiei quando meu primeiro instinto foi pensar se o Andy consideraria revelador demais, enquanto meu segundo instinto foi perceber que eu adorava aquilo. Eu teria que deletar imediatamente todos aqueles pensamentos retrógrados de Andy.

– Diga uma única boa razão para eu não vestir isto hoje.

– Não consigo pensar em nenhuma – Chloe entrou no quarto usando um vestido azul-marinho que parecia flutuar como se fosse algum tipo de aura. Ela estava, como de costume, inacreditável. – Vamos sair para beber e dançar, então mostrar um pouco de pele é essencial.

– Não sei o quanto de pele quero mostrar – eu disse. – Estou dedicada a manter meu status de garota solteira por um tempo.

– Bom, algumas garotas vão mostrar até a bunda, então você não vai se destacar na multidão, se é isso que está te preocupando. Além disso – ela disse, apontando para a rua lá fora –, é tarde demais para trocar de roupa. A limusine já chegou.

– *Você* deveria mostrar a bunda. Foi você quem passou três semanas na França tomando banho de sol pelada e bebendo o dia inteiro – eu disse, rindo.

Chloe soltou um pequeno sorriso secreto e enlaçou o braço em mim.

– Vamos lá, minha linda. Eu passei as últimas semanas com o meu cretino. Está na hora de ter uma noite com as amigas.

Entramos no carro e Julia abriu o champanhe. Com apenas um gole borbulhante, o mundo inteiro ao meu redor pareceu evaporar e nos tornamos apenas três amigas numa limusine cruzando as ruas para celebrar uma nova vida.

E não iríamos apenas celebrar a minha chegada: Chloe Mills estava noiva, Julia estava nos visitando e a nova Sara solteira tinha um pouco de vida para viver.

A boate estava escura, ensurdecedora e cheia de corpos se contorcendo: na pista de dança, nos corredores, no bar. Uma DJ tocava num pequeno palco, e cartazes cobrindo toda a entrada asseguravam que ela era a mais nova e mais quente DJ que o Chelsea tinha para oferecer.

Julia e Chloe pareciam estar completamente ambientadas. Eu me sentia como se tivesse passado a maior parte da infância e da vida adulta em eventos calmos e formais; agora, era como se tivesse saído de vez da minha silenciosa história em Chicago e entrado no mais típico conto nova-iorquino.

Era perfeito.

Forcei o caminho até o bar; meu rosto estava corado, o cabelo molhado de suor e sentia que minhas pernas não tinham sido usadas daquele jeito em anos.

– Com licença! – gritei, tentando chamar a atenção do barman.

Eu nem sabia o que eram, mas já tinha pedido os seguintes drinques: "mamilos escorregadios", "mistura de cimento" e "peitos roxos". Com o clube lotado ao máximo e a música tão alta que até fazia meus ossos tremerem, o barman nem levantava a cabeça para me olhar. É verdade, ele estava realmente superocupado, e fazer os mesmos drinques chatos a toda hora era um trabalho tedioso. Mas eu tinha uma amiga recém-noiva, dançando feito louca na pista e querendo mais bebidas.

– Ei! – chamei, batendo com a mão no balcão.

– Ele está realmente se esforçando para ignorar você, não é?

Olhei para cima – para cima *mesmo* – e vi o rosto do homem que estava encostado em mim no balcão do bar lotado. Ele tinha quase o tamanho de uma árvore e fez um gesto com a cabeça em direção ao barman.

– Você nunca deve gritar com um barman, flor. Principalmente com a bebida que você vai pedir. Pete odeia preparar drinque de mulherzinha.

É claro. Típico da minha vida: encontrar um homem lindo apenas alguns dias depois de jurar que ficaria solteira. Um homem com sotaque britânico. O universo tinha mesmo um senso de humor hilário.

– Como você sabe o que eu vou pedir? – meu sorriso aumentou, tentando imitar o dele, mas provavelmente parecendo bem menos charmoso. Dei graças a Deus pelos drinques que eu já tinha bebido, pois a Sara sóbria teria respondido com monossílabos, um aceno de cabeça e só. – Talvez eu fosse pedir uma cerveja Guinness. Nunca se sabe.

– Dificilmente. Observei você pedindo esses drinques coloridos a noite toda.

Ele estava me observando a noite toda? Eu não sabia se isso era fantástico ou meio esquisito.

Mudei de posição e ele seguiu meus movimentos. Ele tinha traços angulares, com um queixo quadrado e maçãs do rosto esguias, olhos luminosos e pesadas sobrancelhas negras, além de uma covinha profunda do lado esquerdo que surgiu quando seu sorriso se espalhou pelos lábios. Parecia ter mais de um metro e oitenta, com um corpo grande o bastante para minhas mãos explorarem por semanas.

Olá, Nova York.

O barman voltou e ficou olhando para o homem ao meu lado como se estivesse esperando um pedido. Meu estranho irresistível mal levantou a voz, mas era tão grave que foi ouvida sem dificuldade:

– Três dedos de uísque Macallan, Pete. E traga também o pedido desta garota. Ela está esperando faz uma década, sabe?

Ele se virou para mim, com um sorriso que despertou uma sensação quente em minha barriga:

– Quantos dedos você quer?

Suas palavras explodiram em meu cérebro, e minhas veias se encheram de adrenalina.

– O que você disse?

Ingênuo. Ele tentou se mostrar ingênuo suavizando a expressão do rosto. Até que funcionou, mas eu conseguia ver em seus olhos estreitos que não havia uma só célula ingênua em seu corpo.

– Você realmente acabou de me oferecer só três dedos? – perguntei.

Ele riu, esticando em cima do balcão a maior mão que eu já havia visto. Seus dedos eram do tipo que poderiam agarrar uma bola de basquete com apenas uma mão.

– Flor, é melhor você começar com dois.

Olhei mais atentamente para ele. Tinha olhos amistosos e mantinha uma boa distância, mas estava perto o bastante para me deixar saber que estava ali apenas para conversar comigo.

– Você é bom de insinuação.

O barman bateu com os dedos no balcão e perguntou qual era meu pedido. Limpei a garganta, preparando-me para passar vergonha.

– Três "boquetes".

Ignorei sua irritação com o pedido e voltei a prestar atenção em meu estranho.

– Você não parece uma nova-iorquina – ele disse, com o sorriso minguando levemente, mas nunca deixando de sorrir com os olhos.

– Nem você.

– *Touché*. Nasci em Leeds, trabalhei em Londres e me mudei para cá há seis anos.

– Cinco dias – admiti, apontando para meu peito. – Sou de Chicago. A empresa em que eu trabalhava abriu um escritório aqui e me trouxe para chefiar o financeiro.

Uau, Sara. Informação demais. Você pode estar incentivando um maluco sequestrador.

Fazia tanto tempo desde a última vez em que eu havia *olhado* para outro homem desse jeito. Claramente, Andy era um mestre nesse tipo de situação, mas infelizmente eu nem sabia mais como paquerar. Olhei para trás tentando ver Julia e Chloe dançando, mas não consegui encontrá-las no meio do emaranhado de corpos na pista. Eu estava tão enferrujada para aquele ritual que praticamente tinha virado uma virgem de novo.

– Financeiro? Eu também sou um cara dos números – ele disse, e esperou eu olhar de volta antes de abrir o sorriso mais um pouco. – É bom ver mulheres nessa posição. Muitos homens mal-humorados de calça comprida fazendo reuniões só para ouvir uns aos outros dizendo as mesmas coisas de novo e de novo.

Sorrindo, eu disse:

– Eu sou mal-humorada às vezes. E também uso calças de vez em quando.

– Aposto que também usa calça de baixo.

Estreitei os olhos.

– Isso significa alguma coisa diferente na Inglaterra, não é? Você está fazendo outra insinuação?

Sua risada se espalhou calorosamente em minha pele.

– Calça de baixo é o que vocês americanos chamam de "roupas íntimas".

Quando ele disse isso, a palavra *íntimas* soou quase como um gemido que ele soltaria durante o sexo, e isso fez algo dentro de mim derreter. Enquanto meu queixo caía, meu estranho inclinou a cabeça e me observou.

– Você é muito encantadora. E não parece alguém que frequenta muito este tipo de estabelecimento.

Ele estava certo. Mas era tão óbvio assim?

– Não sei como interpretar isso.

– Pense nisso como um elogio. Você é a pessoa mais interessante deste lugar – ele limpou a garganta e olhou para Pete, que voltava com meus drinques. – Por que você está levando todos esses drinques açucarados para a pista?

– Minha amiga acabou de ficar noiva. Estamos fazendo uma noite só de garotas.

– Então é improvável que você saia daqui comigo.

Pisquei, então pisquei de novo, *incrédula*. Aquela sugestão franca estava oficialmente fora do meu eixo. *Muito* fora.

– Eu... o quê? Não.

– Que pena.

– Você está falando sério? Você acabou de me conhecer.

– E já tenho um desejo enorme de devorar você.

Ele pronunciou as palavras lentamente, quase sussurrando, mas elas ecoaram em minha cabeça como uma explosão. Era óbvio que ele não era novato nesse tipo de interação – propor uma noite de sexo sem compromisso – e, embora *eu* fosse novata, quando ele me olhou daquele jeito eu sabia que poderia acabar seguindo-o para qualquer lugar.

Todo o álcool que eu tinha tomado pareceu me acertar de uma vez e trancei as pernas na frente dele. Ele me ajudou a voltar à posição anterior colocando a mão em meu ombro e sorrindo com malícia.

– Cuidado, flor.

Pisquei de novo para clarear a mente.

– Certo, quando você sorri para mim desse jeito, eu sinto vontade de te agarrar. E Deus sabe que faz uma eternidade desde que alguém me pegou devidamente – olhei para ele de cima a baixo, aparentemente jogando toda a civilidade pela janela. – E algo me diz que você poderia fazer esse trabalho muito bem. Quer dizer, *caramba*, olhe para você.

E olhei. De novo. Respirei fundo, e ele respondeu com um sorriso divertido.

– Mas eu nunca fico com estranhos aleatórios em bares, e eu estou aqui com as minhas amigas, celebrando o casamento incrível que vai acontecer, então... – juntei os drinques nas mãos – nós vamos tomar tudo isso aqui.

Ele assentiu uma vez, lentamente, o sorriso se abrindo mais um pouco, como se tivesse acabado de aceitar um desafio:

– Certo.

– Então, vejo você por aí.

– Espero que sim.

– Aprecie seus três dedos com moderação, estranho.

Ele riu.

– Aprecie também seus "boquetes".

Encontrei Chloe e Julia na mesa, acabadas e suadas, e deslizei os drinques na frente delas. Julia colocou um na frente de Chloe e levantou o outro.

– Que todos os seus boquetes desçam redondos assim! – ela envolveu o copo com a boca, levantou as duas mãos para o alto e jogou a cabeça para trás, engolindo tudo de uma só vez.

– Caramba... – murmurei, olhando para ela admirada, enquanto Chloe ria ao meu lado. – É assim que eu tenho que fazer? – abaixei a voz e olhei ao redor. – Como um boquete *de verdade*?

– Já virei mestre em não engasgar – Julia limpou a boca com o braço sem cerimônia e explicou: – É assim que a gente bebia na faculdade. Agora, vamos lá – ela cutucou Chloe. – É a sua vez.

Chloe se inclinou na mesa e tomou o copo com a boca sem usar os braços, como Julia havia feito, e depois chegou a minha vez. Minhas duas amigas se viraram para mim.

– Conheci um cara gostosão – eu disse sem pensar. – *Realmente* gostosão. E, tipo, com uns cinco metros de altura.

Julia deixou o queixo cair.

– Então por que você está aqui tomando boquetes *de mentira* com a gente?

Eu ri, balançando a cabeça. Não sabia como responder. Eu poderia ir embora com ele e a noite poderia mesmo acabar no território dos boquetes – se fosse a vida de outra pessoa bem mais aventureira do que eu.

– Hoje é a noite das garotas. Você só vai ficar aqui por dois dias. Eu estou bem assim.

– Foda-se isso. Vá aproveitar agora.

Chloe veio me socorrer:

– Estou feliz por você achar alguém que considere gostosão. Faz uma eternidade que você não sorri assim por causa de um homem –

seu rosto mudou para uma expressão mais séria enquanto reconsiderava o que disse. – Para falar a verdade, acho que nunca vi você sorrir por causa de homem nenhum.

Com a verdade tão exposta naquela mesa, peguei meu drinque e, ignorando os protestos de Julia, virei o copo com a mão e bebi tudo de uma vez. Era doce, delicioso e exatamente o que eu precisava para clarear a mente e esquecer o idiota em Chicago e o estranho bonitão no bar. Então arrastei minhas amigas para a pista de dança.

Em questão de segundos eu me senti com a cabeça leve, como se estivesse flutuando por aí. Chloe e Julia pulavam ao meu redor, gritando a letra das músicas, também perdidas no mar de corpos suados que nos envolvia. Desejei que minha juventude se prolongasse um pouco mais. Longe da minha vida rotineira e cheia de compromissos em Chicago, eu conseguia agora enxergar o quanto tinha deixado de aproveitar. Apenas ali, com a DJ embalando música após música, fui capaz de perceber como eu poderia ter passado meus dias quando tinha vinte e poucos anos: debaixo das luzes, dançando num vestido curtinho, conhecendo homens que desejavam me devorar, vendo minhas amigas agirem como loucas, selvagens e bobas.

Eu não precisava ter ido morar com meu namorado aos vinte e dois anos.

Eu poderia ter vivido uma vida longe do mundo certinho dos sorrisos forçados e das aparências sociais.

Eu poderia ter sido *esta* garota: vestida para matar, dançando até o mundo acabar.

Para minha sorte, ainda não era tarde demais. Abri os olhos e vi Chloe sorrindo para mim e respondi com outro sorriso.

– Estou tão feliz por você estar aqui! – ela gritou.

Comecei a responder com outro juramento de amizade eterna, mas, logo atrás de Chloe, no meio das sombras da pista de dança, estava o meu estranho. Nossos olhos se encontraram e não paramos de olhar um para o outro. Ele estava bebericando seus três dedos de uísque com um amigo – e, vendo como pouco se surpreendeu por ser flagrado me olhando, entendi que vinha observando a noite toda cada movimento que eu fazia.

O efeito dessa percepção foi mais potente do que o álcool. Aqueceu cada centímetro da minha pele, queimou o meu peito e continuou descendo: o calor passou pelas minhas costelas e se concentrou em minha barriga. Ele levantou o copo oferecendo um brinde, tomou um gole e sorriu. Senti meus olhos se fecharem lentamente.

Eu queria dançar para ele.

Nunca em minha vida eu me senti tão sexy, tão completamente no controle daquilo que eu queria. Eu tinha feito pós-graduação, encontrado um bom emprego e até redecorado minha casa com pouco dinheiro. Mas nunca me senti uma mulher madura como estava me sentindo ali, dançando como louca com um belo estranho em pé nas sombras, me observando.

Aquele momento – aquele *exato* momento – seria meu recomeço.

O que significava ser devorada? Será que ele quis dizer aquilo de maneira tão explícita como parecia? Com sua cabeça entre minhas coxas, braços envolvendo meus quadris e mantendo minhas pernas abertas? Ou ele quis dizer por cima de mim, dentro de mim, chupando minha boca, meu pescoço, meus seios?

Um sorriso se abriu em meu rosto e joguei meus braços para o alto. Eu podia sentir a barra do meu vestido subindo pelas minhas coxas, mas não me importava. Fiquei pensando se ele havia notado. Eu *esperava* que tivesse notado.

Pensei que, se ele fosse embora, então o momento seria arruinado, por isso não olhei de novo. Eu não estava acostumada com o protocolo das paqueras em boates; talvez sua atenção durasse apenas cinco segundos, talvez durasse a noite toda. Não importava. Eu podia fingir que ele estava lá no escuro pelo tempo que eu quisesse. Aprendi a nunca esperar muita atenção do Andy, mas, com aquele estranho, eu queria seus olhos queimando através da minha pele até atingir meu coração, que batia descontrolado em meu peito.

Eu me perdi no ritmo da música e na memória recente de sua mão em meu ombro, seus olhos negros e a palavra *devorar*.

Devorar.

Uma música se misturou com a próxima, depois a próxima, e mais uma, e, antes que eu pudesse tomar ar, os braços de Chloe envolviam meus ombros e ela ria no meu ouvido, pulando para cima e para baixo junto comigo.

– Você atraiu uma plateia! – ela gritou tão alto que eu estremeci e me afastei um pouco.

Ela fez um gesto chamando atenção para o lado, e só então percebi que estávamos cercadas por um grupo de homens usando roupas pretas e apertadas, dançando de um jeito sugestivo. Olhando de volta para Chloe, vi que seus olhos estavam acesos de uma maneira muito familiar: era aquela mulher obstinada que eu conhecia tanto, que trabalhou muito até chegar ao topo de uma das maiores empresas de marketing do mundo e que sabia exatamente o que aquela noite significava para mim. De repente, um vento frio se espalhou em minha pele vindo de ventiladores no teto e eu pisquei de volta para a realidade, ainda incrédula por estar de verdade em Nova York e por estar de verdade começando tudo de novo. E me divertindo de verdade.

Mas, atrás de Chloe, as sombras estavam escuras e vazias; não havia um estranho em pé me observando.

Senti um frio na barriga.

– Preciso ir ao banheiro – eu disse.

Forcei minha saída do círculo de homens e da pista de dança e segui as placas até o segundo andar, basicamente uma sacada que circundava sobre toda a boate. Andei por um corredor estreito até o banheiro, tão iluminado que até feriu meus olhos. O lugar estava estranhamente vazio, e a música no andar de baixo parecia vir de dentro da água.

Antes de sair, arrumei o cabelo, me parabenizei mentalmente por ter escolhido um vestido que não amassava e retoquei o batom.

Saí pela porta e dei de cara com uma parede em forma de homem.

Estávamos próximos um do outro no bar, mas não tão próximos assim. Não com meu rosto em sua garganta, seu cheiro me envolvendo. Ele não cheirava como os homens na pista de dança, que pareciam ter tomado banho de perfume. Ele apenas tinha um cheiro limpo, como um homem que lava as próprias roupas, além de um toque de uísque em seus lábios.

– Olá, flor.

– Olá, estranho.

– Eu estava assistindo você dançar.

– Eu vi você – eu mal conseguia respirar. Minhas pernas ficaram bambas, como se não soubessem se deveriam desabar ou voltar a pular no ritmo da música. Mordi meu lábio inferior, tentando esconder meu sorriso. – Você é tão esquisito. Por que não foi dançar comigo?

– Porque eu acho que você preferia dançar sozinha com alguém assistindo.

Engoli em seco, com meu queixo caído, incapaz de parar de olhá-lo. Não conseguia enxergar a cor dos olhos. No bar, pensei que eram castanhos. Mas havia algo mais claro brilhando ali naquela parte da boate, debaixo das luzes que piscavam freneticamente. Tons de verde, amarelo, numa mistura hipnótica. Não apenas eu sabia que ele estava me observando – e tinha gostado –, mas dancei inteiramente pensando na fantasia de ser devorada por ele.

– Você imaginou que eu estava ficando duro?

Pisquei. Eu mal podia acompanhar sua franqueza. Por acaso homens assim sempre existiram? Do tipo que diziam exatamente o que eles – e eu – estavam pensando sem soar amedrontador, rude ou carente? Como ele conseguia isso?

– Uau. Você... *estava*?

Ele se inclinou para frente, tomou minha mão e a pressionou firme contra sua ereção, que já estava se arqueando em minha mão. Sem pensar, envolvi meus dedos ao redor.

– Isso tudo só de *me* observar dançando?

– Você sempre é exibicionista assim?

Se eu não estivesse tão admirada, eu teria rido.

– Nunca.

Ele me estudou, com o sorriso ainda em seus olhos, mas os lábios fixos em algo mais excitante.

– Venha para casa comigo.

Desta vez eu ri.

– Não.

– Venha até meu carro.

– *Não*. De jeito nenhum eu vou sair desta boate com você.

Ele se abaixou e plantou um pequeno beijo carinhoso em meu ombro antes de dizer:

– Mas eu quero tocar você.

Eu não conseguia fingir que não queria também. Estava escuro, com lampejos rítmicos coloridos e uma música tão alta que parecia sequestrar minha pulsação. Que mal poderia acontecer com apenas uma única noite selvagem? Afinal, Andy teve várias.

Eu o conduzi para além dos banheiros, através do corredor estreito até uma pequena alcova abandonada que ficava sobre o palco da DJ. Estávamos confinados num espaço sem saída, sozinhos num canto, mas nem um pouco escondidos. Além da parede que formava os fundos da boate, o resto do espaço ao nosso redor era aberto, e apenas um pequeno muro de vidro evitava que caíssemos na pista de dança abaixo.

– Certo. Você pode me tocar aqui.

Ele levantou uma sobrancelha e correu um longo dedo pela base do meu pescoço, indo de um ombro a outro.

– O que exatamente você está oferecendo?

Olhei aqueles estranhos olhos iluminados que se mostravam interessados em tudo ao seu redor. Ele parecia normal, muito são para alguém que me seguiu através de uma boate e disse tão espontaneamente que queria me tocar. Lembrei de Andy e o quanto ele raramente – exceto para manter as aparências – queria meu toque, minha conversa, meu *qualquer coisa*. Seria assim com ele? Uma mulher o puxaria de lado, se ofereceria, e ele tomaria o que precisasse antes de voltar para casa? Enquanto isso, minha vida tinha se tornado tão pequena que eu mal podia lembrar como preenchia as longas noites solitárias.

Será que eu estava sendo gananciosa demais por querer tudo? Uma carreira incrível e um momento louco aqui e ali?

– Você não é um psicopata, é?

Rindo, ele beijou meu rosto.

– Você está sim me deixando meio maluco, mas não, não sou um psicopata.

– Eu só... – comecei a falar, e então olhei para baixo. Pressionei minha mão aberta em seu peito largo. Sua blusa cinza era incrivelmente macia. Caxemira, pensei. O jeans era escuro e o envolvia perfeitamente. Os sapatos pretos não tinham um arranhão. Tudo nele era meticuloso. – Acabei de me mudar para cá – parecia uma boa explicação para a tremedeira em minha mão.

– E um momento como este não parece muito seguro, não é mesmo?

Balancei a cabeça.

– Não mesmo.

Mas, então, estiquei o braço, agarrei seu pescoço e o puxei para mim. Ele acompanhou o movimento e sorriu, antes de nossos lábios se encontrarem. O beijo foi a combinação perfeita entre suavidade e firmeza, com o uísque esquentando seus lábios contra os meus. Ele gemeu um pouco quando abri a boca e o deixei entrar, e a vibração ateou fogo em mim. Eu queria sentir todos os seus sons.

– Você tem um sabor tão doce. Qual é o seu nome? – ele perguntou.

Com isso, senti a primeira onda real de pânico.

– Nada de nomes.

Ele se afastou um pouco e me encarou, com as sobrancelhas erguidas.

– Então como devo te chamar?

– Do mesmo jeito que você vem fazendo até agora.

– Flor?

Confirmei com a cabeça.

– E como você vai me chamar quando estiver gozando? – ele deu outro pequeno beijo.

Meu coração bateu mais forte com aquele pensamento.

– Acho que isso não importa, não é mesmo?

Erguendo os ombros, ele aceitou:

– Acho que não.

Tomei sua mão e a coloquei na minha cintura.

– A única pessoa que me deu um orgasmo no último ano fui eu mesma – movi seus dedos até a barra do meu vestido e sussurrei: – Você acha que consegue mudar isso?

Pude sentir seu sorriso contra minha boca quando ele me beijou novamente.

– Você está falando sério?

A ideia de me oferecer para esse homem num canto escuro de uma boate era um pouco assustadora, mas não o bastante para me fazer mudar de ideia.

– Estou falando sério.

– Você é um problema.

– Juro que não sou.

Ele se afastou o suficiente para examinar meu rosto. Seus olhos se moveram até que seu olhar voltou a mostrar aquele sorriso.

– Essa coisa de você nem ter ideia do quanto é...

Ele me virou e pressionou meu corpo contra o muro de vidro para que eu olhasse a massa de corpos se contorcendo lá embaixo. As luzes pulsavam, penduradas bem na minha frente em barras de ferro que se estendiam pela boate, iluminando o andar de baixo, enquanto nosso canto se mantinha praticamente no escuro. Começou a subir um vapor das aberturas na pista de dança, cobrindo até os ombros as pessoas que dançavam; ondas se formavam na superfície seguindo o movimento das pessoas.

Os dedos do meu estranho tocaram na barra do meu vestido por trás, e então ele subiu o tecido, deslizando a mão pela minha calcinha, passando pela bunda e entre minhas pernas, onde eu definitivamente desejava seu toque. Aquela posição vulnerável não me envergonhou: eu me arqueava para trás em sua mão, já completamente perdida.

– Você está muito molhada, flor. O que você gosta? A ideia de que estamos fazendo isso aqui? Ou eu ter te observado enquanto você pensava em transar comigo no meio da pista de dança?

Eu não disse nada, pois fiquei com medo do que poderia ser a resposta, e perdi o fôlego quando ele deslizou um longo dedo dentro de mim. Pensamentos sobre o que eu *deveria* fazer evaporaram enquanto eu pensava sobre a velha e chata Sara em Chicago. A previsível Sara que sempre fazia aquilo que todos esperavam dela. Eu não queria mais ser essa pessoa. Eu queria ser irresponsável, selvagem, jovem. Eu queria viver para mim mesma pela primeira vez na minha vida.

– Você é pequenina, mas, quando está molhada assim, tenho certeza que consegue aguentar três dedos facilmente.

Ele riu num beijo que pressionou por trás do meu pescoço quando uma ponta do dedo circulou meu clitóris, provocando lentamente.

– Por favor – sussurrei. Não sei se ele podia me escutar. Seu rosto estava apertado contra meus cabelos e eu podia sentir seu pau pressionando a lateral da minha cintura, mas, fora isso, eu estava alheia a qualquer outra coisa, pois seu longo dedo deslizava novamente dentro de mim.

– Sua pele é incrível. Principalmente aqui – ele beijou meu ombro. – Você sabia que a parte de trás do seu pescoço é perfeita?

Eu me virei e sorri para ele. Seus olhos estavam arregalados e claros, e, quando encontraram os meus, voltaram a se curvar num sorriso. Nunca olhei alguém nos olhos tão de perto ao ser tocada daquela maneira, e algo sobre aquele homem, aquela noite e aquela cidade fez com que eu imediatamente tivesse certeza de que era a melhor decisão que eu já havia tomado.

Querida Nova York, você é brilhante. Com amor, Sara.

P.S.: Definitivamente não é o álcool falando.

– Eu não tenho muitas oportunidades para olhar o meu pescoço por trás.

– É realmente uma pena – ele retirou a mão e eu senti um frio onde seus dedos quentes estavam. Colocou a mão no bolso e tirou um pequeno pacote.

Uma camisinha. Ele tinha uma camisinha no bolso. Eu nunca teria pensado em levar uma camisinha para uma boate qualquer.

Virando-me para encará-lo, ele nos fez girar e me pressionou contra a parede, beijando primeiro com suavidade, depois com um jeito furioso e faminto. Quando pensei que iria perder o fôlego, ele começou a explorar, chupando meu queixo, minha orelha, meu pescoço, encontrando o ponto onde minha pulsação batia freneticamente. Meu vestido tinha voltado a cobrir minhas coxas, mas seus dedos brincavam com a barra, levantando-a lentamente.

– Alguém pode aparecer aqui – ele me lembrou, dando uma última oportunidade para eu parar aquilo, apesar de já estar abaixando minha calcinha o suficiente para que eu pudesse tirá-la completamente.

Mas eu não me importava. Nem um pouco. E talvez até uma pequena parte de mim queria que alguém aparecesse, para que pudesse ver esse homem perfeito me tocando daquele jeito. Eu mal podia pensar em qualquer outra coisa além do lugar onde ele estava tocando, o jeito como minha saia estava agora levantada até a cintura, a maneira como ele pressionava tão forte e insistentemente em minha barriga.

– Eu não ligo.

– Você está bêbada. Bêbada demais para isso? Quero que lembre que eu comi você.

– Então faça isso de um jeito inesquecível.

Levantou minha perna, deixando-me exposta ao frio do ar-condicionado que soprava acima de nós. Prendeu meu joelho ao redor de sua cintura, e agradeci por estar usando salto alto. Coloquei meu braço entre nós e desabotoei sua calça, puxando a cueca para baixo apenas o bastante para deixá-lo livre. Envolvi sua ereção com a mão e a esfreguei por toda a minha pele molhada.

– Droga, flor. Deixe eu colocar isso.

Suas calças estavam abertas, mas tinham caído apenas um pouco abaixo da cintura. Se alguém nos visse por trás, poderia até pensar que estávamos dançando, talvez apenas nos beijando. Mas ele pulsava em minha mão, e a realidade da situação me deixou louca. Ele iria me tomar ali mesmo, pairando sobre a pista de dança lá embaixo. Naquela multidão, havia pessoas que me conheciam como a Sara Boazinha, a Sara Responsável, a Sara do Andy.

Nova casa, novo emprego, nova vida. Nova Sara.

Meu estranho era pesado e muito comprido em minha mão. Eu o desejava, mas também fiquei um pouco assustada com todo aquele tamanho. Não sei se já tinha encarado um homem tão duro.

– Você é grande – eu disse sem pensar.

Ele sorriu, como um lobo realmente pronto para me devorar, e rapidamente rasgou o pacote da camisinha com os dentes.

– Isso é a melhor coisa que você pode dizer para um homem. Você poderia até dizer que não sabe se vai caber tudo.

Passei a ponta na minha entrada e tremi por causa disso. Ele era tão quente: pele macia envolvendo uma rocha.

– Droga. Vou gozar na sua mão inteira se você não parar com isso – ele tremeu um pouco com a urgência enquanto afastava minha mão para vestir a camisinha.

– Você sempre faz isso? – perguntei.

Parado na minha frente, pronto para a ação, com o sorriso mirando meu rosto, ele disse:

– Isso o quê? Sexo com uma mulher linda que não quer me dizer seu nome e prefere transar num corredor público ao invés de num lugar apropriado como uma cama ou uma limusine? – ele começou a entrar, demoradamente. A luz acendeu em seus olhos e, *meu Deus*, eu não achava que sexo com um estranho pudesse ser tão íntimo assim. Ele observou cada reação em meu rosto. – Não, flor. Tenho que admitir que nunca fiz isso.

Sua voz estava normal, mas então suas palavras começaram a falhar, pois já estava profundamente dentro de mim, ali no meio daquela boate caótica, com luzes e música pulsantes ao nosso redor, com pessoas passando a apenas alguns metros sem saber de nada. E, mesmo assim, todo o meu mundo estava reduzido ao lugar onde ele me penetrava, onde esfregava com firmeza no meu clitóris em cada estocada, onde a pele quente de sua cintura pressionava as minhas coxas.

Não houve mais nenhuma conversa, apenas estocadas que foram aumentando em velocidade e intensidade. O espaço entre nós se preencheu com sons abafados de desejo e súplica. Seus dentes morderam meu pescoço e eu agarrei seus ombros com medo de cair no vão ou em outro lugar que não fosse a pista de dança, mas um mundo onde adorava estar exposta, com meu prazer visível para quem estivesse observando – principalmente se fosse aquele homem.

– Deus, você é linda – ele se inclinou para trás, olhou para baixo e acelerou um pouco. – Não consigo parar de olhar sua pele perfeita e, *droga*, o ponto onde estou entrando em você...

A luz estava claramente jogando no time dele, pois, da minha perspectiva, ele estava iluminado por trás e eu podia enxergar apenas a silhueta do meu estranho. Não distingui nada além de sombras quando olhei para baixo e visualizei apenas a sugestão do movimento: ele dentro de mim, entrando e saindo. Escorregadio e duro, pressionando fundo em cada passada. E, como se tivesse ouvido meus pensamentos, a luz diminuiu para um tom quase negro acompanhando o som de uma batida lenta e oscilante que preencheu a boate.

– Eu filmei você dançando – ele sussurrou.

Demorou alguns instantes para que suas palavras fossem registradas no meu cérebro.

– O... *o quê*?

– Eu não sei por quê. Não vou mostrar para ninguém. É só que... – ele encarou meu rosto, diminuindo a velocidade um pouco, provavelmente para me deixar pensar. – Você estava tão possuída. Eu queria me lembrar. Caramba, sinto como se estivesse confessando meus pecados.

Engoli em seco, ele voltou a se aproximar e me beijou. Eu perguntei:

– Você acha estranho eu ter gostado de você ter feito isso?

Ele riu em minha boca, entrando e saindo novamente com estocadas lentas e deliberadas.

– Apenas aproveite, certo? Eu gosto de observar você. E você estava dançando para mim. Não há nada de errado nisso.

Ele levantou minha outra perna, passando as duas ao redor de sua cintura, e, então, por vários perfeitos segundos na escuridão, começou a mexer de verdade. Rápido e urgente, ele deixou escapar os mais deliciosos gemidos, e não haveria dúvida sobre o que estávamos fazendo se alguém aparecesse em nosso pequeno canto no corredor. Só de pensar nisso – sobre onde estávamos, o que fazíamos e a possibilidade de alguém ver aquele homem me possuindo com tanta força – eu acabei me perdendo. Minha cabeça rolou para trás contra a parede, e eu podia sentir

sentir

sentir

crescendo no meu ventre, tão profunda e pesadamente, uma angústia se acumulando, descendo por minhas costas e explodindo em meu sexo com tanta força que eu tive que gritar, sem me importar se alguém poderia ouvir. E eu nem precisava ver seu rosto para saber que ele estava me observando enquanto eu gozava sem parar.

– Oh, droga – seus quadris perderam o ritmo e então ele soltou um gemido grave, com os dedos enterrados na minha cintura.

Ele vai deixar marcas, pensei. *Espero que deixe.*

Eu queria uma lembrança desta noite, e *desta* Sara, para melhor diferenciar a nova vida que eu estava tão determinada a construir.

Ele parou, apoiando-se em mim, com os lábios encostando gentilmente em meu pescoço.

– Minha pequena estranha, você acabou comigo.

Senti ele pulsar dentro de mim – eram tremores secundários de seu orgasmo – e eu quis que ele continuasse enterrado daquele jeito para sempre. Imaginei como seria nossa imagem para o resto da boate: um homem apertando uma mulher contra a parede, com um pedaço das pernas dela visível ao redor da cintura dele no meio da escuridão.

Sua grande mão acariciou minha perna do calcanhar até a cintura, e, então, com um pequeno gemido, ele se retirou, colocou meus pés no chão, deu um passo para trás e tirou a camisinha.

Meu Deus, eu nunca nem cheguei perto de fazer algo tão insano assim antes. Um sorriso tomou meu rosto por inteiro enquanto minhas pernas tremiam quase ao ponto de desabarem.

Não perca a cabeça, Sara. Não perca a cabeça.

Foi perfeito. Tudo aquilo tinha sido perfeito, mas teria que terminar ali. *Faça tudo diferente de antes. Nada de nomes, nada de compromissos. Nada de arrependimentos.*

Ajeitando meu vestido, fiquei na ponta dos pés para beijar seus lábios.

– Isso foi inacreditável.

Ele concordou, gemendo um pouco no meio do beijo.

– Foi sim. Será que podemos...?

– Eu vou descer – comecei a me afastar e dei um tchauzinho.

Ele me encarou, confuso.

– Você está...?

– Bem. Estou bem. Você está bem?

Ele assentiu, parecendo perplexo.

– Então... obrigada.

Com a adrenalina ainda correndo em minhas veias, eu me virei antes que ele pudesse responder e o deixei lá, com a calça aberta e os lábios torcidos num sorriso surpreso.

Minutos depois, encontrei Chloe e Julia, as duas prontas para irem embora. De braços dados, nós saímos da boate, e, só depois de entrarmos na limusine, quando eu estava silenciosamente revivendo cada segundo do que tinha acontecido com aquele homem poderoso e anônimo, me lembrei: tinha deixado minha calcinha no chão aos seus pés, além de um vídeo no qual eu dançava para ele no meio da multidão.

Dois

No sábado, minha vida estava perfeita: uma ótima carreira, um apartamento arrumado, várias mulheres disponíveis para brincar onde e quando eu quisesse. Domingo e segunda: uma completa merda. Eu não conseguia me concentrar e ficava assistindo aquele vídeo compulsivamente, além de ter a calcinha de uma estranha queimando um buraco no chão do meu quarto.

Ajeitando-me na cadeira, passei o polegar na tela, ligando o celular pela milésima vez no dia. O assunto na reunião do almoço tinha se desviado novamente, e tentei fingir interesse nas bobagens que surgiam, mas, assim que começaram a falar de futebol, eu simplesmente desisti.

De qualquer maneira, eu só conseguia pensar nela.

Olhei para o celular e chequei o botão de volume. Hesitei por um momento antes de apertar o *play*.

A tela estava escura, a imagem, tremida, mas eu não precisava ver todos os detalhes para saber o que viria a seguir. Mesmo sem som, eu conseguia lembrar da música pulsante e a maneira como seus quadris se moviam no ritmo enquanto a saia subia cada vez mais pelas coxas. As mulheres americanas não apreciam o valor de uma pele branca e macia, mas a minha estranha tinha a pele mais perfeita que eu já vi. Droga, eu a lamberia desde o calcanhar até a cintura se ela me desse a chance. E agora sei que estava dançando só para mim e sabia que eu estava observando.

E ela adorou.

Deus. Aquele vestidinho. O cabelo curtinho cor de mel e aqueles enormes e inocentes olhos castanhos. Olhos que me deixavam com vontade de fazer coisas muito malvadas enquanto ela me observava.

E a bunda perfeita, e os seios também não eram nada mal.

– Você é um péssimo companheiro de almoço, Stella – Will esticou o braço e pegou uma batata frita do meu prato.

– Hum? – murmurei, com os olhos ainda abaixados, tomando cuidado para manter uma expressão neutra. – Vocês estão discutindo futebol. E eu morrendo de tédio. Estou sentado aqui praticamente morto.

Se tem uma coisa que aprendi nesta profissão é que você nunca, nunca mostra suas cartas, mesmo quando está segurando a pior mão possível. Ou um vídeo de uma garota dançando minutos antes de você ter transado com ela.

– Seja lá o que estiver olhando nesse celular, obviamente é muito melhor do que os Jets vão fazer neste ano. E você não está compartilhando.

Se ele soubesse.

– Estou dando uma olhada no mercado – eu disse, balançando um pouco a cabeça. Quase soltei um grunhido quando fechei o vídeo e guardei o celular no bolso do meu casaco. – Só coisa chata.

Will tomou o resto de sua bebida e riu.

– Eu te odeio por você mentir tão bem – se não fôssemos melhores amigos desde que abrimos uma das mais bem-sucedidas empresas de capital de risco há três anos, eu poderia até ter acreditado nele. – Acho que você está vendo pornografia no seu celular.

Eu o ignorei.

– Ei, Max – James Marshall, nosso conselheiro sênior de tecnologia, se inclinou para o meu lado. – O que aconteceu com aquela mulher com quem você estava conversando no bar?

Normalmente, quando meus melhores amigos perguntam sobre alguma mulher que eu conheci, eu respondo, desinteressado, "Foi só uma rapidinha", ou apenas diria "Limusine". Mas, por alguma razão, desta vez eu balancei a cabeça e disse:

– Não aconteceu nada.

Outra rodada de bebidas chegou em nossa mesa e eu agradeci o garçom distraidamente, mesmo não tendo nem tocado no meu primeiro copo. Olhei ao redor do restaurante. Havia a típica multidão da hora do almoço: pessoas fazendo reuniões e senhoras almoçando.

Eu queria sumir dali.

James grunhiu, fechando o arquivo que estava olhando e guardando-o de volta em sua pasta. Levantou seu copo e o encostou na testa, estremecendo.

– Por acaso mais alguém vai pagar pelo fim de semana? Estou muito velho para essa porcaria.

Levei meu copo de uísque até os lábios e me arrependi imediatamente. Como uma bebida que eu tomava desde a adolescência poderia de repente me lembrar de uma mulher que vi apenas uma vez?

Olhei na direção de alguém limpando a garganta.

– Ei – disse Will. Segui seu olhar até onde um homem estava cruzando o restaurante. – Aquele não é Bennett Ryan?

– Bom, quem diria – eu disse, enquanto a figura alta do meu velho amigo se movia entre as mesas.

– Você o conhece? – perguntou James.

– Sim, estudamos na mesma faculdade, moramos juntos durante três anos. Ele me ligou meses atrás pedindo para emprestar a casa de Marseille. Disse que iria pedir sua namorada em casamento lá. Nós também conversamos sobre o novo escritório da Ryan Media em Nova York.

Ficamos observando Bennett parar numa mesa do outro lado do restaurante, sorrindo como um idiota antes de beijar uma bela morena.

– Pelo visto, levá-la para a França funcionou – Will soltou uma risada.

Mas não foi a futura sra. Bennett Ryan quem chamou minha atenção. Foi a linda mulher ao seu lado, segurando uma bolsa. Cabelos cor de caramelo, os mesmos lábios vermelhos que beijei na boate, os mesmos olhos castanhos.

Tentei ao máximo não sair correndo até aquela mesa. Ela sorriu para Bennett e ele disse algo que fez as duas rirem enquanto começavam a se retirar. Não pude fazer nada além de ficar olhando.

Acho que estava na hora de visitar meu velho amigo.

—

- Max Stella.

Grandes portas de metal que separavam o escritório da recepção se abriram e O Cara Em Pessoa saiu de lá para me encontrar.

- Como vai você?

Eu me afastei das janelas que iam do chão ao teto com vista para a Quinta Avenida e cumprimentei Bennett.

- Estou ótimo - eu disse, olhando ao redor.

O espaço em si tinha ao menos dois andares no átrio, e o chão de mármore brilhava refletindo os raios de sol. Uma pequena sala de espera ficava ao lado, com sofás de couro e um enorme lustre pendurado no teto. Atrás da grande mesa da recepção, uma bela fonte tinha sido construída na parede, com água caindo em cascata sobre ladrilhos de ardósia. Alguns grupos de funcionários corriam dos elevadores para vários escritórios, lançando olhares nervosos para Bennett.

- Parece que você já está acomodado por aqui.

Ele fez um gesto para que eu o acompanhasse.

- Ainda estamos lentamente arrumando tudo. Afinal de contas, Nova York ainda é Nova York.

Segui-o até o seu escritório, uma sala com janelas panorâmicas e uma vista estonteante do Central Park.

- E como vai sua noiva? - perguntei, acenando para uma foto emoldurada em cima da mesa. - Aposto que ela gostou do Mediterrâneo. Por qual outra razão ela teria aceitado casar com um bobão arrogante como você?

Bennett riu.

- Chloe é perfeita. Obrigado por nos emprestar a casa.

Dei de ombros:

- A casa fica vazia na maior parte do tempo. Fico contente por ter ajudado.

Fazendo um gesto para eu me sentar, Bennett se arrumou em sua cadeira, com as costas viradas para a parede de janelas.

- Faz tempo que não nos vemos. Como estão as coisas?

- Fantásticas.

– Fiquei sabendo – ele passou a mão no queixo, estudando minha expressão. – Eu adoraria que você viesse me visitar agora que mudamos para cá. Contei tudo sobre você para Chloe.

– Espero que isso seja um exagero seu – de todos os meus amigos em Nova York, Bennett Ryan provavelmente era quem mais sabia sobre os podres do meu passado selvagem.

– Bom – ele concedeu –, contei apenas o suficiente para ela querer te conhecer.

– Sim, vamos nos encontrar algum dia – olhei para os edifícios na janela atrás dele, hesitando. Não era fácil decifrar o humor de Bennett nesse tipo de situação; isso era uma das razões de seu sucesso naquilo que fazia. – Mas admito que estou aqui para pedir um favor.

Ele se inclinou para frente e sorriu.

– Foi o que pensei.

Já trabalhei confortavelmente com as pessoas mais intimidadoras do mundo, mas Bennett Ryan sempre me fazia escolher cuidadosamente minhas palavras. Principalmente quando eu perguntava algo assim tão... delicado.

– Estou um pouco obcecado por uma mulher que conheci numa boate. Deixei que ela fosse embora sem pedir seu telefone e me arrependi muito. Mas, para minha sorte, eu a vi almoçando com você e sua adorável Chloe ontem à tarde.

Ele me encarou em silêncio por um tempo.

– Você está falando da Sara?

– Sara – eu disse, talvez um pouco triunfante demais.

– Ah, não – ele disse, imediatamente balançando a cabeça. – Sem chance, Max.

– Como assim? – com Bennett eu não conseguia manter uma expressão de inocência por muito tempo. O cara me conhecia apenas pelos meus dias de faculdade. Provavelmente não é minha melhor representação de bom comportamento.

– A Chloe vai me comer vivo se souber que eu deixei você chegar perto da Sara. De jeito nenhum.

Pressionei a mão em meu peito.

– Estou ofendido, meu caro. E se minhas intenções forem as melhores possíveis?

Bennett riu e se levantou para andar até a janela.

– A Sara é... – ele hesitou. – Ela acabou de sair de um namoro muito ruim. E você é... – olhou para mim e ergueu uma sobrancelha. – Você não faz o tipo dela.

– Poxa, Ben. Não sou mais um adolescente tarado.

Ele abriu um sorriso malicioso.

– Certo, mas você está falando com o cara que presenciou quando você pegou três mulheres numa única noite, sem que nenhuma delas soubesse da outra.

Eu tive que rir.

– Você entendeu errado. Elas se tornaram muito íntimas no final da noite.

– Você está brincando?

– Apenas me dê o número de telefone dela. Considere como um agradecimento por eu emprestar a casa naquele vilarejo maravilhoso.

– Você é um grande filho da mãe.

– Acho que já ouvi algo assim antes – eu disse, ficando de pé. – A Sara e eu... tivemos uma conversa muito interessante.

– Uma *conversa*. A *Sara* teve uma conversa com *você*. Por que será que estou cético quanto a isso?

– Sim, realmente foi uma conversa muito prazerosa. Ela é uma garota muito intrigante. Infelizmente, fomos interrompidos antes que eu pudesse pedir seu telefone.

– Certo.

– Que sorte a minha dar de cara com vocês no restaurante – ergui minhas sobrancelhas na expectativa de uma resposta.

– Sorte, é claro... – sorrindo, Bennett sentou-se novamente, olhando para mim. – Mas acho que você vai ter que procurar sua sorte em outro lugar. Já disse que não quero irritar a patroa. Não vou facilitar a sua vida assim de graça.

– Você sempre foi um cretino.

– Já ouvi isso também. Almoço na terça?

– Com certeza.

—

Fui embora do escritório de Bennett com a intenção de dar uma olhada nas novas dependências da empresa. Eles tomaram três andares do prédio e ouvi dizer que já tinham reformado a maior parte. O átrio espaçoso era de tirar o fôlego, mas a área dos escritórios também era luxuosa, com largos corredores, chão de pedra polida e muita luz natural entrando pelas janelas, paredes de vidro e claraboias. Cada escritório parecia ter sua própria sala de espera – nada igual à de Bennett, mas perfeitas para conversas que não requeriam a formalidade de uma sala de conferência.

Dito isso, a sala de conferência era realmente incrível: uma parede de janelas com vista para Manhattan, uma grande mesa de nogueira polida para ao menos trinta pessoas, além de tecnologia de última geração para apresentações.

– Nada mal, Ben – murmurei, voltando para o corredor e encarando uma grande fotografia de Timothy Hogan. – Até que você tem um ótimo gosto para arte, para um completo cretino.

– O que *você* está fazendo aqui?

Virei para encontrar uma Sara completamente surpresa no meio do corredor. Não consegui evitar um sorriso no canto da boca; este realmente era meu dia de sorte.

Ou... não, considerando sua expressão.

– Sara! – eu disse. – Que surpresa agradável. Estou saindo de uma reunião. Aliás, meu nome é Max. É um prazer finalmente associar um nome a um par de... – baixei os olhos e estudei seus peitos, depois o resto do corpo, num vestido preto apertado – olhos.

Deus, ela era gostosa.

Quando olhei de volta em seu rosto, vi que seus olhos estavam arregalados. Honestamente, aquela mulher tinha os maiores olhos que já vi. Se fossem um pouco maiores, ela seria uma lêmure.

Ela agarrou meu braço e me puxou pelo corredor, com suas botas de couro estalando pelo chão de pedra polida.

– É ótimo te encontrar de novo tão rapidamente, *Sara*.

– Como você me encontrou? – ela sussurrou.

– Foi um amigo de um amigo – fiz um gesto para que ela esquecesse isso e a encarei. Seus cabelos estavam penteados para o lado e presos com uma pequena presilha vermelha que combinava perfeitamente com a cor de seus lábios. Ela parecia ter saído diretamente de alguma fotografia dos anos sessenta. – *Sara* é um nome muito bonito, sabe?

Ela estreitou os olhos.

– Eu deveria saber que você é um psicopata.

Eu ri.

– Não é bem assim.

Uma jovem mulher passou por nós e murmurou timidamente:

– Boa tarde, srta. Dillon.

E agora temos o nome completo. Obrigado, estagiária aterrorizada.

– Ah, Sara Dillon. Talvez devêssemos continuar esta conversa num local mais sossegado?

Ela olhou ao redor e baixou o tom de voz:

– Eu não vou transar com você no meu escritório, se é isso que está pensando.

Ela era fantástica.

– Na verdade, só vim para dar as boas-vindas do jeito certo. Acho que posso fazer isso aqui mesmo...

– Você tem dois minutos – ela disse, virando o corpo e andando para sua sala.

Passamos por vários corredores até finalmente chegarmos a outra pequena área de recepção com janelas com vista para a cidade. Um jovem sentado numa mesa circular olhou para nós enquanto passávamos.

– Estarei na minha sala, George – ela disse por cima do ombro. – Sem interrupções, por favor.

Com a porta fechada atrás de nós, ela se virou para me encarar.

– Dois minutos.

– Se me sentir pressionado, eu até *poderia* fazer você gozar em dois minutos – dei um passo para frente e passei o polegar em seus quadris. – Mas acho que nós dois sabemos que você prefere que eu me demore um pouco.

– Dois minutos para você explicar por que está aqui – ela esclareceu com a voz falhando um pouco. – E como me encontrou.

– Bom – comecei –, conheci uma garota no sábado. Na verdade, transei com ela contra uma parede. E não consegui parar de pensar nela desde então. Ela era extraordinária. Linda, engraçada e muito sexy. Mas não me deu seu nome e foi embora sem me deixar nada. Exceto a sua calcinha. E isso dificilmente poderia ser considerado uma trilha de migalhas de pão – diminuí a distância entre nós, coloquei uma mecha de seu cabelo atrás da orelha e passei a ponta do meu nariz ao lado de seu queixo. – E quando eu gozei hoje de manhã pensando em como ela era gostosa, eu ainda não sabia que nome gritar.

Limpando a garganta, Sara me afastou e foi para trás de sua mesa.

– Isso não explica como você me encontrou – ela disse, com o rosto cada vez mais vermelho.

Eu a tinha visto sob as luzes da boate, com a cabeça jogada para trás e os olhos fechados, mas eu queria vê-la ao natural, com os raios de sol que invadiam através das janelas. Queria saber exatamente até onde aquele rubor se espalharia em seu corpo.

Parei de provocar um pouco. Esta Sara era tão diferente daquela ex-moradora de Chicago que flertou comigo no bar.

– Acontece que eu vi você por acaso ontem enquanto almoçava com o Ben. Somos amigos faz tempo. Simplesmente somei dois mais dois e pensei que poderia encontrar você aqui.

– Você contou para o *Bennett* sobre sábado? – ela disse rispidamente, e o rubor que eu estava admirando sumiu de repente.

– Deus, não. Juro para você, eu não quero morrer cedo. Apenas pedi seu telefone. Ele não quis dar.

Seus ombros relaxaram um pouco.

– Certo.

- Olha, foi uma coincidência encontrar você, e sei que é meio estranho eu aparecer por aqui, mas eu tinha que encontrar Ben de qualquer maneira. Se você por acaso quiser sair para jantar... - coloquei meu cartão em sua mesa e me virei para ir embora.

- O vídeo - ela disse de repente. - O que você fez com o vídeo?

Eu me virei novamente e o desejo de provocar se tornou quase insuportável. Mas, quanto mais eu demorava a responder, mais ela parecia entrar em pânico.

Finalmente, ela disse:

- Por acaso, você colocou no YouTube, no PornTube, ou seja lá onde?

Explodi numa risada que não consegui segurar.

- O quê?

- Apenas diga que não fez isso.

- Deus, é claro que não! Admito que eu assisti aproximadamente umas setecentas mil vezes. Mas, não, eu nunca iria *compartilhar* aquilo.

Ela olhou para as próprias mãos e começou a brincar com as unhas.

- Posso ver?

Tinha algo no tom de voz que ela usou. O que era? Curiosidade? Algo mais?

Dei a volta na mesa para ficar ao seu lado. Ela ainda estava tensa, mas se aproximou de mim. Tirei meu celular do bolso da jaqueta e mostrei o vídeo, segurando a tela em sua direção.

Com o volume ao máximo, a batida da música ecoava através do pequeno aparelho. Ela apareceu na tela, dançando com os braços acima da cabeça, e, assim como na primeira vez que a observei pessoalmente, senti uma ereção iminente.

- Aqui, bem neste momento - eu disse em seu pescoço -, foi quando você se perguntou se eu teria notado seu vestido subindo pelas coxas. Não é? - pressionei meus quadris contra suas costas, para não deixar dúvidas do que ela provocava em mim.

Coloquei o celular em cima da mesa e pousei minha mão em sua cintura.

– E aqui – eu disse, apontando para a tela novamente. Ela pegou o celular e olhou mais de perto. – A maneira como você olhou para mim por cima do ombro, essa é a minha parte preferida. O olhar em seu rosto, parece que você está dançando apenas para mim.

– Oh, Deus – ela sussurrou. Desejei que estivesse lembrando da sensação de ser observada por mim.

Então ela tomou minha mão e dirigiu-a lentamente até a barra de seu vestido, levantando-o até a cintura. Senti sua pele macia debaixo da palma da minha mão. Deslizei a mão até sua barriga, onde senti os músculos se contorcendo sob meu toque.

– Você estava *mesmo* dançando para mim? – perguntei, precisando ouvir a resposta.

Ela confirmou com a cabeça, empurrando minha mão mais para baixo. Deus, essa mulher era um emaranhado de contradições.

– O que mais você pensou lá na pista de dança? – perguntei. – Pensou no meu rosto entre as suas pernas, pensou na minha boca?

Ela confirmou novamente, desta vez mordendo o lábio.

– Eu queria tocar você – eu disse, movendo minha mão para debaixo da calcinha. – Desse jeito.

Seu corpo se contorceu e se curvou contra o meu, debruçando-se na mesa.

– Eu queria sentir o quanto você ficou molhada – eu disse, com a respiração ficando acelerada e a voz grave, quase rouca. – O quanto ficou molhada sabendo que eu gozei hoje de manhã assistindo seu vídeo.

Meus dedos deslizaram mais para baixo.

Ela perdeu o fôlego.

– Você está assistindo? – perguntei, enfiando um único dedo. Ela confirmou e eu deslizei mais um, com meu polegar circulando em seu clitóris. – Você está *tão* molhada – eu disse, passando os dentes em seu ombro.

– Não... não podemos fazer isso aqui – ela disse.

Mesmo assim, ela empurrou seu corpo em minha mão. Enquanto mantinha o ritmo, eu podia senti-la enrijecer e começar a ofegar.

Com um sentimento de culpa, removi a mão e a virei para me encarar. Ela parecia praticamente drogada, com as pálpebras pesadas e os lábios separados.

– E infelizmente meus dois minutos acabaram.

Beijei seu rosto, o canto de sua boca e, quando ela fechou os olhos, beijei também cada uma das pálpebras. Então, tomei meu celular de sua mão e fui embora do escritório.

Três

Um estranho me filmou dançando.

E depois, ele descobriu onde eu trabalho – pois aparentemente ele é amigo do *meu chefe* –, e eu pedi para ver o vídeo.

Depois disso, eu o fiz colocar a mão dentro da minha *calcinha* – de novo, só que desta vez foi no meu *escritório* – e confirmei para nós dois o quanto a ideia de ele se tocando enquanto assistia o meu vídeo me deixava excitada.

– Ai, meu Deus.

– Essa é a décima vez que você disse isso nos últimos quinze minutos, Sara. Venha aqui e me conte tudo – meu assistente, George, apareceu na minha porta. – A não ser que seja tão escandaloso a ponto de eu precisar entrar e fechar a porta.

– Não é nada. É só que... – ajeitei as canetas na minha mesa e alinhei alguns papéis. – Não é nada.

Ele curvou os lábios num sorriso cético.

– Você é uma péssima mentirosa.

– É sério. Isso é um nada gigantesco e lamentável.

George entrou na minha sala e desabou na cadeira em frente à minha mesa.

– Por acaso esse Nada aconteceu na comemoração de noivado da Chloe?

– Possivelmente.

– E foi um Nada do tipo masculino?

– Potencialmente.

– Esse Nada Masculino por acaso é aquele pedaço de mau caminho do Max Stella que acabou de sair da sua sala?

– O quê? Não! – menti sem nem piscar. Eu até me daria os parabéns por causa dessa reação quase perfeita. George estava certo: eu era uma péssima mentirosa. Mas aparentemente a minha vergonha da Situação do Sexo em Público foi suficiente para despertar habilidades desconhecidas. – E como você sabe quem é o Max Stella?

George estudava cuidadosamente os homens bonitões que circulavam por aí, mas, como tinhado chegado a Nova York apenas uma semana antes de mim – ou seja, era um nova-iorquino de treze dias –, eu não achava que ele conseguiria trabalhar tão rápido assim.

– Mudando de assunto, deixa eu perguntar – ele começou –, qual foi a primeira coisa que você fez quando chegou e se instalou no seu apartamento?

– Encontrei a fonte mais próxima de vinho e *cupcakes*, é claro – eu disse. Obviamente.

Ele riu.

– Obviamente. Mas, como meu objetivo não é me tornar uma velha bêbada solteirona, o que *eu* faço é checar as baladas. Onde estão os lugares divertidos para sair, dançar, festejar.

– E conhecer todos os homens – acrescentei.

Ele concordou com uma piscadela.

– *Todos* os homens. Eu tento descobrir tudo que posso, e, fazendo isso, também descubro o Quem é Quem na cidade – ele se inclinou para frente e me deu um grande sorriso aberto. – E, nesta cidade, Max Stella é um Quem.

– Um *quem*? Como assim?

Ele riu.

– Ele é figurinha fácil das colunas sociais, minha querida. Veio da velha Londres alguns anos atrás. Um mestre brilhante do capital de risco, sempre comendo alguma celebridade ou princesinha da sociedade. Um sabor diferente de namorada-troféu a cada semana. E essa coisa toda.

Ótimo. Consegui selecionar o mesmo tipo de homem galinha que gosta de aparecer, igual meu último namorado. Mas aqui, não apenas o Max era um mulherengo conhecido, como era também um alto investidor de capital de risco, com quem eu certamente iria cruzar várias vezes no trabalho. E que tinha um vídeo onde eu dançava como uma stripper enquanto imaginava sua boca no meio das minhas pernas.

Gemi de novo.

– Ai, meu santo Deus.

– Calma. Você parece que vai desmaiar. Já almoçou?

– Não.

– Olha. Você está adiantada com o trabalho hoje. Temos apenas quatro contratos que precisam de atenção e, se aquilo que o Henry contou sobre você for verdade, aposto que você já fez centenas de revisões. Chloe ainda nem recebeu os móveis do escritório, a assistente dela ainda não apareceu em Nova York e o Bennett foi grosso com apenas três pessoas hoje. Claramente, não tem nada muito urgente aqui que precise da sua atenção. Temos tempo de sobra para você relaxar um pouco e comer alguma coisa.

Respirei fundo, sorrindo agradecida.

– Henry treinou você muito bem.

George foi contratado como assistente de Henry Ryan depois que eu recebi meu diploma de administração e saí dali por ter sido contratada por outra grande empresa. Quando Bennett me ligou para oferecer o cargo de diretora financeira na nova filial, Henry me enviou um e-mail dizendo que, se eu me juntasse ao escritório de Nova York, ele pediria ao Bennett que passasse o George para mim, já que ele estava morrendo de vontade de ser transferido.

George sorriu de volta e fez um pequeno gesto de agradecimento.

– Henry me contou que você era insubstituível e eu nem deveria tentar. Então tive que provar meu valor.

– Você é incrível.

– Ah, garota, eu sei – ele disse. – E considero parte da minha função como assistente ter certeza de que você sabe aonde ir para se divertir. Seja para *cupcakes*, vinho ou *outras coisas*.

Minha mente revisitou instantaneamente a imagem da boate no sábado, lotada de gente e vibrando com o volume da música, das vozes, dos pés batendo no chão. Mais uma vez, o rosto de Max apareceu em meus pensamentos, com o som que fez ao gozar e todo seu tamanho na minha frente, pressionando-me contra a parede, erguendo meu corpo, entrando e saindo de mim.

Enterrei o rosto nas mãos. Agora que eu sabia quem ele era, e sabia que ele queria me ver de novo... Eu estava ferrada.

George se levantou, andou até meu lado da mesa e me ergueu pelo braço.

– Tá. Vai, coma alguma coisa. Vou arrumar os contratos da Agent Provocateur para você trabalhar com eles quando voltar. Respire, Sara.

Com má vontade, fui até o armário e peguei minha bolsa. George estava certo. Com exceção da noite com as garotas e as noites em claro desfazendo as malas, passei todo meu tempo no escritório, tentando organizar meu trabalho. A maior parte dos três andares que alugamos no luxuoso edifício no centro da cidade ainda estava vazia, e, sem o resto do meu departamento ou a equipe de marketing, não podíamos ainda realizar nossa missão: criar as melhores campanhas de marketing do mundo.

Chloe permaneceu na Ryan Media depois que eu saí, administrando várias contas com Bennett. Mas foi seu brilhante trabalho com a enorme conta da Papadakis que catapultou a empresa para um período de trabalho frenético, e logo ficou claro que seria necessário abrir uma filial em Nova York. Bennett, Henry e Elliott passaram duas semanas na cidade para encontrar o espaço perfeito, e então tudo entrou nos trilhos: a Ryan Media Group teria outra casa no centro da cidade.

A Avenida Michigan, em Chicago, era movimentada, mas não chegava nem perto da Quinta Avenida em Manhattan. Eu me senti soterrada por uma infinita série de ruas, gigantescas massas de arquitetura e o interminável desfile de pessoas, trânsito e barulho. Buzinas soavam ao meu redor e, quanto mais parada eu ficava, mais os sons da cidade se tornavam ensurdecedores. Será que eu tinha virado à esquerda ou à direita para achar o restaurante chinês que Bennett gostava? Como se chamava mesmo? Garden alguma coisa? Fiquei parada tentando me recompor, enquanto uma manada de homens e mulheres de negócios passava por mim como água fluindo ao redor de uma rocha perdida no meio de um rio.

Mas, assim que peguei meu celular para enviar uma mensagem para Chloe, vi uma figura familiar entrar por uma porta do outro lado da rua. Olhei para o pequeno letreiro acima: Hunan Garden.

O restaurante estava escuro, praticamente vazio e tinha um cheiro maravilhoso. Não conseguia lembrar a última vez que tinha comido qualquer coisa mais substancial que uma barra de granola. Fiquei com água na boca e, por um momento, até esqueci que deveria estar em alerta máximo.

Mudei para Nova York para ter um novo começo. Um novo começo significava colocar minha carreira em primeiro lugar e encontrar a *mim mesma* – não cair em outro relacionamento conformista. E isso dizia tudo. Eu iria almoçar ali, mas apenas depois de falar para Max que ele nunca deveria aparecer no meu local de trabalho daquela maneira. E dizer também que, quando coloquei a mão dele debaixo do meu vestido, foi apenas um acidente. Um completo lapso. Totalmente não intencional.

– Sara?

Meu nome parecia um som erótico e suave no sotaque dele. Virei em direção à sua voz. Ele estava numa mesa ao canto, olhando por cima de um cardápio em suas mãos. Ele o abaixou, claramente surpreso, mas então sorriu e me fez querer dar um tapa nele por me deixar tão inquieta. Sua beleza parecia ainda mais acentuada debaixo da pouca luz do restaurante. E parecia ainda mais perigosa.

Andei até sua mesa e ignorei a maneira como abriu espaço para que eu sentasse ao seu lado. Seu cabelo estava curto nas laterais e mais comprido no topo. A franja caía em seus olhos quando ele se mexia e eu queria tocá-la para saber se era tão macia quanto parecia debaixo daquela luminária. Droga.

– Não estou aqui para almoçar com você – eu disse, endireitando os ombros. – Apenas queria esclarecer umas coisas.

Ele levantou a mão aberta.

– É claro.

Respirando fundo, eu disse:

– Com você na boate, eu tive a noite mais divertida de que posso me lembrar...

– Eu também.

Fiz um gesto para ele me deixar continuar.

– Mas eu me mudei para esta cidade para começar tudo de novo. Queria fazer algo maluco, e fiz, mas aquela não sou eu de verdade. Amo meu trabalho e meus colegas. Não posso ter você entrando no meu escritório para flertar comigo a toda hora. Não posso nunca agir daquele jeito no trabalho de novo – eu me aproximei e abaixei o tom de voz: – E não posso acreditar que você guardou aquele vídeo.

Ele teve a presença de espírito para ao menos se mostrar arrependido.

– Desculpe. Eu realmente tinha a intenção de apagar – apoiando-se nos cotovelos, ele disse: – Acontece que não consigo parar de assistir. Olhar o vídeo é melhor do que uma maldita dose de uísque para acalmar meus nervos. É melhor do que o filme pornô mais sujo.

Uma vibração se espalhou pela minha barriga até o meio das minhas pernas.

– E suspeito que você goste de saber disso. Também suspeito que a flor selvagem que eu conheci na boate é uma parte muito maior da Sara Dillon do que você gostaria de admitir.

– Ela não é – balancei a cabeça. – E não posso continuar com isso.

– *Isso* – ele disse –, é simplesmente um almoço. Junte-se a mim.

Não saí do lugar.

– Vamos lá – ele suspirou. – Você deixa eu te comer no sábado, você coloca minha mão debaixo das suas roupas alguns minutos atrás, e agora você não me acompanha no almoço. Você sempre se esforça assim para parecer tão confusa?

– Max.

– Sara.

Hesitei por um longo momento antes de sentar ao lado dele, e senti o calor irradiante de seu longo e sólido corpo próximo ao meu.

– Você está linda – ele disse.

Olhei para o vestido preto simples que eu usava. Minhas pernas apareciam logo depois da barra, um pouco acima dos joelhos. Ele correu um dedo desde o meu ombro até o pulso, provocando calafrios em minha pele.

– Não vou mais aparecer no seu escritório daquele jeito – ele disse, com a voz tão baixa que precisei me inclinar para conseguir ouvir. – Mas quero te encontrar de novo.

Balancei a cabeça, observando seus longos dedos em minha pele.

– Acho que isso não seria uma boa ideia.

Quando o garçom parou em nossa mesa, os dedos de Max se demoraram em minha mão e, quando eu não consegui pensar em nada para pedir, ele escolheu para nós dois.

– Espero que você goste de camarão – ele disse, sorrindo.

– Gosto – sua mão pousada na minha, sua perna tão próxima que encostava em minha coxa, e o que eu estava pensando? Não queria ficar constantemente distraída por uma força da natureza como o Max, mas não conseguia escapar de sua órbita. – Desculpe, estou um pouco distraída.

Sua outra mão cruzou seu corpo debaixo da mesa. Senti um leve raspar de seus dedos em minha coxa.

– Distraída por minha causa? Ou é o trabalho?

– No momento, por sua causa. Mas eu *deveria* estar distraída por causa do trabalho.

– Você vai ter bastante tempo para isso. Aposto que foi seu assistente quem mandou você comer alguma coisa.

Eu me ajeitei na cadeira para olhar em seu rosto.

– Andou espionando?

– Não precisei. Ele parece esforçado, e você parece uma pessoa que raramente se lembra de almoçar – seus dedos empurraram a barra da minha saia cada vez mais para cima, quase até a cintura. – Posso fazer isso? – seu sotaque fez o final da frase ser quase sussurrado.

Podia fazer o que quisesse, mas meu coração batia com uma mistura de excitação e ansiedade. Mais uma vez, eu estava deixando-o roubar toda minha razão e escondê-la num canto escuro onde eu não conseguia mais encontrá-la.

– Estamos num restaurante.

– Sei disso – ele puxou a renda ensopada da minha calcinha e deslizou um dedo por cima do meu clitóris, mergulhando em minha umidade. – Meu Deus, Sara. Eu adoraria deitar seu corpo nesta mesa e comer *você* no almoço.

Por um breve momento, minha pele se incendiou.

– Você não pode dizer essas coisas.

– Por quê? Estamos sozinhos no restaurante, com exceção daquele velho no outro canto, do garçom e do cozinheiro nos fundos. Ninguém pode me ouvir.

– Não foi isso que eu quis dizer.

– Não posso dizer essas coisas por causa do que você sente quando escuta? – ele perguntou.

Confirmei balançando a cabeça, incapaz de dizer qualquer coisa depois que ele entrou com dois dedos dentro de mim.

– Temos talvez dez minutos antes da comida chegar. Será que consigo fazer você gozar assim tão rápido?

Não era como se ele já não estivesse com dois dedos em mim, mas por alguma razão, quando falou dessa maneira, fiquei completamente consciente de onde estávamos. Era um tormento: saber o que eu deveria fazer num restaurante silencioso – tomar meu chá, comer o almoço – e o desejo de fazer algo completamente diferente da minha pessoa: deixar aquele homem me tocar quando qualquer um poderia passar e nos ver.

Era a mesma fantasia louca da boate acontecendo novamente: o potencial de ser flagrada com este lindo estranho e conseguir me safar.

Ele começou a mover o polegar em pequenos círculos, mas manteve os dedos parados bem no fundo. Seu braço mal se movia acima da mesa, mas embaixo, onde a toalha encostava em nossas cinturas, uma explosão se anunciava.

Observei seu braço, vi sua camisa aparecendo debaixo do terno e pude sentir seu olhar em meu rosto, assistindo cada respiração que eu soltava, cada suspiro e cada mordida que eu dava em meu lábio, tentando impedir os sons dos meus gemidos. Seu toque confiante e firme concentrou uma dor gostosa entre minhas pernas e eu me pressionei contra ele, querendo mais e mais forte. Ao longe, um prato caiu no chão, mas o som do meu nome sussurrado por Max eclipsou imediatamente qualquer outra coisa.

Nosso garçom surgiu vindo da cozinha e começou a andar em nossa direção.

– Olhe para você – Max disse, beijando meu pescoço logo abaixo da orelha. Sua respiração aquecia minha pele e fiquei dividida entre me concentrar em seu toque e a aflição que senti por causa do homem que se aproximava. A combinação do prazer e do medo quase me despedaçou por inteira.

Como se tivesse sentido isso, Max murmurou:

– Ninguém aqui sabe que você está prestes a gozar na minha mão.

Achei que ele iria parar e colocar a mão em cima da mesa, mas simplesmente congelou o polegar no lugar quando o garçom chegou. Ele encheu seu copo d'água – o gelo tilintou no vidro e uma gota de condensação deslizou até a toalha da mesa, onde se espalhou e cresceu enquanto mais gotas desciam. Era como se o copo estivesse derretendo junto comigo. Por cima da mesa, parecia apenas que Max estava com a mão em minha perna. Ele então deslizou uma vez o polegar em meu clitóris, e eu ofeguei.

– A comida deve sair num minuto – disse o garçom, com um pequeno sorriso.

Max pressionou o polegar fortemente e eu apertei os dentes para não soltar um grito. Ele sorriu para o garçom.

– Obrigado.

– Você gosta assim? – ele sussurrou em meu ouvido, roçando a palma da mão enquanto enfiava um terceiro dedo. Com isso, ele me abriu até o delicioso limite da dor e eu me senti indecente, como se estivesse fazendo algo irrevogavelmente depravado. Ele continuou me observando, enquanto eu pedia por muito mais.

– Oh, merda, Sara. Você gosta, não é?

Minhas unhas afundaram no couro do assento e Max arriscou ser notado quando começou a estocar com os dedos, fazendo seus ombros se mexerem. Minha cabeça caiu para trás e soltei o menor gemido que consegui, completamente desproporcional ao orgasmo que se espalhou por meu corpo.

– Oh, Deus – continuei gemendo enquanto ele prolongou o prazer empurrando o dedo ainda mais fundo. Virei para pressionar meu rosto em seu ombro, onde abafei um grito.

Ele diminuiu a velocidade, beijou minha testa e retirou os dedos. Levantando a mão, pressionou os dedos em sua boca uma vez, brevemente, antes de limpá-los com um guardanapo.

Então, lambeu os lábios, olhando para mim.

– Sua língua tem um sabor muito doce, mas acabei de descobrir um sabor ainda melhor – ele se inclinou e me beijou profundamente. – Quero que seja meu pau dentro de você na próxima vez.

Sim, por favor.

Deus, quem era essa mulher possuindo meu cérebro? Mas eu queria também. Mesmo após o que ele tinha acabado de fazer, eu queria montar nele e recebê-lo por inteiro dentro de mim.

Antes que essa linha de pensamento me trouxesse ainda mais problemas, meu celular tocou dentro da minha bolsa. Era uma mensagem de Bennett.

Já voltei da reunião. Vamos nos encontrar às 14h.

O relógio na tela dizia que já era 13h45.

– Preciso ir.

– Estamos estabelecendo um padrão desse jeito, Sara. Você goza e vai embora.

Respondi com uma mistura de sorriso e estremecimento. Quando o garçom voltou com a comida, entreguei uma nota de vinte e pedi para embrulhar para viagem.

– Gostaria de ter seu telefone – Max disse, colocando a nota de volta na minha bolsa.

– Absolutamente não – respondi rindo.

Não sei como aquilo aconteceu. Certo, isso era mentira, eu sabia exatamente como aconteceu – ele começou sussurrando com aquele sotaque irresistível e depois usou os dedos em mim –, mas eu não seria boba de me envolver com Max. Primeiro, ele era um mulherengo, e de jeito nenhum eu entraria nessa de novo. Segundo, o meu trabalho. Eu tinha que colocar minha carreira como prioridade.

– Alguma hora eu vou conseguir com o Ben, sabe? Nós temos muita história juntos.

– O Bennett não vai dar meu telefone sem minha permissão. Poucas pessoas querem quebrar a cara do meu ex-namorado mais do que eu, mas o Bennett é um deles – beijei Max no queixo, senti aquela barba mal feita e me levantei. – Obrigada pelo aperitivo. E apague o vídeo.

– Posso considerar fazer isso se você sair comigo de novo – ele disse, com os olhos brilhando.

Fui embora e voltei para a Quinta Avenida, tentando esconder um sorriso.

Quatro

Três dias depois de dar a ela um orgasmo como almoço, eu não estava nem um pouco menos obcecado.

– Então, quem você vai trazer hoje à noite? – Will perguntou distraidamente, com os olhos grudados no jornal.

A viagem de volta para o escritório depois de passarmos no alfaiate foi silenciosa até então, com exceção do barulho do motor e ocasionais buzinas no trânsito. Continuei lendo os arquivos que tinha trazido comigo – fotografias de uma nova exposição no Queens – quando respondi:

– Na verdade, eu vou sozinho.

Ele olhou para mim.

– Você não tem ninguém para te acompanhar?

– Não – olhei de volta a tempo de ver suas sobrancelhas se erguerem com a surpresa. – O que foi?

– Desde quando nos conhecemos, Max?

– Seis anos, acho.

– E, nesse tempo todo, você alguma vez já participou de algum evento social sem ter uma garota ao seu lado?

– Realmente não me lembro.

– Talvez você possa checar as colunas sociais. Tenho certeza de que pode descobrir por lá – ele concluiu, sarcástico.

– Muito engraçado.

– É estranho, só isso. É nosso maior evento do ano e você não vai levar ninguém.

– Isso realmente importa?

Ele riu.

– Você está falando sério? "Quem Max Stella vai levar na festa" é a primeira coisa que as pessoas perguntam quando temos um evento desses.

– Eu acho engraçado quando você me descreve como um lobo mau que persegue a mulherada, enquanto você é um grande modelo de virtude e honra.

– Ah, eu nunca falei nada sobre ser um modelo... – ele disse por cima do jornal. – Estou apenas sugerindo que as pessoas vão se perguntar se você vai levar alguém, só isso.

Voltei a olhar meus arquivos enquanto considerava o que ele falou. Na verdade, não tinha chamado ninguém para o evento de arrecadação de fundos. Não tinha chamado ninguém porque não estava interessado em sair com ninguém.

O que era mesmo estranho. Talvez Will estivesse certo. Desde que tinha conhecido Sara, as outras mulheres pareciam previsíveis e domesticadas demais.

—

Will também estava certo quando disse que o Baile Anual de Caridade Stella & Sumner era nosso maior evento do verão. Acontecia sempre no Museu de Arte Moderna e todas as pessoas importantes de Nova York apareciam por lá. Com o baile, o jantar e o leilão, nós conseguíamos arrecadar todos os anos centenas de milhares de dólares para uma fundação pediátrica contra o câncer.

O céu acinzentado da tarde havia clareado, mas o cheiro de temporal ainda pairava no ar quando meu carro alcançou os bloqueios em frente ao museu. Um manobrista abriu minha porta e saí do carro, ajeitando meu terno antes de continuar. Ouvi meu nome ser chamado em várias direções e câmeras começaram a disparar como uma pequena tempestade de raios na área de imprensa.

– Max, onde está sua acompanhante?

– Max, uma foto rápida aqui!

– Os rumores da doação para o Smithsonian são verdadeiros?

Sorri e posei para os fotógrafos, acenando até entrar no museu. Senti como se estivesse no piloto automático e fiquei aliviado por ter mantido a imprensa do lado de fora. Eu simplesmente não tinha energia para aquilo.

Os convidados eram acompanhados através do museu até o jardim do lado de fora, onde a maior parte da festa aconteceria. Multidões de pessoas bem-vestidas perambulavam com seus drinques na mão, discutindo dinheiro, suas próprias vidas e as fofocas da semana. Uma série de tendas brancas foram erguidas, cada qual iluminada por um conjunto de luzes coloridas. Uma orquestra ficava numa ponta do jardim e uma cabine de DJ estava a postos na outra ponta.

O ar estava pesado e úmido – a noite parecia se agarrar à minha pele de um jeito quase desconfortável. Caminhei até uma linha de grandes mesas brancas repletas de cristal. Quando peguei uma taça de champanhe, senti alguém se aproximar de mim.

– Perfeito como sempre, Max. Você realmente conseguiu se superar.

Pisquei ao ver Bennett ao meu lado.

– Está quente demais aqui, isso sim – eu disse, fazendo um gesto com a cabeça em direção aos drinques que ele segurava em cada mão. – Veio com a Chloe, eu presumo.

– E você veio com...?

– Vim sozinho hoje. Sabe como é, estou ocupado cumprindo o papel de anfitrião.

Bennett riu e tomou um gole de champanhe. Ele não disse nada, mas foi impossível não notar a maneira como seus olhos se focaram em algo atrás do meu ombro.

Eu me virei bem a tempo de ver Chloe e Sara voltando do banheiro. Sara estava incrível, com um vestido verde-claro cravejado de cristais que desciam dos ombros até a saia. Saltos prateados davam as caras abaixo da barra do vestido.

Levei um instante até conseguir dizer alguma coisa.

– Ela veio acompanhada, Max.

Virei para Bennett com o queixo caído e olhei ao redor, tentando encontrar o acompanhante.

– É mesmo? Com quem?

– Eu.

– Como é? Sem chance.

– Deus, estou brincando. Olhe para você mesmo – ele passou a mão no queixo e acenou casualmente para alguém do outro lado do salão. Eu legitimamente queria dar uma porrada nele.

– Max – ele disse, agora com a voz grave e séria. – Sara é a melhor amiga de Chloe e um membro importante da minha equipe. Confio em sua intuição para os negócios mais do que em qualquer pessoa, mas seu histórico com as mulheres não é exatamente impecável. Sei que sou a última pessoa que pode dar conselhos, mas aqui vai: não faça nenhuma idiotice.

– Calma. Não é como se eu estivesse querendo arrastar a moça pra uma rapidinha num closet ou qualquer coisa do tipo.

– Não seria a primeira vez – ele disse, com um sorriso, enquanto terminava o champanhe.

– Nem para você, meu amigo – eu respondi.

Bennett pareceu quase aliviado quando o deixei lá, e por um breve momento, eu quase me senti culpado por ter mentido. A verdade era que, embora eu *quisesse* arrastá-la para o closet mais próximo, eu também queria um momento para apenas observá-la.

Atravessei o jardim, cumprimentei algumas pessoas e agradeci outras por suas doações, mantendo Sara em minha visão periférica o tempo todo. Parei ao lado da grande escultura de Lachaise e fiquei observando à distância, cativado por sua beleza naquela noite.

Sara usava um vestido longo e justo, acentuando perfeitamente a silhueta e enfatizando algumas de minhas curvas favoritas.

Lembrei de sua imagem na boate, selvagem naquele vestido curto demais e nos saltos altos demais, e comparei com a sofisticada mulher que agora estava diante de mim. Percebi que o que fizemos naquela noite não era algo comum para ela. Mas acho que, até aquele momento, eu não tinha entendido exatamente o *quanto* aquilo não fazia parte de sua personalidade. Ela parecia equilibrada e delicada... embora, ainda assim, houvesse algo mais, um tipo de atrevimento que se escondia debaixo daquele exterior altivo.

Meus olhos tracejaram a linha que descia de seu pescoço até os seios, e imaginei o que ela estaria usando debaixo do vestido. Tentei pensar o que libertou aquela mulher que transou comigo num canto de uma boate cheia de gente.

Eu tinha certeza de que Bennett não estava de brincadeira quando sugeriu que eu ficasse longe de Sara. Ou que sua noiva iria comê-lo vivo - e a mim também - se descobrisse nosso caso. Bennett estava obviamente ciente de que eu tinha um interesse pela Sara mais do que casual, mas nós éramos muito amigos e, apesar de seus protestos, ele nunca interferiria se isso fosse o desejo de Sara.

Mas Chloe... era uma questão completamente diferente. Ela parecia muito esperta, seu olhar parecia muito observador. Eu conhecia pouco a futura sra. Ryan, mas sabia muito bem que, se Bennett tinha encontrado sua cara-metade, eu não deveria cutucar essa onça com vara curta.

E, apesar disso tudo, eu estava gostando bastante desse joguinho que eu e Sara estávamos jogando.

—

Quando a orquestra começou a tocar uma música lenta, fiquei olhando algumas pessoas saírem de suas mesas para se aventurar na pista de dança. Andei ao redor do jardim, fiquei atrás de Sara e toquei-a em seu ombro nu.

Ela se virou e seu sorriso minguou quando me viu.

- Bom, oi para você também - eu disse.

Sara tomou um longo gole de seu champanhe antes de responder.

- Como vai você nesta noite, sr. Stella?

Sr. Stella? Eu tive que sorrir.

- Então você fez uma pesquisa básica sobre mim, não é? Devo ter causado uma impressão e tanto.

Ela retribuiu com um sorriso educado.

- Uma rápida busca no Google pode revelar muitas coisas interessantes para uma garota.

– Você nunca ouviu falar que a internet está cheia de rumores e falsidades? – eu me aproximei e passei os nós dos dedos ao longo de seu braço. A pele estava macia e suave, e notei a maneira como ela se arrepiou. – A propósito, você está linda hoje.

Ela encontrou meu olhar e tentou decifrar minha expressão. Apesar de se afastar um pouco, murmurou:

– Você também não está nada mal.

Fingi estar surpreso.

– Você acabou de me elogiar?

– Talvez.

– Seria um desperdício para nós dois termos caprichado no visual e não dançarmos ao menos uma vez. Você não concorda? – Sara olhou ao redor do jardim e eu acrescentei: – Apenas uma dança, flor.

Ela tomou o resto do champanhe e colocou a taça na bandeja de um garçom que passou por nós.

– Apenas uma dança.

Pousei minha mão em suas costas e a conduzi até um canto escuro da pista de dança.

– Gostei do nosso almoço naquele dia – eu disse, tomando-a em meus braços. –Talvez possamos repetir. Quem sabe com um cardápio diferente.

Ela sorriu com o canto da boca e olhou por cima do meu ombro.

Puxei seu corpo para mais perto, provocando aquele levantar de sobrancelha que eu estava começando a gostar tanto.

– Então, o que está achando de Nova York?

– Diferente – ela disse. – Muita gente. Muito barulho – ela inclinou a cabeça e finalmente olhou para mim. – E os homens são um pouco atrevidos demais.

Eu ri.

– Você fala como se isso fosse uma coisa ruim.

– Acho que depende do homem.

– E quanto a *este* homem?

Ela desviou os olhos e sorriu com educação novamente. Percebi que Sara era uma mulher acostumada a ser observada em público.

– Olha, estou lisonjeada por sua atenção. Mas por que você está tão interessado em mim? Será que não podemos apenas admitir que tivemos uma noite divertida e deixar as coisas como estão?

– Eu gosto de você – eu disse, dando de ombros. – Gosto muito quando você mostra seu lado pervertido.

Ela riu.

– Meu lado pervertido? Essa eu nunca ouvi antes.

– Bom, é uma pena. Agora conte para mim, o que você pensa quando fantasia? Você pensa sobre sexo gentil e doce?

Ela me lançou um olhar de desafio.

– Às vezes, sim.

– Mas também pensa em ser tocada no meio de um restaurante sem ninguém perceber? – eu me inclinei e sussurrei em seu ouvido: – Ou em dar numa boate?

Senti quando ela engoliu em seco e sua respiração ficou trêmula, quando ela se endireitou e colocou uma distância socialmente aceitável entre nós.

– Às vezes, é claro. Quem não tem esse tipo de fantasia?

– Muitas pessoas não têm. E ainda mais pessoas não realizam.

– Por que você está tão obcecado com isso? Tenho certeza que poderia mirar esse sorriso para qualquer mulher e levá-la para alguma sala vazia neste museu.

– Porque, infelizmente, eu não quero nenhuma outra mulher. Você se tornou um grande mistério para mim. Como pode esconder um paradoxo tão grande por trás desses olhos castanhos? Quem era aquela mulher que transou comigo na frente de todas aquelas pessoas?

– Talvez eu apenas quisesse sentir como era fazer algo tão maluco quanto aquilo.

– E foi incrível, não é?

Ela não hesitou quando olhou para mim:

– Sim. Mas veja só – ela disse, dando outro passo para trás. Meus braços caíram para o lado. – Não estou interessada em ser o brinquedinho de ninguém agora.

– Na verdade, sou eu quem quer ser o seu brinquedinho.

Balançando a cabeça, ela tentou esconder um sorriso e depois voltou a olhar para mim.

– Pare de ser charmoso assim.

– Venha me encontrar no andar de cima.

– O quê? Não.

– No salão vazio ao lado dos banheiros. É só subir as escadas e virar à direita – eu me aproximei e beijei seu rosto como se estivesse agradecendo pela dança.

Comecei a me afastar justamente quando a música parou e foi anunciado que o jantar seria servido no lado de dentro, seguido imediatamente pelo leilão. Fiquei imaginando se ela me encontraria. Se arriscaria deixar seus amigos e sumir sem dar explicação. Se sentia a mesma adrenalina que eu.

O som das conversas aumentou quando saí do ar úmido da noite e entrei no ar condicionado do museu. Subi a larga escadaria e serpenteei pelo corredor até o salão vazio e escuro. As vozes foram sumindo enquanto eu fechava a porta atrás de mim, deixando apenas uma fresta aberta.

Esperei lá dentro por um momento, ouvindo os sons abafados da festa que continuava no andar de baixo, prestando atenção para ter certeza que estava sozinho no salão escuro.

Ocasionalmente alguém andava pelo corredor acarpetado e entrava no salão vazio para fazer breves telefonemas ou procurar pelos banheiros. Parecia que cada som que eu fazia ecoava pelo corredor, meus sapatos batiam no chão de madeira enquanto eu vasculhava o local. O salão era longo, mas não muito largo, e a cidade brilhava do outro lado das janelas. Ao longo de uma parede, ficava uma mesa retangular parcialmente coberta por uma tela ornamentada. Fora isso, o salão estava completamente vazio. Andei até a mesa e me encostei nela, atrás da tela e fora do alcance de qualquer vista. Então, esperei.

Mais de quinze minutos depois que a deixei – e depois de quase desistir de esperar – a fresta na porta se expandiu e um facho de luz se estendeu pelo chão. Observei a figura de seu corpo através da tela, iluminada pela luz que vinha do corredor. Eu sabia que na escuridão eu permanecia invisível para ela e aproveitei a oportunidade para observá-la procurar ao redor. Eu podia imaginar a pulsação em sua garganta batendo com nervosismo e excitação. Saindo de trás da tela, finalmente permiti que ela me visse, como uma silhueta marcada pelas luzes da cidade.

Ela cruzou o salão com os olhos colados nos meus enquanto lentamente diminuía a distância entre nós. Estava difícil decifrar sua expressão no meio da escuridão, então esperei que ela falasse algo, me mandasse para o inferno ou pedisse para transar com ela de novo. Mas não disse nada. Apenas parou a centímetros de mim, hesitando por um momento antes de agarrar meu casaco e me puxar para perto.

Seus lábios estavam quentes e insistentes, e tinham sabor de champanhe. Imaginei-a tomando uma taça inteira de uma só vez, tentando encontrar a coragem para subir até aqui. Esse pensamento me fez gemer e fechar os olhos enquanto ela abria a boca para mim, com a cabeça inclinada para trás e a língua pressionada contra a minha. Toquei um seio com uma mão e agarrei fortemente sua cintura com a outra.

– Tire isso – ela disse, com as mãos mexendo na minha gravata e os dedos nos botões da camisa.

Conduzi a nós dois andando de costas e abri o zíper de seu vestido, que deslizou de seu corpo e se derramou em seus pés no chão. Ela estava completamente nua debaixo do vestido.

– Você estava assim o tempo todo? – perguntei, tomando um mamilo em minha boca e olhando para cima, para os seus olhos.

Ela confirmou com um gesto de cabeça, os lábios separados enquanto passava as mãos em meus cabelos, sussurrando palavras como *mais* e *use os dentes* e *por favor*. Eu a guiei até a mesa, segurando-a por trás dos joelhos para empurrá-la em direção à borda.

Meus dedos percorreram suas costelas e chegaram em sua barriga. Olhei em seus olhos, erguendo uma sobrancelha enquanto passava minhas mãos nos saltos de seus sapatos.

– Vamos deixar estes no lugar – eu disse, olhando para seu corpo nu. Ela era perfeita: pele macia, seios maravilhosos, mamilos rosados.

Inclinei seu corpo e percorri com a língua um caminho descendo por seu pescoço até os seios, pressionando meu polegar numa marca que eu aparentemente deixei nela no sábado.

– Aposto que você olhou para essa marca todos os dias – eu disse, admirando meu trabalho e pressionando um pouco mais forte.

– Você está falando demais – ela disse, abrindo minha camisa. – Você está vestido demais.

Raspei meus dentes em seu mamilo, chupei e assoprei.

– Me toque – eu disse, pressionando sua mão em meu pau.

Ela apertou e eu mergulhei o rosto em seu ombro.

As mãos dela tremiam enquanto desabotoavam minha calça, abaixando-a imediatamente. Ela se inclinou na mesa, esticando o corpo e deixando que as sombras delineassem as curvas de seu peito.

– Max – ela sussurrou, cheia de desejo nos olhos.

– Sim? – eu estava distraído por seu pescoço, pelos seios e pela mão que envolvia meu pau.

– Você tem uma câmera?

Como ela fazia isso? Como alguém tão comportada, tão naturalmente refinada, podia se soltar completamente daquela maneira? Enfiei a mão em meu casaco – que ainda estava pendurado em meu ombro – e puxei meu celular, segurando-o na frente de seu rosto.

– Essa aqui serve?

– Tire fotos de nós.

Pisquei desconcertado. Então pisquei de novo. Será que ela estava brincando?

– Uau. Com certeza.

– Sem mostrar o rosto.

– É claro.

Um instante de silêncio se passou enquanto nós dois considerávamos o que eu poderia fazer com aquele celular na mão. Ela queria fotos daquilo que estávamos fazendo. Adorei saber que ela se excitava com isso tanto quanto eu. Eu percebia em sua pulsação acelerada e em seu olhar lascivo.

– E ninguém nunca poderá ver – ela disse.

Eu sorri.

– Não gosto da ideia de compartilhar qualquer parte de você. É claro que ninguém poderá ver.

Ela se inclinou para trás e eu levantei o celular, mirando nela. A primeira foto foi de seu ombro. A segunda foi de sua mão em cima do seio, com o mamilo preso no meio dos dedos. Um gemido suave escapou de seus lábios enquanto eu acariciava sua coxa até chegar ao meio das pernas.

Ouvimos vozes ecoando no corredor, que nos arrancaram daquela fantasia e nos trouxeram para a realidade de que precisaríamos eventualmente voltar lá para baixo. Coloquei uma camisinha e passei o polegar em seus lábios, deslizando para dentro de sua boca.

Ela respondeu sem palavras, envolvendo minha cintura com suas pernas e tentando me puxar para mais perto. Observei a mim mesmo deslizando para dentro dela exatamente no momento em que a porta do salão começou a se abrir.

Assim como antes, o brilho do corredor invadiu o salão, atravessando a tela e pintando seu corpo com uma faixa de luz. Ela parou de respirar, mas eu não interrompi meus movimentos; ao invés disso, levantei seu queixo e fiz um gesto para fazer silêncio enquanto eu entrava nela novamente. Um calor subiu do meu pau até minhas costas com a sensação de ser envolvido por ela.

Ela fechou os olhos com força e eu agarrei sua cintura para me apoiar, enfiando com vigor, empurrando-a ainda mais contra a mesa. O brilho que vinha da cidade foi suficiente para eu capturar uma foto escura e sensual da minha mão na sua pele. Passos cruzaram o salão em direção à janela, e suas pernas me apertaram como se quisessem impedir que eu fugisse.

Olhei seus mamilos se enrijecerem e seus lábios se abrirem em excitação. *Não se preocupe*, pensei sorrindo. *Não vou parar*.

Meus movimentos eram curtos e eu agarrei um seio, apertando o mamilo.

– Eles estão logo ali – sussurrei, inclinando meu corpo para beijar seu pescoço e sentir o ritmo selvagem de sua pulsação debaixo dos meus lábios. – Eles poderiam nos ver se quisessem.

Ela ofegou e eu apertei novamente, mais forte desta vez.

– Não vou tirar. Apenas quero enfiar cada vez mais fundo, sem parar.

– Mais forte – ela suplicou no meio de um suspiro.

– No seio ou aqui em baixo?

– Nos dois.

Praguejei na pele de seu pescoço.

– Você é uma depravada, sabia disso?

Sua boca se abriu num grito silencioso quando aumentei a velocidade, desejando ir ainda mais fundo. Senti sua barriga tensionar contra mim e sua cintura pressionar de volta com mais insistência. Merda, ela era quente e lisinha, e, se ela não gozasse logo, eu não aguentaria muito mais. Felizmente, com um gemido, ela enterrou as unhas dolorosamente no meu ombro, com seu corpo enrijecendo enquanto se derramava em mim. Senti a cabeça leve, uma euforia, como se algo dentro de mim estivesse prestes a explodir.

O som de passos voltou, e então parou logo atrás da tela. Senti meu orgasmo se acumular, quente e forte o bastante para me fazer ver estrelas. Minha vista se escureceu quando enfiei uma última vez, com a cabeça enterrada em seu pescoço, perdido para qualquer outra sensação enquanto gozava profundamente dentro dela.

E então veio o silêncio, no momento em que nós dois tentávamos conter nossa respiração acelerada e não ousávamos nos mover.

Fiquei vagamente ciente de um som de respiração do outro lado da tela, como se alguém estivesse ali esperando. Escutando. Virei a cabeça e vi os olhos arregalados de Sara, com os dentes enterrados no lábio inferior. Alguns instantes se passaram até que os passos voltaram a soar, e a luz sumiu de nossos corpos suados quando a porta se fechou.

Cinco

Na segunda-feira de manhã, encontrei Chloe em seu escritório, olhando pela janela. Os móveis e todas as suas coisas haviam finalmente chegado, e a inquietude dela me mostrou o quanto estava sobrecarregada com a tarefa de arrumar tudo.

Passei a maior parte do fim de semana alternando entre o horror e a celebração daquilo que fiz no baile, e fui para o trabalho tentando fazer minha mente parar de relembrar os detalhes e escrutinar minhas ações. Fiquei até a meia-noite no sábado e, infelizmente, tratei de todos os contratos e arquivos que eu teria a semana inteira para resolver. Com exceção de alguns telefonemas, agora eu não tinha mais nada para fazer e, nos últimos dias, uma Sara ociosa não era uma coisa boa.

– Precisa de ajuda?

Chloe riu, desabando no sofá.

– Eu nem sei por onde começar. Acabamos de arrumar nosso apartamento. Além disso, parece que empacotei tudo isso ontem mesmo.

– Comece com a estante de livros. Eu nunca sinto que tudo está organizado até ver linhas de livros arrumadinhos um do lado do outro.

Suspirando, ela deslizou do sofá e rastejou até uma pilha de caixas.

– Você se divertiu no baile?

Abri uma caixa e peguei um estilete.

– Definitivamente.

Pude sentir seu olhar em cima de mim, e aquela atenção estranha parecia queimar meu rosto. Eu provavelmente deveria ter explicado melhor, mas minha mente foi tomada por um completo branco. O que mais tinha acontecido? Nós chegamos. Comemos alguns aperitivos. Max e eu dançamos, e então pedi para ele tirar fotos enquanto transava comigo em cima da mesa.

Assim que me lembrei do resto – o jantar que perdemos, o leilão do qual ele foi participar, o lindo jardim para onde eu escapei depois do nosso... *encontro*; tempo demais tinha se passado para que eu respondesse com uma única palavra.

– Bom – ela disse, com um tom de voz insinuante. – Estou feliz que você tenha decidido ir. Max e Will aparentemente organizam esse baile todos os anos e arrecadam um monte de dinheiro para caridade. Acho isso incrível.

– Incrível – murmurei, lembrando de Max vestido daquele jeito. Meu bom Deus, aquele homem tinha nascido para usar smoking. E também não parecia nada mal pelado.

Olhei pela janela, lembrando de sua respiração quente em meu pescoço.

– Não vou tirar – ele grunhiu, esticando sua mão enorme sobre meu seio. – Apenas quero enfiar cada vez mais fundo, sem parar.

Meus seios não eram pequenos, mas o tamanho de sua mão fez eu me sentir pequena, como se ele pudesse me erguer e me partir em duas. Mas, ao invés de ficar com medo, eu abri ainda mais as pernas, recebendo-o ainda mais fundo.

– Mais forte.

Ele se afastou um pouco para olhar em meus olhos.

– No seio ou aqui em baixo?

– Nos dois – admiti, e então ele voltou a mergulhar em meu pescoço, mordendo minha pele.

Comecei a pensar nas fotos que ele tirou e estremeci um pouco. Tentei não imaginá-lo olhando para elas. Talvez até se tocando...

Chloe limpou a garganta e tirou alguns livros da caixa. Pisquei, com força, e olhei para os livros na minha frente. *Deus, de onde vinham essas coisas?*

– Eu vi você conversando com Max – ela disse. – E vocês dançaram juntos por, tipo, umas três músicas. Você já conhecia ele antes?

Por acaso ela podia ler mentes? *Mas que diabos, Chloe?*

Não olhei para ela. Em vez disso, apenas murmurei:

– Não, conheci ele no... – fiz um gesto no ar – na sexta-feira.

– Ele é lindo – ela disse.

Só faltou dar uma piscadela.

Eu podia sentir seu olhar sobre mim. Chloe era a pessoa menos sutil do mundo. Ela soltava uma insinuação como se fosse um avião bombardeiro.

– Você não acha ele deslumbrante?

Finalmente, olhei para ela e revirei os olhos.

– Para com isso. Não vou ficar suspirando por Max Stella na sua frente. Ele parecia legal, só isso.

Ela riu e guardou alguns livros na estante.

– Certo. Estou apenas me certificando de que você não foi enfeitiçada por ele. O Max parece um cara muito legal, mas, sabe, ele definitivamente é um jogador. Pelo menos ele não esconde isso.

Ela ficou me observando por um minuto enquanto eu tentava não mostrar reação. Foi uma indireta sobre o Andy que parecia justa, e o tipo de coisa que poderíamos rir juntas daqui a um ano ou dois.

Mas, agora, suas palavras apenas se dissolveram num silêncio constrangedor.

– Desculpe – ela murmurou. – Péssima hora. Você sabia que Max e Bennett estudaram juntos?

– Sim, ele mencionou algo sobre isso. Eu não sabia que Bennett tinha feito faculdade na Inglaterra.

Ela assentiu.

– Cambridge. Max foi seu companheiro de quarto desde o primeiro dia. Ele não me contou muitas histórias, mas as que contou... – ela se perdeu no pensamento e balançou a cabeça, voltando a prestar atenção nos livros.

Eu supostamente deveria estar desinteressada, completamente desinteressada nisso tudo, não é? Fiquei olhando para meu polegar, e só então percebi que tinha sofrido um corte de papel.

Controle-se, Sara. Seu cérebro está tão fixado em Max que você já nem sente mais dor? Isso é patético.

Então, como fingir que eu não me importava com as histórias que Chloe poderia ter escutado? Quer dizer, obviamente o fato de ele não ter contado *muitas* histórias significava que ele contou ao menos *algumas*.

Certo?

Organizei vários periódicos em ordem alfabética, fingindo estar concentrada. Por fim, a pergunta parecia que estava me sufocando, e eu não resisti:

– Então, que tipo de coisas eles faziam?

– Coisas de homens – ela disse, distraída. – Jogavam rúgbi. Faziam a própria cerveja e davam festas malucas. Pegavam o trem para Paris e blá, blá, blá, travessuras.

Eu queria estrangular a Chloe.

– Travessuras?

Ela olhou para mim de repente, como se tivesse se lembrado de alguma coisa, e seus olhos negros definitivamente brilharam com alguma malícia.

– Ei, isso me lembrou de uma coisa. Falando sobre travessuras...

Meu estômago congelou.

– Você desapareceu na sexta-feira durante o baile por, tipo, uma hora! Onde você estava?

Meu rosto esquentou e tive que limpar a garganta, franzindo a testa como se não conseguisse lembrar direito.

– Ah, eu me senti meio cansada. Eu, humm... fui dar uma volta no jardim.

– Que pena – ela suspirou. – Eu achei que você tinha esbarrado em um garçom gostosão e tinha ido transar em cima de alguma mesa.

Uma tosse seca explodiu em minha garganta, e de repente minha boca ficou tão seca que eu não conseguia parar de tossir.

Chloe se levantou e foi buscar um copo de água na recepção. Quando voltou, tinha um sorrisinho no rosto.

– Te peguei! Você sempre começa a tossir quando fica nervosa assim.

– Estou bem.

– Mentiras. Mentirosa cheia de mentirinhas e mentironas. Agora, conte tudo.

Eu absolutamente me recusei a olhar para ela. Algo naqueles olhos negros e no sorriso paciente apontados diretamente para mim me faziam confessar qualquer coisa.

– Não tem nada para contar.

– Sara, você desapareceu, só voltou uma hora depois e parecia... – ela colocou uma longa mecha de cabelo atrás da orelha e revelou o sorriso mais malicioso do mundo. – Você sabe como estava parecendo. Como se tivesse acabado de transar.

Com o estilete, abri uma caixa, tirei uma pilha de revistas e entreguei para ela.

– E foi uma coisa maluca demais para explicar.

– Você está brincando? Você está falando com a mulher que transou com o chefe na escadaria do décimo oitavo andar.

Levantei a cabeça com surpresa e comecei a rir. Tomei um pouco de água para tentar parar de tossir.

– Caramba, Chloe. Eu não sabia *desse* detalhe – pensei naquilo por um instante. – Deus, ainda bem que eu nunca usava as escadas. Que indecência. Isso teria sido muito constrangedor.

– Nós éramos ridículos. Nada poderia ser mais louco do que aquilo – ela deu de ombros e voltou a me olhar de um jeito estranho. – Ou será que poderia? O que você me diz?

– Certo – eu disse, encostando no sofá. – Lembra do cara que eu conheci na boate na semana passada? O gostosão?

– Sim?

– Ele estava lá na sexta-feira.

Os olhos dela se estreitaram e praticamente pude ver as catracas girando em seu cérebro.

– No baile?

– Pois é. Ele me encontrou na frente dos banheiros – olhei o céu lá fora para que ela não visse a mentira em meus olhos. – Nós ficamos. Acho que é por isso que eu parecia... humm... amarrotada.

– Quando você diz "ficamos", você quer dizer...?

– Isso mesmo que você está pensando. Num salão vazio – olhei para seu rosto e encarei seus olhos. – Em cima de uma mesa.

Ela soltou uma exclamação e bateu as mãos juntas.

– Olhe só para você, toda selvagem em Nova York.

Aquilo parecia algo que Max diria, mas saiu de um jeito tão diferente que, por um momento, me deixou sem palavras. Era desorientador desejá-lo tanto assim, imaginar o que ele estaria fazendo, se estaria olhando para as minhas fotos neste exato instante.

– Eu sempre soube que, lá no fundo, você era assim, Sara – ela acrescentou.

– Acontece que eu realmente não quero outra relação séria. E, mesmo que quisesse, fiquei com a impressão de que essa não é a praia dele – parei antes que acabasse revelando demais. Se eu mencionasse mais um pouco da reputação de Max nas colunas sociais, Chloe iria com certeza descobrir sobre quem eu estava falando.

Ela concordou enquanto ouvia e arrumava uma pilha de revistas.

– Mas ele é divertido, Chloe. E você sabe como as coisas eram com Andy.

Ela parou de arrumar, mas continuou brincando com o canto de uma página.

– Bom, aí é que está, Sara. Eu na verdade *não* sei. Quer dizer, vamos lá: nesses três anos que nós duas nos conhecemos, eu apenas jantei com vocês umas cinco vezes. Aprendi mais sobre ele lendo os jornais do que ouvindo as poucas histórias que você contava. Você mal falava sobre ele! Sempre fiquei com a impressão de que ele usava a reputação da sua família para criar uma imagem de pessoa bem relacionada...

Eu me senti culpada, e um constrangimento se instalou em meu peito como se fosse um peso de chumbo.

– Eu sei – respirei fundo lentamente. Uma coisa era imaginar como as pessoas me viam, outra era ouvir com todas as letras. – Eu sempre achava que, se contasse algo sobre ele, eu seria mal interpretada e acabaria arruinando sua imagem pública. Além disso, nós não éramos como você e Bennett. Nós não nos divertíamos muito na época em que eu te conheci. O Andy era um falso e um grande babaca. Levei tempo demais para perceber isso. O que aconteceu na sexta-feira foi apenas diversão.

Chloe olhou para mim.

– Ei, tudo bem. Eu sabia que era algo assim – ela abriu outra caixa. – Então, esse cara novo é legal, é diferente do Andy?

– Sim.

– Então você quer dizer que ele *gosta* de você?

– Ao menos fisicamente, o que é suficiente para mim nesse momento.

– Então, qual é o problema? Parece a situação perfeita.

– Ele é meio intenso. E eu não confio muito nele.

Colocando os livros de lado, ela se virou para me encarar.

– Sara, o que vou dizer agora pode parecer estranho, mas apenas escute.

– Claro.

– Quando o Bennett e eu começamos... aquilo que estávamos fazendo, cada vez que acontecia eu dizia para mim mesma que seria a última vez. Mas acho que eu sempre soube que continuaria acontecendo até que a situação se esgotasse. Para a nossa sorte, acho que nunca vamos parar de sentir a mesma paixão das primeiras vezes. Mesmo assim, eu não confiava nele. Eu nem mesmo *gostava* dele. E ainda por cima ele era meu *chefe*. Quer dizer, tem algo mais inapropriado do que isso? – ela riu, e, seguindo seu olhar em direção à mesa, eu vi que a primeira e única coisa que ela tinha arrumado era uma foto dos dois na França, onde ele a pediu em casamento. – Mas acho que, se eu tivesse me permitido aproveitar pelo menos um *pouco*, talvez aquilo não tivesse me consumido tanto.

Comecei a entender exatamente o que ela queria dizer sobre sentir-se consumida. E sabia também que eu estava conscientemente lutando contra Max, contra a *ideia* de Max. Mas as minhas razões eram diferentes. Não era uma relação entre patrão e funcionário, ou qualquer outro tipo de disputa por poder. Era o simples fato de que eu não queria ser de mais ninguém. Eu queria ser dona de mim mesma por um tempo. E, embora essa coisa com o Max fosse insana e completamente diferente de qualquer coisa que eu já tivesse sentido antes, *eu* era diferente – e estava gostando disso. Gostando muito.

– Eu gosto sim dele – admiti cuidadosamente. – Mas não acho que ele seria um bom namorado. Na verdade, eu *sei* que não seria. E eu mesma definitivamente não seria uma boa namorada no momento.

– Certo, então talvez vocês devessem apenas se encontrar de vez em quando para transar casualmente. Você sabe, como parceiros sexuais.

Eu ri, mergulhando o rosto em minhas mãos.

– Fala sério. Que vida é essa?

Ela olhou para mim como se quisesse afagar meu cabelo.

– Sara, essa é a *sua* vida.

George estava lendo o jornal na minha sala com os pés na minha mesa quando eu voltei.

– Trabalhando muito? – provoquei, sentando no canto da mesa.

– É hora do almoço. E você recebeu um pacote, minha querida.

– Você foi até a sala de correspondência?

Ele balançou a cabeça negativamente e levantou um pacote que estava em seu colo.

– Para ser entregue em mãos. Foi deixado aqui por um mensageiro muito bonito, devo dizer. Tive que assinar e prometer não abrir.

Peguei o pacote e fiz um gesto mostrando a porta, mandando George ir passear um pouco.

– Você nem vai me dizer o que é?

– Não tenho visão de raio X e não quero você aqui quando abrir. Então suma logo daqui.

Com uma bufada de protesto, ele tirou os pés da minha mesa e foi embora, fechando a porta depois de sair.

Fiquei olhando para o pacote por vários minutos, sentindo um formato retangular dentro do envelope. Um porta-retratos? Meu coração começou a acelerar.

Dentro havia um embrulho e um cartão que dizia:

Flor,
Abra isto com discrição. É a minha favorita.
Seu estranho.

Engoli em seco, sentindo como se estivesse prestes a libertar uma coisa que eu não seria mais capaz de conter. Olhando a porta para ter certeza de que estava bem fechada, abri o pacote, com as mãos tremendo ao perceber que realmente era um porta-retratos. Feito de madeira, havia apenas uma foto: era a imagem da minha barriga e a curva da minha cintura. A mesa preta debaixo de mim estava visível. As pontas dos dedos de Max também apareciam em baixo, como se estivessem me prendendo na mesa pela cintura. Uma tênue faixa de luz se estendia através da minha pele, como uma lembrança da porta que se abriu e da pessoa que andou pelo salão do outro lado da tela.

Ele deve ter tirado a foto logo após se enterrar em mim.

Fechei os olhos, lembrando a sensação de quando gozei. Eu me senti como um fio desencapado plugado na parede, com a carga elétrica que iluminaria o salão passando diretamente por mim. Ele descobriu meu clitóris com os dedos e continuou entrando em mim. Eu quis fechar as pernas por causa daquela intensidade, mas ele grunhiu e me manteve aberta com o bater de seus quadris.

Enfiei o porta-retratos de volta no envelope e escondi tudo na minha bolsa. Um calor se espalhou em minha pele e eu nem podia ligar o ar-condicionado ou abrir uma janela num andar alto como aquele.

Como ele sabia?

Senti o peso daquilo me pressionando: o quanto eu queria que fosse uma foto de nós dois, o quanto eu queria ser vista. Ele entendia, talvez até melhor do que eu mesma.

Tropeçando na minha mesa, sentei e tentei avaliar a situação. Mas, exatamente na minha frente, estava o *New York Post*, aberto na seção de colunas sociais.

E bem no meio da página tinha uma história intitulada

MAX STELLA, O DEUS DO SEXO, EM VOO SOLO

O playboy milionário tentou algo novo no Museu de Arte Moderna.

Não, ele não começou a investir em arte, e com certeza não estava lá para arrecadar fundos (sejamos honestos: o cara já arrecada mais dinheiro do que um caça-níquel em Las Vegas). No sábado à noite, em seu baile anual para arrecadar fundos para a Alex's Lemonade Stand Foundation, Max Stella chegou... sozinho.

Quando questionado sobre onde estava sua acompanhante, ele disse simplesmente "Espero que ela já esteja lá dentro".

Infelizmente para nós, os fotógrafos foram proibidos de entrar no evento.

Mas nós vamos pegar você na próxima, Mad Max.

Fiquei olhando o jornal, sabendo que George o tinha deixado lá para que eu visse, e provavelmente agora estava em algum lugar dando risada por causa disso.

Minhas mãos ainda estavam tremendo quando dobrei e guardei o jornal na gaveta. Por que não me ocorreu que um fotógrafo poderia estar lá? Não ter nenhum fotógrafo era um milagre. E, embora Max com certeza soubesse disso, eu não sabia, e nem mesmo *pensei* nisso.

– Merda – sussurrei. E então percebi, com uma clareza súbita, que essa coisa entre nós precisava acabar totalmente ou eu precisaria de algum controle. Senti um pouco de alívio em retrospecto por esse descuido, pensando que já tinha evitado três desastres na minha primeira semana.

Liguei meu notebook e busquei no Google o endereço da "Stella & Sumner".

Não pude evitar um sorriso.

– É claro.

Rockefeller Plaza, número trinta.

A Stella & Sumner preenchia metade do septuagésimo segundo andar do Edifício GE, um dos prédios mais icônicos da cidade. Até eu o reconhecia ao longe.

Porém, para uma empresa de capital de risco tão conhecida, fiquei surpresa com o pouco espaço que ocupava de fato. Por outro lado, não era preciso muita gente para gerir uma empresa que basicamente apenas arrecada e investe dinheiro: Max, Will, alguns executivos juniores e vários tipos de gênios da matemática.

Meu coração batia tão rápido que precisei contar até dez, e então corri para o banheiro ao lado dos escritórios para me recompor.

Chequei cada cabine para ter certeza de que estavam vazias, depois fui me olhar no espelho.

– Se você vai fazer isso com ele, lembre-se de três coisas, Sara. Primeiro, ele quer a mesma coisa que você. Sexo sem compromisso. Você não deve mais nada para ele. Segundo, não tenha medo de pedir aquilo que você quer. E terceiro... – eu me endireitei e respirei fundo: – seja jovem. Divirta-se. Desligue o resto.

De volta ao corredor, as portas de vidro da Stella & Sumner abriram automaticamente quando me aproximei, e uma velha recepcionista me cumprimentou com um sorriso sincero.

– Estou aqui para falar com Max Stella – eu disse, sorrindo de volta. Ela tinha um rosto familiar. Olhei para a placa onde estava seu nome: Brigid Stella.

Meu Deus, a recepcionista era a *mãe* dele?

– Você tem hora marcada, meu amor?

Seu sotaque era igual ao dele. Voltei minha atenção para seu rosto.

– Não, na verdade não. Eu gostaria só de um minuto.

– Qual é o seu nome?

– Sara Dillon.

Ela sorriu – mas não um sorriso de quem sabe de alguma coisa, *graças a Deus* –, olhou em seu computador e pegou o telefone.

– Estou com Sara Dillon na recepção. Ela quer dar uma palavrinha com você – ela escutou por alguns segundos e depois disse: – Certo.

Quando desligou, ela já estava acenando com a cabeça.

– É só seguir pelo corredor e virar à direita. A sala dele é a última.

Agradeci e segui pelo corredor. Quando me aproximei, vi que Max estava esperando na porta, encostado no batente e mostrando um sorriso tão convencido que eu parei a uns bons três metros de distância.

– Não fique tão convencido – sussurrei.

Ele começou a rir, virando-se e entrando na sala.

Eu o segui e fechei a porta atrás de mim.

– Não estou aqui para fazer o que você está pensando – então, fiz uma pausa, reconsiderando meu discurso. – Certo, talvez eu esteja *sim* aqui por causa disso. Mas não exatamente. Quer dizer, não aqui, e não aqui *hoje*, com a sua mãe logo ali fora! Meu Deus, quem contrata a própria mãe para ser sua *recepcionista*?

Ele continuou rindo, com aquela maldita covinha aparecendo em seu rosto, e, a cada palavra enrolada que eu dizia, ele parecia rir ainda mais forte. Caramba, ele era completamente adorável, brincalhão... irritante... e *estúpido*!

– Para de rir! – eu gritei e então bati com a mão na minha boca quando percebi que minhas palavras ecoaram ao redor. Ele se esforçou para mudar a expressão, andou até mim e me beijou uma vez, de um jeito tão doce que eu literalmente esqueci por um momento o que estava fazendo ali.

– Sara – ele disse com a voz baixa. – Você está linda.

– Você sempre diz isso – respondi. Fechei os olhos e senti meus ombros relaxando. Não conseguia lembrar de uma única vez nos últimos três anos em que Andy havia me elogiado em algo que não fosse minha escolha para o vinho no jantar.

– Isso é porque eu não sou nada se não for honesto. Mas o que você está vestindo?

Abri os olhos e olhei minha blusa branca, a saia azul-marinho e o cinto vermelho. Max estava olhando diretamente para meu peito, e senti meus mamilos endurecerem sob seu olhar.

Ele sorriu com o canto da boca. Ele sabia.

– Estou vestindo... roupa de trabalho.

– Você está parecendo uma estudante safada.

– Tenho vinte e sete anos – fiz questão de lembrar. – Você não está sendo um pervertido olhando para os meus peitos.

– Vinte e sete – ele repetiu, aumentando o sorriso. Ele agia como se todas as informações que eu passasse fossem uma pérola que ele juntava para formar um colar. – Quantos dias dá tudo isso?

Estreitei os olhos.

– O quê? Isso dá... – olhei para cima por alguns segundos. – Cerca de nove mil, oitocentos e cinquenta. Um pouco mais, já que meu aniversário é em agosto. Então dá quase dez mil dias.

Ele gemeu e pressionou a mão no peito de um jeito dramático.

– Droga. Ela é boa com números e se veste desse jeito. Não posso resistir aos seus encantos.

Não pude evitar sorrir de volta. Ele nunca foi rude ou mal-educado comigo e já tinha me dado mais orgasmos em uma semana do que qualquer outro homem em... *Oh, Sara, que deprimente. Vamos mudar de assunto.*

Ele olhou para mim mais uma vez e disse:

– Bom, eu certamente mal posso esperar para que você diga qual é o motivo desta visita tão inesperada. Mas me deixe responder sua pergunta mais recente. Sim, minha mãe é a minha recepcionista e parece mesmo um pouco estranho. Mas eu desafio você a tentar tirá-la de lá. Eu juro, você vai acabar sem uma orelha na cabeça.

Ele deu um passo para frente e, de repente, já estava muito perto. Perto demais. Eu podia ver as pequenas listras no casaco de seu terno, podia ver os vestígios da barba crescendo em seu queixo.

– Eu vim até aqui para conversar com você – eu disse.

Minha voz deve ter soado minúscula e precisei buscar forças para dizer as palavras que eu tinha ensaiado tanto. Eu não queria ser a mesma pessoa que ficou com o Andy no começo: alguém em quem se passava por cima facilmente. Depois de seis anos, percebi que o problema era que eu não me importava de verdade em lutar por qualquer coisa.

Ele sorriu.

– Suspeitei desde o princípio. Você quer sentar?

Balancei a cabeça negativamente.

– Quer algo para beber? – ele andou até um minibar e levantou uma garrafa de cristal com um líquido âmbar. Sem pensar, aceitei, e ele preparou dois copos.

Ao entregar, sussurrou:

– Apenas dois dedos hoje, flor.

Não contive uma risada.

– Obrigada. Desculpe, toda essa situação... está me consumindo.

Ele ergueu uma sobrancelha, mas pareceu desistir de jogar mais uma insinuação na conversa.

– Também sinto isso.

– Com você, sinto como se estivesse nadando num lugar que não dá pé para mim – comecei dizendo.

Ele riu, mas não de um jeito rude.

– Dá para perceber.

– Entende? Antes do que aconteceu na boate... estive com o mesmo cara desde os meus vinte e um anos.

Max tomou um gole de seu drinque e depois ficou olhando para a bebida, apenas escutando. Considerei o quanto eu realmente queria contar sobre Andy, sobre mim e sobre como nós éramos como um casal.

– Andy era mais velho. Mais estabelecido, mais experiente. Nosso namoro era bom – eu disse. – Tudo estava sempre *bom*. Acho que muitas relações terminam desse jeito, apenas... bom. Fácil. Sei lá. Ele não era meu melhor amigo, e nem era realmente meu amante. Nós apenas morávamos juntos. Tínhamos uma rotina.

Eu era fiel; ele saía transando por toda Chicago.

– Então o que aconteceu? Quem apertou o gatilho?

Fiz uma pausa, olhando para ele. Eu já tinha usado essa expressão com Max? Tentei lembrar e concluí que não. Usei esse termo para descrever minha vida depois que fui embora, mas nunca falei desse jeito com ele. Senti um arrepio percorrer meus braços. Um milhão de respostas cruzaram minha mente, mas a que usei foi:

– Eu estava cansada de ser tão velha sendo tão jovem.

– É isso? Você só vai me contar isso? Você é um completo enigma, Sara.

Olhando para ele, eu disse:

– Considerando o que nós fizemos juntos, você não precisa saber nada além disso. Eu deixei muita infelicidade em Chicago e não estou querendo me envolver com ninguém no momento.

– Mas então você me encontrou na boate – ele disse.

– Se me lembro bem – respondi, passando a ponta do dedo pela sua camisa –, foi você quem me encontrou.

– Certo – ele disse, e sorriu, mas, pela primeira vez, seus olhos não sorriram primeiro. Ou mesmo depois. – E aqui estamos nós.

– Aqui estamos nós – repeti. – Decidi que era minha hora de ser um pouco selvagem – olhei para a janela, para as nuvens flutuantes no céu, que pareciam tão sólidas e convidativas, como se eu pudesse pular em uma e sair voando por aí, para qualquer lugar, um lugar onde eu estaria segura daquilo que estava prestes a dizer. – Mas encontrei você algumas vezes desde então e... eu gosto de você. Apenas não quero que as coisas fiquem malucas ou saiam dos trilhos.

– Eu entendo perfeitamente.

Será que entendia mesmo? Era impossível que ele entendesse. E, na verdade, não importava se entendia, ainda mais importante do que minha vida permanecer nos trilhos era minha necessidade de *não* ter uma vida tão segura quanto era em Chicago. A segurança era um pesadelo. A segurança era uma mentira.

– Uma noite por semana – eu disse. – Serei sua uma noite por semana.

Ele me encarou com aquela expressão calma e pensativa e eu percebi que, todas as vezes que o vi antes disso, ele mostrava as cartas que tinha. Seu sorriso era completamente honesto. Sua risada era perfeitamente real. Mas esta expressão era sua máscara.

Minha barriga deu um nó doloroso.

– Quer dizer, se é que você quer me ver de novo.

– Eu definitivamente quero – ele me assegurou. – Só não sei exatamente o que você quer dizer.

Levantei e andei até a janela. Senti ele se mover atrás de mim e disse:

– Sinto que a única maneira de conseguir lidar com isso agora é estabelecer um limite muito claro. Além dessa fronteira, estou aqui para trabalhar, para construir uma vida. Mas dentro desse limite... – fiquei em silêncio, fechando os olhos e apenas deixando a ideia no ar. A ideia das mãos de Max. A ideia de sua boca. Seu corpo esculpido e sua grossura pressionando contra mim de novo e de novo. – Podemos fazer qualquer coisa. Quando eu estiver com você, não quero me preocupar com mais nada.

Ele se moveu para o lado, de um jeito que eu virei meu rosto apenas levemente e vi que ele me olhava diretamente nos olhos. Ele sorriu. A máscara tinha sumido, o sol da tarde batia na sala, e seus olhos pareciam arder em chamas.

– Você está oferecendo apenas seu corpo para mim.

– Sim – fui a primeira a desviar os olhos.

– Você realmente vai me dar apenas uma noite por semana?

Estremeci.

– Sim.

– Então você quer... o quê? Um caso sem compromisso, mas com compromisso?

Eu ri e disse:

– Eu certamente não gosto da ideia de você saindo por aí pegando várias mulheres. Então, sim, isso faz parte do acordo. Se é que você faz esse tipo de coisa.

Ele coçou o queixo, sem responder minha proposta.

– Qual noite da semana? Sempre a mesma noite?

Eu não tinha pensado nesses detalhes, mas concordei com a cabeça.

– Às sextas-feiras.

– Se eu não posso sair com outras mulheres, o que acontece quando eu tiver um evento na quinta ou no sábado onde preciso levar uma acompanhante?

Meu peito se torceu de ansiedade.

– Não. Nada de aparições públicas. Acho que você vai precisar levar sua mãe nessas ocasiões.

– Você é uma garota exigente – seu sorriso seguiu suas palavras e cresceu lentamente, como uma fogueira que se acende devagar. – Isso parece tão organizado. Nosso modus operandi não tem sido assim até agora, flor.

– Eu sei. Mas esta é a única maneira que parece sã para mim. Não quero aparecer nos jornais com você.

Suas sobrancelhas se juntaram.

– Por que isso especificamente?

Balançando a cabeça, percebi que tinha falado demais. Então murmurei:

– Apenas não quero.

– Eu não tenho nenhuma voz nisso? – ele perguntou. – Vamos apenas nos encontrar no seu apartamento e transar a noite inteira?

Passei a ponta do dedo pelo seu peito novamente, descendo ainda mais, até chegar em seu cinto. Esta era a parte que eu esperava que ele aceitasse, e a parte que eu mais temia. Depois da boate, do restaurante e do baile, eu estava começando a me sentir viciada em adrenalina. Não queria abrir mão disso.

– Acho que nos saímos muito bem até agora. Não quero usar meu apartamento. Nem o seu. Vou esperar você me enviar uma mensagem de texto dizendo onde eu devo te encontrar e o que esperar no geral, para que eu possa me vestir de acordo. Não me importo com o resto.

Fiquei na ponta dos pés e o beijei. Comecei apenas provocando, mas então o beijo ficou tão intenso que eu quase desejei retirar tudo que disse e ficar com ele todas as noites da semana. Mas ele se afastou primeiro, respirando pesadamente.

– Eu posso evitar os fotógrafos, mas estou obcecado em tirar fotos com você. É minha única condição. Sem mostrar os rostos, mas fotos são permitidas.

Um arrepio subiu pelas minhas costas e eu encarei seu rosto. Só de pensar em ter provas dele tocando minha pele nua e depois olhando fotos de nós transando fez um calor se espalhar do meu peito até o rosto. Ele percebeu, sorrindo e acariciando meu queixo.

– Quando isso terminar, você vai precisar apagar as imagens – eu disse.

Ele assentiu imediatamente.

– É claro.

– Te vejo na sexta, então – coloquei minha mão dentro de seu casaco, aproveitando para passear nas linhas duras de seu peito antes de tirar seu celular do bolso interno e discar meu número. Meu celular tocou na minha bolsa. Senti seu sorriso sem nem precisar olhar em seu rosto. Guardei o telefone de volta no bolso dele, virei e fui embora, sabendo que, se eu olhasse para trás, não resistiria e voltaria.

Eu me despedi de sua mãe e fiz a longa viagem de elevador até o saguão no térreo, pensando na câmera de seu celular o tempo todo.

Depois de andar dois quarteirões, meu celular tocou dentro da minha bolsa.

Me encontre na sexta, entre a 11th e a Kent no Brooklyn. 18h. Vá de táxi e espere até eu abrir a porta. Você pode ir direto do trabalho.

Seis

Quando eu era jovem e inocente, Demitri Gerard foi o segundo cliente que tive. Ele tinha uma empresa pequena, mas rentável, que comercializava antiguidades no norte de Londres. No papel, o negócio não tinha nada de especial: ele pagava as contas no prazo, tinha uma lista de clientes fiéis e, em um ano, fazia mais dinheiro do que gastava. Mas o ponto realmente excepcional era sua habilidade incrível de farejar achados que poucas pessoas sabiam existir. Peças que, nas mãos certas, eram vendidas por pequenas fortunas para colecionadores do mundo todo.

Ele precisava de capital para expandir e, eu soube mais tarde, para bancar uma longa lista de informantes que o mantinham atualizado sobre o que se descobriria por aí. Informantes que permitiram que ele se tornasse um homem muito, muito rico. Legalmente, é claro.

De fato, Demitri Gerard se tornou tão bem-sucedido que era dono de doze galpões apenas em Nova York, sendo que o maior deles ficava entre a Décima Primeira e a Kent.

Tirando o papel do meu bolso, digitei o código que Demitri tinha me passado por telefone pela manhã. O alarme tocou duas vezes antes da fechadura da porta se abrir com um som metálico. Com um rápido gesto para o meu motorista, abri a porta pesada, ouvindo meu carro partir enquanto eu entrava lá dentro.

Um elevador de carga me levou até o quinto andar e eu tirei meu casaco, dobrando a manga da camisa e olhando ao redor. Paredes e chão de cimento liso, luminárias penduradas nas vigas do teto. Demitri usava esses prédios para guardar coleções que seriam vendidas mais tarde em leilões ou transportadas para vários negociantes. Ainda bem que esta coleção ainda não tinha sido vendida.

A luz do sol ainda entrava pelas janelas sujas e rachadas que se alinhavam em duas paredes do galpão, e fileiras e mais fileiras de espelhos cobertos de panos preenchiam o espaço. Cruzei o galpão, provocando nuvens de poeira a cada passo, e levantei uma cobertura de plástico da única peça de mobília do lugar: um sofá de veludo que eu tinha mandado entregar mais cedo. Sorri, passando as mãos na curva do assento, imaginando se Sara estivesse ali, nua e implorando.

Perfeito.

Passei a hora seguinte cuidadosamente tirando a cobertura de cada espelho e os movendo ao redor, direcionando-os para o sofá que coloquei no meio de tudo. Alguns espelhos eram ornamentados, com grandes molduras douradas e vidros que envelheceram nas bordas com o passar do tempo. Outros eram mais delicados, com detalhes esculpidos em madeira reluzente.

O sol havia se posto atrás dos prédios ao redor quando terminei, mas ainda brilhava o suficiente para que eu não tivesse que ligar as lâmpadas fluorescentes. Uma luz tênue entrava pelas janelas, e, olhando meu relógio, percebi que Sara chegaria a qualquer momento.

Pela primeira vez desde que pensei neste plano, considerei a possibilidade de que ela poderia não aparecer e o quanto isso seria decepcionante. O que era estranho. É fácil desvendar a maioria das mulheres, que me querem por causa do meu dinheiro ou a notoriedade de serem vistas comigo. Mas não Sara. Nunca precisei me esforçar desse jeito para conseguir a atenção de uma mulher antes, e não sei como eu me sinto em relação a isso. Eu era mesmo um clichê tão grande assim? Apenas querendo o que não posso ter? Eu me acalmei pensando que nós dois éramos adultos, nós dois queríamos aquilo e logo iríamos nos cansar e seguir em frente. Sem problemas.

Simples assim.

E o fato de ser uma transa incrível também não era nada mal.

Meu celular vibrou do outro lado do galpão e, com uma última olhada ao redor, entrei no elevador e desci a curta distância até o térreo.

Ela levantou o olhar ao ouvir o barulho da porta, e meu pau endureceu com a visão dela parada ali, esperando, incerta.

Calma, cara. Deixe ela entrar antes de pular em cima dela.

– Oi – eu disse, beijando seu rosto. – Você está linda.

O cheiro dela já era familiar, algo que lembrava o verão e frutas cítricas. Andei até o táxi e paguei o motorista, virando para ela enquanto o carro ia embora.

– Isso foi realmente presunçoso da sua parte – ela disse, erguendo a sobrancelha. Seu cabelo estava levemente ondulado, preso na frente com uma pequena presilha prateada. Imaginei como ficaria mais tarde, sem a presilha, todo embaraçado depois de eu transar com ela. – Principalmente se você considerar que eu já tinha pago.

Olhei em direção ao táxi e balancei a cabeça com um sorriso.

– Vamos apenas dizer que falta de autoestima nunca foi um defeito meu.

– Então qual é o seu defeito? – ela perguntou.

– Acho que não tenho nenhum, na verdade. Talvez seja por isso que você goste de mim.

– *Gostar* é uma palavra muito forte – ela disse, curvando o canto da boca num pequeno sorriso.

– *Touché*, garota malvada – também sorri ao abrir a porta, fazendo um gesto para ela liderar o caminho.

Ficamos em silêncio enquanto andávamos até o elevador e durante a subida, mas uma pesada sensação de antecipação era palpável entre nós.

O elevador abriu as portas que davam direto no galpão, mas, ao invés de entrar, Sara se virou para me encarar.

– Antes de entrarmos aí – ela disse, acenando com a cabeça – eu preciso que você diga que não vou encontrar nenhuma corrente e, tipo, *apetrechos* aí dentro.

Eu ri, enxergando apenas agora o quanto a situação parecia estranha e o quanto ela estava confiando em mim. Prometi a mim mesmo que faria tudo valer a pena.

– Nada de algemas ou chicotes, prometo – eu me aproximei e beijei sua orelha. – Talvez alguns tapas de leve, mas vamos primeiro ver como a noite progride, certo? – dei um tapa em sua bunda antes de liderar o caminho para fora do elevador.

– Uau – ela disse, com o rosto ficando um pouco vermelho enquanto andava.

Tantas contradições.

Fiquei assistindo enquanto ela olhava ao redor lentamente. Usava um vestido cor de vinho, mostrando as longas pernas que terminavam em grandes saltos pretos.

– Uau – ela repetiu.

– Ainda bem que você aprovou.

Ela correu um dedo na superfície de um grande espelho de prata, com os olhos encontrando os meus através do reflexo.

– Estou percebendo um tema aqui.

– Se está se referindo ao fato de que eu me excito observando você, então, sim, esse é o tema – sentei em uma das grandes janelas, esticando as pernas na minha frente. – Adoro assistir você gozando. Porém, mais do que isso, adoro o jeito como *você* se excita ao ser observada – seus olhos se arregalaram como se aquilo que eu disse fosse algo surpreendente.

Fiz uma pausa. Será que a julguei errado? Para mim, estava claro que ela era ao menos um pouco exibicionista e mais do que um pouco fascinada com a adrenalina de ser vista.

– Você sabe que eu gosto de olhar as fotos de você nua. Sei que você gosta de sexo em público. Por acaso eu me enganei com alguma dessas coisas?

– É que ouvir isso em voz alta é estranho – ela andou pelo galpão, olhando para cada espelho enquanto passava. – Acho que sempre pensei que outro tipo de pessoa gosta dessas coisas, não eu. Percebi que isso parece ridículo.

– Só porque você vivia de um jeito diferente antes, não significa que você gostasse.

– Acho que não entendo direito o *que* eu gosto – ela disse, virando para me encarar. Acho que não vivi o suficiente para saber de verdade.

– Bom, aqui está você, no meio de um galpão vazio, apenas com um sofá cercado de espelhos antigos. Eu adoraria ajudar você a se descobrir.

Ela riu, aproximando-se novamente de mim.

– Este prédio não é seu.

– Continuou pesquisando minha vida, não é?

Ela deixou a bolsa encostada na parede e sentou no sofá, cruzando as pernas.

– Eu precisava descobrir coisas além das colunas sociais. Para ter certeza que não iríamos recriar uma cena de *O massacre da serra elétrica*.

Balancei a cabeça, rindo, surpreso com alívio de saber que ela teve o bom senso de pesquisar antes de aparecer.

– Este prédio é de um cliente meu.

– Um cliente com fetiche por espelhos?

– Não sei o quanto você descobriu nas suas pesquisas – eu disse. – Mas tenho dois sócios, e cada um de nós tem sua própria área de especialização: Will Sumner é especialista em biotecnologia, James Marshall em tecnologia. Eu me concentro nas artes: galerias e...

– Antiguidades? – ela disse, fazendo um gesto para os espelhos.

– Sim.

O que nos traz para o motivo de estarmos aqui.

– Terminou com o questionário?

– Por enquanto.

– Satisfeita?

– Hum... ainda não.

Cruzei o galpão e me ajoelhei na frente dela.

– Tudo bem com isso tudo?

– Com você transando comigo num galpão cheio de espelhos? – ela passou uma mecha do cabelo atrás da orelha e deu de ombros, num gesto cheio de inocência. – Surpreendentemente, sim.

Pousei minha mão atrás de seu pescoço.

– Estive pensando nisso o dia todo. Em como você ficaria ao sentar aqui – sua pele era tão macia, e deixei meus dedos passearem por sua garganta até o peito. Dei um beijo com pressão em seu pulso, sentindo a batida com a minha língua. Ela sussurrou meu nome, com as pernas se abrindo enquanto me puxava para perto.

– Eu quero você nua – eu disse, não perdendo tempo e abaixando a frente de seu vestido. – Quero você nua e molhada e implorando para eu te foder – encontrei seu seio, chupei e mordi o mamilo por cima da renda do sutiã. – Quero que você grite tão alto até que as pessoas no ponto de ônibus lá na rua saibam meu nome.

Ela ofegou e agarrou minha gravata, desfazendo o nó e puxando-a para fora do meu pescoço.

– Eu poderia amarrar você com isso – eu disse. – Dar uns tapas. Chupar sua boceta até você implorar para eu parar – observei enquanto ela se atrapalhava com os botões da minha camisa, com um olhar faminto nos olhos ao tirá-la dos meus ombros.

– Ou eu poderia amordaçar você – ela provocou, com um sorriso no canto da boca.

– Promessas, promessas – sussurrei, tomando seu lábio inferior em minha boca. Beijei seu queixo, lambi seu pescoço.

Ela me agarrou por cima da calça, meu corpo respondendo imediatamente, meu pau endurecendo em sua mão.

Desabotoei seu vestido e o abri, tirando-o por seus braços e jogando-o para o lado. Então tirei o sutiã.

– Diga o que você quer, Sara.

Ela hesitou, olhando para mim, antes de sussurrar:

– Me toque.

– Onde? – eu perguntei, subindo um dedo pela sua coxa. – Aqui?

Sua pele parecia branca como leite em contraste com o vermelho do sofá – a imagem era melhor do que qualquer fantasia que eu tinha pensado – e mordi sua cintura enquanto deslizava a pequena calcinha de renda para a parte inferior de suas pernas. Mergulhando um dedo, quase perdi a respiração ao sentir o quanto ela já estava molhada. Circulei o polegar em seu clitóris, com nós dois olhando para onde eu a tocava. Observei seus músculos da barriga se apertarem, ouvi os suaves gemidos enquanto eu mexia em sua pele molhada.

Fiquei de pé e abri minha calça, jogando uma camisinha no sofá antes de abaixar minhas roupas pela cintura. Ela não perdeu tempo, sentou e tomou meu pau em sua mão, passando a língua ao longo da cabeça. Fiquei olhando enquanto ela chupava a ponta, com lábios quentes e macios.

Olhei para cima por um segundo e vi nosso reflexo nos espelhos. Ela segurava meus quadris, com seus lindos cabelos cor de caramelo entrelaçados nos meus dedos, a cabeça subindo e descendo. Forcei a mim mesmo a não olhar para baixo, sabendo como seus cílios escuros pareceriam por esse ângulo, pousados sobre seu rosto rosado.

Ou melhor, seus olhos escuros abertos e me encarando.

Senti a maneira como cada um de seus dedos me apertava, senti o raspar macio de seus cabelos contra minha barriga, o calor de sua boca e a vibração de cada gemido encorajador. Aquilo era muito bom. Bom *demais*.

– Ainda não – eu disse, ofegando, mas conseguindo me afastar de algum jeito. Corri meus dedos por seus lábios. Era muito tentador apenas observá-la chupando meu pau e gozar em sua garganta. Mas eu tinha outros planos. – Vire-se. Quero você de joelhos.

Ela fez o que pedi, olhando por cima do ombro enquanto eu me posicionava atrás dela.

Aquele olhar quase me fez gozar e eu tive que pensar em planilhas e arquivos – até mesmo nas piadas ruins do Will – enquanto pegava a camisinha e rasgava a embalagem, vestindo-a imediatamente. Agarrei seus quadris e guiei meu pau até sua entrada, esfregando a ponta antes de pressionar e penetrar fundo.

Sua cabeça caiu para frente, escondendo seu rosto da minha vista. Isso não poderia ficar assim.

Estiquei os braços, entrelaçando meus dedos em seus cabelos, então puxei, trazendo sua cabeça de volta.

Ela ofegou, com olhos arregalados de surpresa e desejo.

– Pronto – eu disse, recuando levemente e deslocando-a para frente. – Aí mesmo – acenei com a cabeça para os espelhos na nossa frente. – Quero que você olhe exatamente ali.

Ela lambeu os lábios, assentindo o melhor que pôde.

- Você gosta disso? - perguntei, segurando mais forte.

Ela murmurou um sim.

Aumentei a velocidade, olhando-a com admiração. Claramente ela estava deixando eu liderar, tomar o que quisesse. Minha mente continuava pensando, tentando imaginar como eu poderia excitá-la, como poderia deixá-la tão louca de desejo quanto eu me sentia perto dela.

- Viu como fica muito melhor assim? - eu disse, assistindo cada movimento no espelho enquanto eu continuava entrando e saindo de seu corpo apertado. - Viu como fica perfeito assim? - circulei com o quadril e aumentei ainda mais o ritmo. - E ali? - guiei sua cabeça para a direita, para outro espelho virado em nossa direção. - Merda. Veja como seus peitos balançam enquanto eu enfio em você por trás. Veja a curva das suas costas. Veja essa bunda perfeita.

Movi minhas mãos de seus cabelos para os ombros, agarrando-os, usando-os como apoio. Apertei o músculo, com meus polegares cobrindo a curva de suas costas. Sua pele estava molhada de suor, o cabelo começava a grudar na testa. Dobrei meus joelhos para mudar o ângulo e ela se arqueou sob minhas mãos, com o corpo batendo de volta contra o meu.

Ela transferiu o peso do corpo para seus cotovelos e soltou um grito, pedindo mais força, os dedos agarrando o tecido do sofá. Segurei os quadris com cada uma de minhas mãos, enfiando fundo, puxando-a para trás com violência em cada estocada.

- Max - ela gemeu, afundando o rosto na almofada. Ela parecia tão desconcertada, tão completamente perdida para qualquer outra coisa além de nossos corpos se encaixando...

Minhas pernas começaram a arder e o prazer começou a se espalhar por todo o meu corpo. Senti uma pressão se acumulando em minha barriga e então inclinei para frente, envolvendo sua cintura com meus braços para mudar nossa posição. Ela esticou a mão para trás, segurando meus quadris, puxando-me ainda mais para dentro dela.

- Isso - eu disse em meio à respiração ofegante, cada vez mais próximo, sentindo-a começar a se apertar e me envolvendo, com minhas próprias súplicas abafadas em seus ombros. - Você está perto?

– Muito perto – ela disse, com olhos fechados e dentes cerrados. Movi minha mão para tocar seu clitóris, mas seus próprios dedos escorregadios já estavam lá. O sofá chiava embaixo de nós e eu brevemente considerei a possibilidade de que fosse quebrar. – Max, mais rápido.

Olhei ao redor novamente, vendo a nós dois em diferentes espelhos, em diferentes ângulos, nossos dedos se movendo em sua pele enquanto mexíamos. Eu sabia que nunca tinha visto nada igual aquilo. Sabia que era apenas um jogo, mas, droga, eu não queria parar de jogar nunca.

Voltei os olhos para Sara novamente enquanto ela dizia meu nome várias vezes. Então sua cabeça tombou para trás em meu ombro e ela gozou forte, apertando ainda mais meu corpo. Tudo parecia quente e elétrico, com meu coração batendo violentamente dentro do meu peito.

– Não feche os olhos, não se atreva a fechar os olhos. Estou quase lá – então eu a segui, meu corpo tremendo enquanto gozava, enchendo a camisinha. Caí para frente, apoiando com minhas mãos em sua cintura, sentindo o sangue bombeando em minhas veias.

– Minha nossa... – ela disse, olhando de volta para mim com um pequeno sorriso.

– Realmente – consegui me levantar e jogar a camisinha fora, depois sentei com ela no sofá. Sara estava relaxada, esparramada, e sorriu preguiçosamente enquanto se encostava na almofada com um suspiro.

– Não sei se consigo andar – ela disse, tirando uma mecha de cabelo da testa suada.

– De nada.

Ela piscou olhando para mim.

– Sempre tão convencido.

Eu sorri maliciosamente, fechando os olhos enquanto tentava recuperar o fôlego. Ou pelo menos até conseguir sentir minhas pernas novamente.

Um longo silêncio se estendeu por vários minutos. Carros buzinavam nas ruas lá fora, um helicóptero viajava para algum lugar ao longe. O galpão tinha escurecido, e então senti um movimento. Olhei para cima e vi Sara de pé, começando a juntar suas roupas.

– Que planos você tem para o resto da noite? – perguntei, rolando de lado e assistindo-a colocar novamente o vestido.

– Vou para casa.

– Nós dois precisamos comer – estiquei o braço e acariciei sua coxa macia. – Certamente esse exercício todo abriu nosso apetite.

Ela gentilmente afastou minha mão e ajoelhou no chão procurando seu outro sapato. Eu nem lembrava quando ela os tirou.

– O que temos entre nós dois não funciona assim.

Franzi a testa. Acho que eu deveria sentir algum tipo de alívio sabendo que ela não estava entrando em território desnecessariamente emocional. Mas ela era um mistério tão grande para mim. Obviamente inexperiente, obviamente ingênua. Mas tinha ido até ali, de um jeito até bem irresponsável, e estava confiando em mim.

Por quê?

Todo mundo joga um jogo. Qual era o jogo dela?

Sara vestiu os sapatos, endireitou-se e pegou uma escova na bolsa. Seus olhos estavam iluminados, seu rosto estava mais corado do que o normal, mas, fora isso, ela estava perfeitamente apresentável.

Tenho que me esforçar mais da próxima vez.

Sete

Talvez fosse por isso que Andy conseguia fazer tanta coisa num dia só. Nada clareia mais a mente que gozar gritando com um lindo estranho que não esperava que eu fosse lavar e passar suas roupas depois. Na segunda-feira de manhã, eu me senti energizada e completamente concentrada na reunião de departamento das nove horas.

Os outros executivos e suas assistentes tinham finalmente chegado ao novo escritório e, graças ao trabalho de Bennett, nós fomos inundados com a perspectiva de vinte novos clientes. Fui soterrada com trabalho. No lado positivo, agora eu teria pouco tempo para fantasiar com bonequinhos de vodu do Andy e técnicas de castração.

Mas, no meio da correria – pulando de reunião em reunião, uma parada no banheiro e um momento de sossego após um telefonema –, eu lembrei de minha noite com Max, seu corpo malhado e nu atrás de mim, minhas pernas pesadas com uma deliciosa exaustão e suas mãos agarrando meus cabelos.

"Não feche os olhos, não se atreva a fechar os olhos. Estou quase lá."

Apesar da diversão daquela noite, eu me senti meio fora do ar no sábado de manhã. Não exatamente arrependida, mas um pouco envergonhada por ter realmente feito aquilo. Comecei a pensar que eu estava passando uma má impressão para Max, aparecendo num local desconhecido e disposta a deixá-lo fazer o que quisesse comigo na frente de centenas de espelhos, onde provavelmente ninguém poderia me ouvir se eu precisasse de ajuda.

Acontece que, mesmo debaixo daquela fina camada de mortificação, eu sabia que nunca havia me sentido tão viva. Ele fez com que eu me sentisse segura, por mais estranho que possa parecer, e como se eu pudesse pedir qualquer coisa. Como se ele tivesse visto algo em mim que mais ninguém viu. Ele não pareceu nem um pouco surpreso ou crítico quando exigi meus termos em seu escritório. E nem piscou quando eu disse que não transaríamos em nenhuma cama.

Recostei-me na cadeira em minha sala, fechando os olhos à medida que a lembrança da última vez em que transei com Andy, mais de quatro meses atrás, voltava. Nós tínhamos desistido de discutir por causa dos seus horários ou dos meus. A falta de intimidade em nossa relação parecia uma sombra negra que crescia para cobrir o quarto.

Tentei apimentar as coisas, aparecendo em seu escritório tarde da noite vestindo apenas um sobretudo e saltos altos. Mas seria melhor se eu tivesse usado uma fantasia de patinho, de tão constrangido que ele pareceu ao me ver.

– Não posso transar com você *aqui* – ele disse rispidamente, olhando por cima do meu ombro.

Talvez ele tenha dito aquilo porque só podia transar com outras mulheres no escritório. Eu me senti humilhada.

Sem dizer nada, virei e fui embora.

Mais tarde, naquela noite, ele voltou para casa e tentou compensar: me acordou, me beijou, tentando ir devagar e fazer direito.

Mas não foi bom.

Meus olhos se abriram quando a realidade pareceu me acertar nesse momento totalmente aleatório. Max fazia com que eu me sentisse tão bem, e Andy apenas fazia com que eu me sentisse horrível. Estava na hora de amadurecer e parar de pedir desculpas por fazer as coisas que eu queria.

Embora eu ainda o desejasse desconfortavelmente muito, saber que Max iria me contatar em algum momento me fez não ficar a semana inteira pensando em como e onde iria acontecer. Mas, quando chegou a hora do almoço na sexta-feira e ele ainda não tinha entrado em contato, pensei que, se ele quisesse acabar as coisas entre nós, só precisaria parar de enviar as mensagens. Não combinamos nenhuma regra sobre isso. Na verdade, a maneira como eu arranjei tudo significava que o jeito mais gracioso de se afastar seria simplesmente desaparecer. Havia algo de reconfortante sobre um compromisso que era tão tênue a ponto de poder evaporar.

Mesmo assim, eu queria encontrá-lo de novo.

Deixei meu celular na gaveta da minha mesa, determinada a não levá-lo comigo para a reunião da tarde. Mas, depois de dez minutos discutindo sobre uma campanha de marketing para uma marca de lingerie, e com a lembrança de Max tirando minha calcinha ainda passando em minha mente, pedi licença e fui até minha sala atrás do celular.

Sem mensagem. Droga.

De volta à reunião, encontrei Bennett mostrando slides rapidamente. Não foi um problema para mim, pois eu já tinha visto a apresentação antes, mas pude perceber que os executivos juniores recém-chegados estavam com cara de quem vai pôr o almoço para fora.

– Vai mais devagar, Bennett – eu me aproximei e disse em voz baixa.

Ele voltou sua atenção para mim, claramente irritado:

– *O quê?*

Engoli em seco. Colegas ou não, ele ainda era totalmente assustador.

– Acho que você passou pela segmentação de marketing rápido demais – expliquei. – Você terminou isso ontem, mas esses caras acabaram de descer do avião. Deixe eles digerirem a informação.

Ele assentiu rapidamente e olhou de volta para a tela. Eu quase podia vê-lo contando até dez em sua mente enquanto esperava os executivos lerem o slide. Olhei para Chloe do outro lado da mesa. Ela estava observando-o, mordendo a caneta e tentando não cair na risada. Eu duvidava que Bennett tivesse qualquer simpatia pelos funcionários da Ryan Media que tinham acabado de ser transplantados de suas vidas e precisavam memorizar dezessete tabelas com números de marketing em apenas vinte e quatro horas.

– Pronto? – ele perguntou, clicando o próximo slide sem esperar uma resposta.

Entre na onda ou faça as malas. Foi isso que ouvi Bennett falar para um novo sócio de marketing chamado Cole.

Meu celular vibrou alto em cima da mesa e eu o peguei, pedindo desculpas pela interrupção. Graças a Deus, pelo Bennett e por seu perfeccionismo impaciente, eu tinha esquecido de pensar por dois minutos inteiros se o Max ainda estaria interessado em mim.

A Biblioteca Pública de Nova York possui alguns volumes fascinantes. Edifício Schwartzman. 18h30. Use uma saia, seus saltos mais altos e nada de calcinha.

Eu sorri olhando o celular, pensando que Max era um maldito sortudo, pois tudo que eu precisava fazer era tirar a calcinha antes de encontrá-lo. Quando olhei para cima novamente, Chloe ainda mordia a caneta, mas desta vez estava olhando para mim, com as sobrancelhas erguidas.

Voltei a encarar Bennett e me esforcei para ignorar o olhar de Chloe. Mas eu não conseguia parar de sorrir.

Nova York é cheia de prédios icônicos. Cada prédio parece familiar ou carregado de história. Mas poucos são tão imediatamente reconhecíveis quanto a Biblioteca Pública de Nova York, com suas estátuas de leões e sua vasta escadaria.

Eu o tinha visto quatro vezes desde a primeira vez que transamos e, apesar de este encontro ter sido planejado, eu ainda sentia como se minha respiração fosse sugada para fora quando olhava para meu estranho irresistível. Ele era mais alto do que qualquer outra pessoa ao redor, e, enquanto procurava por mim na multidão, tomei alguns segundos para apenas aproveitar a visão daquele homem.

Terno preto, camisa cinza, sem gravata. Seu cabelo tinha crescido nas últimas semanas e, embora ele o mantivesse mais longo no topo, eu gostava do jeito bagunçado de agora e o imaginava se movendo entre minhas pernas.

Ele criou uma verdadeira trilha na multidão ao andar pelos degraus com seu grande corpo. *Eu quero ver você pelado durante o dia*, pensei. *Quero ver fotos de nós dois em plena luz do sol.*

Max me viu, e me pegou em flagrante olhando abobalhada para ele. Um sorriso safado se abriu em seu rosto e ele fez um gesto com o dedo pedindo para eu me aproximar.

Quando cheguei mais perto, ele provocou:

– Você estava me olhando vidrada.

Eu ri, desviando os olhos.

– Não, não estava.

– Para quem gosta de ser observada em seus momentos mais íntimos, você fica tímida demais quando é flagrada bancando a voyeur.

Senti meu sorriso diminuir enquanto algo acontecia dentro de mim. Sem pensar, eu disse:

– Apenas estou feliz por te ver.

Isso claramente o pegou desprevenido. Recuperando-se, ele abriu um grande sorriso.

– Pronta para jogar?

Assenti, estranhamente nervosa, apesar do calor que se espalhou por minha pele. Tivemos uma plateia de centenas de espelhos na última semana, mas, fora isso, estávamos sozinhos. Agora, mesmo às seis e meia de uma sexta-feira à noite, a biblioteca estava lotada.

– Isso parece interessante – murmurei, virando para nos conduzir para dentro quando ele pressionou dois dedos sutis em minhas costas.

– Confie em mim – ele disse, inclinando-se para frente e sussurrando. – Isso aqui é a sua praia.

Uma vez lá dentro, ele tomou a dianteira, andando na minha frente como se fôssemos apenas dois estranhos passando pela entrada da biblioteca e indo na mesma direção. Enquanto eu o seguia, notei algumas pessoas olhando para ele; duas delas apontaram e assentiram uma para a outra. Apenas no centro de Manhattan um gênio investidor seria tão imediatamente reconhecível.

Continuei seguindo seus passos, prestando mais atenção na maneira como seu casaco envolvia seus ombros largos do que para onde estávamos indo.

Diminuindo a velocidade, Max perguntou:

– O quanto você sabe sobre a Biblioteca Pública de Nova York, Sara? Sobre esta seção, especificamente?

Busquei em minha memória por detalhes que eu podia ter visto em algum filme.

– Com exceção da primeira cena de *Os Caça-fantasmas*? Não muito – admiti.

Max riu.

– Esta biblioteca é diferente das outras porque se mantém basicamente com filantropia. Os doadores, como eu – ele acrescentou com um sorriso –, têm um interesse especial em certas coleções e fazem doações generosas; muito generosas, em alguns casos; e, às vezes, ganham alguns mimos em retribuição. Discretamente, é claro.

– É claro – eu repeti.

Ele parou e se virou para sorrir na minha direção.

– Esta é a sala que a maioria das pessoas reconhece, a Rose Main Reading Room.

Olhei ao redor. O salão estava aconchegante e convidativo, cheio de vozes sussurrantes, passos amortecidos e o som de páginas viradas. Meus olhos seguiram até o teto ornamentado que imitava o céu, passando pelas janelas arqueadas e os lustres brilhantes no alto, e, por um instante, eu me perguntei se Max estava planejando transar comigo numa das grandes mesas de leitura que preenchiam o cavernoso e *muito lotado* salão.

Acho que deixei escapar uma insegurança em minha expressão, pois Max riu suavemente ao meu lado.

– Relaxa – ele disse, pousando a mão em meu ombro. – Nem eu não sou tão ousado assim.

Ele pediu para que eu esperasse enquanto cruzava o salão para falar com um senhor do outro lado, que parecia saber exatamente quem ele era. O homem olhou para mim por cima do ombro de Max e eu senti meu rosto corar, desviando rapidamente o olhar. Alguns momentos depois, eu estava seguindo Max por uma escada estreita até uma pequena sala cheia de estantes e mais estantes de livros.

Max sabia exatamente para onde ir, e eu não pude deixar de imaginar se ele vinha sempre ali ou se teria encontrado o lugar durante a semana que passou. Na verdade, gostei das duas ideias: o Max que conhecia a biblioteca intimamente, e o Max que ficou pensando nisso tanto quanto eu.

Ele parou num canto silencioso, no meio de duas estantes cheias de livros. Parecia que as estantes nos apertavam dos dois lados; o espaço pequeno dava a impressão de que as paredes se fechavam em cima de nós. Ouvi alguém tossindo e percebi que havia ao menos mais uma pessoa na sala.

Uma ansiedade se acumulava em minha barriga.

Max tirou um livro da estante sem nem olhar o que era.

– Você gosta de ler pornografia, Sara?

Eu soube por sua risada diante da minha reação que meus olhos provavelmente quase saltaram do meu rosto. Eu não era uma santinha e não estava fechada para a ideia da literatura erótica; mas eu simplesmente nunca fui atrás para ler.

– Não leio muito.

– Não lê muito? Ou não lê nada?

– Já li algumas histórias românticas...

Nem terminei de falar e ele já estava balançando a cabeça.

– Não estou falando de livrinhos com homens sem camisa na capa. Estou falando de livros que contam como uma mulher se sente quando é penetrada pelo homem. O quanto ela se derrete quando ele desliza a língua dentro dela. Como ele descreve seu sabor quando ela pede. Estou falando de livros que descrevem um casal *fodendo* de verdade.

Meu coração começou a acelerar diante da maneira casual com a qual ele falava sobre coisas que faziam eu querer fechar os olhos e estremecer.

– Então, não. Nunca li nada assim.

– Bom, então – ele disse, entregando o livro para mim – ainda bem que estou aqui para esta ocasião memorável.

Olhei para a capa. Anaïs Nin. *Delta de Vênus*. Eu conhecia o nome e, como todo mundo, conhecia também a reputação.

– Ótimo, vamos emprestar este aqui – virei o livro, procurando por algum tipo de código de barras ou número de catálogo. Mas a capa era de couro, com páginas douradas. Obviamente era uma edição rara. – Podemos levar embora...?

– Oh, não, não, não. Ninguém pode tirar estes livros da biblioteca. E, além disso, onde estaria a diversão nisso? A acústica aqui dentro é tão agradável, com a madeira, o teto e tudo mais...

– O quê? Aqui? – meu coração quase parou. Por mais que eu adorasse a ideia de ler algo picante com Max ao lado, eu adorava ainda mais a ideia de ficar completamente selvagem com ele à noite.

Ele assentiu.

– E você vai ler para mim.

– Vou ler coisas eróticas para você *aqui*?

– Sim. E eu provavelmente vou sentir a necessidade de comer você aqui também. Eu permiti a você fazer barulho da última vez. Mas, nesta semana – ele arrumou uma mecha do meu cabelo que caía em meu rosto – você vai precisar gozar quietinha.

Engoli em seco, sem saber se isso era algo que eu queria ouvir ou se era algo que me aterrorizava. Sua mão acariciando minha nuca era reconfortante. A palma estava quente, os dedos eram longos o bastante para quase chegar até minha garganta.

– Afinal, foi você quem me deu apenas as sextas-feiras, e nada de camas – ele disse. – Considerando as circunstâncias, eu quero fazer algo com você que tenho absoluta certeza que você nunca experimentou antes.

– E você? – comecei a reconsiderar os motivos para ele conhecer aquela sala tão bem.

Ele balançou a cabeça.

– A maioria das pessoas não pode entrar aqui. E, posso garantir a você, eu nunca transei com uma garota na biblioteca antes. Por mais que você pense que sou um especialista nesse assunto, a maioria das minhas aventuras acontece em limusines no caminho para deixar alguém em casa. Sou mais um cretino do que um galinha, se parar para pensar.

Havia liberdade em sua solteirice proposital; eu não precisava fingir que significava mais do que isso. Mas, embora fosse apenas sexo, e embora ele fosse o primeiro homem com quem me envolvi e que não precisava realmente *conhecer*, eu passei a semana inteira desejando seu toque.

Estiquei o braço e puxei seu rosto para mais perto.

– Tudo bem. Eu não preciso que você seja um cara legal.

Ele riu e me beijou.

– Serei muito legal com você, prometo. Até aqui, você se recusou a transar na minha limusine e no meu escritório. Você está me fazendo quebrar todos os meus hábitos.

Graças às estantes de livros ao redor, estávamos invisíveis para o resto da sala, mas, se alguém andasse até nosso pequeno canto escuro, ficaríamos totalmente expostos. Algo dentro de mim começou a arder daquela doce e pesada maneira que fazia minhas costas se arquearem e meu coração bater mais forte.

Max deu um passo para frente e se abaixou para me beijar, começando com o canto da minha boca, gemendo com o contato e sorrindo.

– Estou seguindo as suas regras, mas isso significa que eu fico duro o tempo todo. Apaguei o vídeo, mas admito que me arrependi. Você vai me deixar tirar umas fotos hoje?

Era preciso pouca coisa para ele me fazer sentir como se eu não fosse mais sólida, como se estivesse me tornando uma geleia quente e molhada.

– Sim.

Ele sorriu para mim de um jeito que me fez temer ter entregue minha alma para o diabo. Mas então ele beijou meu queixo, sussurrando:

– Você sabe que eu nunca mostraria para ninguém. Odeio a ideia de qualquer outro homem te vendo assim. Quando você me deixar, o próximo coitado vai ter que descobrir sozinho como excitar você.

– Quando *eu* deixar *você*?

Ele deu de ombros, com os olhos arregalados e atentos.

– Ou quando terminar com isto. Você decide como descrever nossa situação.

– Eu quase pensei hoje que você simplesmente não iria mandar uma mensagem. Pensei que talvez fosse acabar assim.

– Acho que isso seria uma merda – ele disse, franzindo a testa. – Se um de nós quiser terminar tudo, vamos ter a cortesia de dizer um para o outro, certo?

Concordei, surpresa com meu próprio alívio. Suspeito que, mesmo tendo combinado comigo mesma que isso seria apenas sexo, se tudo acabasse eu ainda sentiria falta disso – sentiria falta dele. Max não era apenas um ótimo amante, ele também era *divertido*.

Mas ele era um jogador, e levava nossa relação tão a sério quanto eu... ou seja, nem um pouco.

– Agora que isso está resolvido...

Ele me virou para que eu ficasse de frente para as estantes. Passando um braço ao redor de mim, ele abriu o livro, virando as páginas até encontrar uma passagem específica, e então moveu minha mão para segurar o livro aberto. Com ele me apertando por trás e a estante na minha frente, eu me senti completamente escondida, como se tivesse sido enterrada por esse homem grandioso. Ou melhor, como se estivesse sob sua proteção.

– Leia – ele sussurrou, sua respiração quente em meu pescoço. – Comece aqui.

Ele indicou com o dedo um parágrafo no meio de um capítulo. Eu não sabia o que estava acontecendo, nem quem era o narrador. Mas entendi que isso não importava.

Molhando os lábios, comecei a ler.

– "Quando ele e Louise se encontraram, saíram juntos de imediato. Antonio estava fortemente fascinado pela brancura de sua pele, a abundância dos seios, a cintura esguia..."

As mãos de Max subiram por baixo do meu vestido, passando por meus quadris, pela barriga, até chegar aos seios.

– Você é tão macia.

Uma de suas mãos deslizou pela lateral e chegou ao meio das minhas pernas, provocando naquele ponto molhado.

Foi difícil me concentrar nas palavras diante de mim, mas continuei lendo. Max tirou as mãos e minha mente clareou por apenas um momento, pois, atrás de mim, eu podia sentir seu corpo se mexendo, podia ouvir o tilintar do cinto se abrindo. Eu mal processava as palavras enquanto as pronunciava e, em vez disso, fiquei ouvindo os sons que *ele* fazia.

Será que conseguiria continuar com aquilo? Não era a mesma coisa que dançar loucamente numa pista de dança, com luzes frenéticas e corpos contorcidos; não era um restaurante e uma mão debaixo da mesa. Estávamos na mais famosa biblioteca pública, cheia de volumes raros, chão de mármore... *história literária*. Desde que entramos, não tínhamos nem falado em voz alta. E iríamos transar? Uma coisa era imaginar, outra era estar ali, prestes a realizar uma fantasia.

Eu estava nervosa.

Inferno, eu estava apavorada. Mas também estava elétrica, cada neurônio disparando ao mesmo tempo, o sangue bombeando violentamente em minhas veias. Minha voz foi sumindo enquanto eu lia.

– Concentre-se, Sara.

Pisquei olhando para o livro, lutando para manter minha atenção nas palavras da página.

– "Tudo o fazia rir. Ele passava a impressão de que o resto do mundo havia desaparecido e apenas aquele banquete sensual existia – não haveria mais amanhã ou encontros com outras pessoas, havia apenas este quarto, esta tarde, esta cama."

– Leia essa parte de novo – ele grunhiu e então levantou minha saia. – "Este quarto, esta tarde, esta cama."

Quando eu estava prestes a ler, e sem qualquer aviso, ele deslizou para dentro de mim – eu estava tão molhada que ele nem precisou provocar ou acariciar. Foi apenas preciso um livro, os toques mais breves e o som de sua calça abrindo. Eu gemi, querendo que ele encontrasse uma maneira de entrar por inteiro em mim. Eu estava convencida de que ser rasgada em duas por ele seria o maior prazer que eu poderia experimentar.

– Silêncio – ele me lembrou, saindo e entrando demoradamente em mim. Ele era tão duro, tão longo. Lembrei da forte pontada quando ele me penetrou quase de quatro na semana passada em frente aos espelhos. Lembrei do quanto eu temia e adorava cada estocada brutal. Quando ele viu meu rosto durante o orgasmo em cem diferentes espelhos, ficou completamente maluco. Mais do que qualquer outra coisa, vê-lo daquele jeito foi o clímax da minha noite.

Estávamos no final de um corredor escuro, mas eu podia ouvir os sons abafados de outra pessoa na sala. Mordi o lábio enquanto Max baixava sua mão por minha cintura até chegar no meio das pernas, onde começou a brincar com meu clitóris.

– Continue lendo.

Senti meus olhos se arregalarem. Estava falando sério? Se eu permitisse que minha garganta fizesse sons, não me responsabilizaria pelo resultado.

– Não posso – eu disse ofegando.

– É claro que pode – ele disse, como se estivesse sugerindo para que eu simplesmente respirasse fundo. Seus dedos passaram novamente por meu clitóris. – Ou podemos parar por aqui.

Joguei um olhar irritado sobre meu ombro e ignorei sua risada silenciosa. Eu nem sabia mais onde tinha parado, ou o que estava acontecendo na história, apenas sabia que Antonio estava rasgando o vestido de Louise, mas deixou um cinto com uma grande fivela no lugar. Eu mal conseguia respirar, mas comecei a ler de novo numa cadência lenta e gaguejante que parecia deixar Max louco. Seus dedos se enterraram na minha cintura e ele cresceu dentro de mim.

– Por favor... – implorei.

– Deus – ele ofegou. – Continue.

De algum jeito, consegui pronunciar as palavras em sequência, e o texto ficava cada vez mais quente e selvagem. Tão descritivo. Falava de sua parte molhada como cheia de "mel". O homem lambia e chupava cada pedaço do corpo daquela mulher, explorando e provocando, até que eu comecei a sentir o peso do meu desejo e do dela. Para meu horror, eu podia sentir minha própria umidade descer por minhas coxas, deslizando entre nós com a força de seus movimentos.

– Sara. *Merda*. Toque a si mesma.

Eu cuidadosamente mantive o livro aberto com um braço e levei uma mão para o meio das minhas pernas. Eu estava tão quente, tão pressionada com o peso do meu orgasmo que se anunciava que comecei a gozar em poucos segundos. Minhas últimas palavras saíram entrecortadas.

– "... pensou que... ficaria l-louca... com uma raiva e um p-prazer..."

Quando meus músculos pararam de tremer, ele enfiou com força em mim mais algumas vezes e então parou, abafando um gemido com sua boca em meu pescoço.

A sala estava completamente silenciosa, e então percebi que não tínhamos noção do barulho que na verdade estávamos fazendo. Eu sabia que tinha sussurrado cada palavra que li. Mas, quando gozei, será que deixei escapar outros sons? Eu me perdia completamente junto dele.

Ele se retirou de mim, soltando um grunhido silencioso. Então sussurrou:

– Volto já.

Fiquei ali parada, ouvindo-o desaparecer atrás de mim enquanto eu arrumava minhas roupas. Depois ele voltou, beijando meu pescoço.

– Humm. Linda.

Eu me virei para olhar seu rosto.

– E pelas suas regras – ele disse, olhando para mim enquanto abotoava o casaco do terno –, acho que está na hora de cada um ir para o seu lado.

Arrumei meu vestido, que já estava arrumado. Esse era nosso acordo – fui *eu* quem exigiu assim – mas parecia... estranho. Ele continuou olhando para mim com um brilho nos olhos, quase como quem diz *Acabei de te dar um orgasmo insano e você parece um pouco fora do ar, mas, enfim, foi você quem criou essas regras tontas!*

E acho que ele estaria correto.

– Certo. Perfeito. Ainda bem que estamos na mesma página – eu disse, quase sem pensar.

Ele riu enquanto guardava o livro na estante.

– E ainda bem que essa página não faz parte de nenhuma coluna social, não é? Uma transa tão sensacional e ninguém nunca vai saber. Com certeza estamos de acordo.

– Você não se cansa disso, às vezes? – perguntei. – Das pessoas olhando para você? – lembrei do quanto eu odiava os comentários do Andy sobre meu cabelo ou as minhas roupas, a especulação sobre se eu tinha engordado ou não, ou sobre com quem eu tinha me encontrado. Imaginei se Max sentia a mesma coisa.

– Não é como se eu fosse uma celebridade de verdade. As pessoas aqui apenas gostam de saber o que eu estou fazendo. Acho que a maioria das pessoas que leem as fofocas apenas querem pensar que estou me divertindo.

Aquilo pareceu otimista demais.

– Está falando sério? Eu acho que eles querem é pegar você de calças curtas.

– Espere um pouco, não é isso que *você* quer? – ele riu quando eu revirei os olhos, e continuou: – A imagem de homem galinha é conveniente para eles. Mas não saio por aí transando com uma garota diferente por noite.

Eu me inclinei para beijá-lo e acrescentei:

– Bom, pelo menos não ultimamente.

Algo passou por seus olhos, como uma pequena expressão de confusão que sumiu rapidamente.

– É isso mesmo – ele se aproximou e me beijou docemente, com as mãos segurando meu rosto. – Então, vamos embora?

Assenti, um pouco atordoada. Max fez um gesto para eu ir na frente e então subimos as escadas, voltando para o andar principal da biblioteca. Nada havia mudado: o som dos sussurros e páginas viradas ainda preenchia o ar e ninguém olhou em nossa direção. Senti uma excitação com o que fizemos e o fato de que ninguém percebeu.

Estávamos chegando na saída quando Max agarrou meu braço e me puxou para um canto escuro.

– Só mais um – ele disse, colando os lábios nos meus. Foi um beijo suave, doce e demorado, como se ele não quisesse ser quem pararia o beijo.

Engoli em seco quando olhei em seus olhos novamente.

– Até a semana que vem, flor.

E então, ele se foi. Fiquei observando enquanto ele cruzava o salão e ganhava a rua, e me perguntei o quanto eu me arrependeria disso quando tudo terminasse.

Oito

Na tarde de segunda-feira, meu humor estava péssimo. Fazia um calor de matar lá fora e minha irmã mais velha estava me enchendo a paciência para que eu tentasse convencer nossa mãe a se mudar de volta para Leeds e a sala de Will tinha uma vista melhor.

– Você é um cretino – eu murmurei, espetando o frango no meu prato.

Will soltou uma risada e abocanhou um enorme pedaço de seu almoço.

– Você está falando da minha vista de novo?

– Que porcaria – apontei os pauzinhos na cara dele, mal conseguindo entender o que ele dizia enquanto mastigava. – Como foi mesmo que você acabou ficando com aquela sala?

– Você se atrasou no dia da mudança. Eu coloquei a placa com meu nome na porta. Simples assim.

Certo. Foi a primeira vez que eu tinha transado com uma mulher na casa dela desde que havia me mudado para Nova York. E, como eu já esperava, acabei ficando preso com ela e me atrasei. Normalmente, eu prefiro transar no meu apartamento, onde sempre posso dar uma desculpa para que ela não fique a noite inteira. Mas, na casa dela, a mulher acaba oferecendo chá, ou algo assim, e, no fim, pede para eu dormir lá.

Eu não era um completo babaca. Sempre fui aberto a ter um relacionamento estável como qualquer pessoa normal. Mas ainda não tinha encontrado uma mulher que me fizesse querer dormir em outra cama que não fosse a minha. As mulheres que eu encontrava sempre vinham até mim sabendo quem eu era, sabendo quem elas achavam que queriam. Para uma cidade grande, Nova York às vezes parecia minúscula.

Olhei pela janela, para a fantástica vista – maldito Will – e pensei em Sara. Ela era minha distração permanente nas últimas semanas. Aquela garota era um mistério. Se uma mulher quisesse que um homem pensasse nela constantemente, ela deveria dizer que ele só poderia se encontrar com ela uma vez por semana. Só isso. E diga adeus à sua concentração.

Então, ali estava eu me perguntando: se ela pedisse que eu dormisse na casa dela numa noite dessas, o que eu diria?

Você sabe a resposta disso, seu tonto. Você diria sim.

Transei com algumas dezenas de mulheres desde que me mudei para a América, mas, ultimamente, estava com dificuldades para lembrar dos detalhes. Cada memória sobre sexo me fazia pensar em Sara. Ela era ao mesmo tempo doce e selvagem. Ela se escondia tanto, mas, mesmo assim, deixava que eu fizesse *qualquer* coisa. Nunca encontrei uma mulher tão paradoxal: ela se mantinha em segredo, mas, de certa forma, também se abria totalmente.

– Cara, eu conheci uma garota.

Will enfiou os pauzinhos de volta na comida chinesa e deslizou para mais perto.

– Então você resolveu falar?

– É. Talvez.

– Você tem se encontrado com ela já faz um tempo, não é?

– Pois é, faz algumas semanas.

– Apenas ela?

Assenti.

– Ela é uma transa incrível e pediu para eu não dormir com mais ninguém.

Will fez uma expressão de surpresa. Eu ignorei.

– Mas ela é diferente. Existe algo nela... – esfreguei minha boca, olhei pela janela. *Que merda está acontecendo comigo hoje?*

– Não consigo tirá-la da minha mente.

– Eu a conheço?

– Acho que não – tentei lembrar se Will tinha sido apresentado à Sara no baile. Fiquei com ele na maior parte da noite depois de deixá-la para ajeitar o vestido e retocar a maquiagem, e acho que não os vi conversando em nenhum momento.

– Então você não vai me dizer quem ela é – Will soltou uma risada e se recostou na cadeira. – Por acaso ela capturou sua alma, jovem amante?

– Vai se ferrar – peguei o saco plástico e joguei as embalagens dentro. – Eu gosto dela. Mas estamos apenas transando, por enquanto. Foi um acordo mútuo.

– O que é bom – ele disse, cuidadosamente. – Ela não parece estar atrás do seu dinheiro.

– Você acha que sou um cretino por pensar que isso é estranho? Ela não quer *algo mais*. E, mesmo que *eu* quisesse, acho que ela iria simplesmente sumir. Ela vive morrendo de medo de ser vista em público comigo. Ela não quer nada de mim além do meu pau. Você acha que é por causa disso que eu gosto tanto dela?

E, como sempre faço quando penso em Sara, comecei a imaginar quais eram suas verdadeiras intenções.

Will assoviou baixinho.

– Ela parece fantástica. Mas não posso imaginar por que estaria interessada no *seu* pau. Com essa coisinha você nunca vai ser metade do homem que sua mãe é.

– Por acaso você acabou de insultar a Brigid? Você é um filho da puta.

Ele deu de ombros e abriu um biscoito da sorte.

– Você abaixa o assento da privada para mijar, não é? – perguntei, com um sorriso no canto da boca.

– Não. Não gosto de molhar meu pinto.

– Will. A única maneira de você conseguir dar prazer para uma mulher é entregando seu cartão de crédito para ela.

E, de alguma maneira, no meio da sequência de insultos que se seguiu, Will conseguiu fazer eu deixar de agir como um tonto patético sobre a coisa toda e parei de me preocupar achando que Sara estava apenas brincando com a minha cabeça.

—

Depois do almoço, saí do escritório, tomando um táxi quase que imediatamente para dar um pulo até uma instalação de arte que estava sendo preparada no Chelsea. Ajudei um antigo cliente a encontrar e abrir uma galeria, e ele estava montando uma exposição com fotografias raras de E.J. Belloq por apenas algumas semanas. Só foi preciso um e-mail dele – dizendo "Chegaram!" – para que eu interrompesse o resto dos meus afazeres. Eu estava louco para ver as inéditas fotos reconstruídas com os negativos da coleção *Storyville*, de Belloq. Embora eu tivesse encontrado seu trabalho já tardiamente ao longo da minha formação, foi a sua arte que despertou minha fascinação por fotografias do corpo humano, com seus ângulos, simplicidade e sua vulnerabilidade cotidiana.

Apesar de que, até conhecer Sara, eu nunca havia tirado uma foto minha com uma amante.

Acontece que minhas fotos com Sara de maneira nenhuma imitavam a arte de Belloq, mas, ainda assim, aquelas fotos antigas me lembravam dela. Lembravam sua cintura fina, sua barriga macia e a gentil curva de seus quadris.

Olhando para meu celular, desejei pela milésima vez ter guardado ao menos uma foto de seus olhos quando estávamos fazendo amor.

Merda.

Transando. Quando estávamos transando.

—

O clima estava quente mas não extremamente úmido lá fora, e, após ver as fotos, eu quis caminhar um pouco para conter minha excitação. O trajeto entre Chelsea e o centro da cidade foi agradável, mas, quando cheguei na Times Square, percebi que um homem com uma câmera estava me seguindo.

Sempre pensei que os paparazzi eventualmente descobririam que eu não sou tão interessante quanto eles pensam, mas isso ainda não tinha acontecido. Eles me perseguiam nos fins de semana, nos eventos sociais, em cada aparição pública. Fazia quase quatro anos desde que algo interessante tinha acontecido comigo – com exceção dos ocasionais namoros com mulheres semifamosas – mas, quase sempre que eu me atrevia a andar por Manhattan, alguém acabava me encontrando.

E, de repente, meu bom humor desapareceu; eu estava pronto para voltar para casa e assistir um pouco de Monty Python e beber umas cervejas. Ainda era terça-feira e eu já estava louco para encontrar Sara.

– Vai se ferrar – falei por cima do ombro.

– Apenas uma foto, Max. Uma foto e um comentário sobre o rumor de você com a Keira.

Merda. De novo com esse lixo? Eu a encontrara uma vez, num show há um mês.

– Sim. Estou totalmente comendo a Keira Knightley. Você acha mesmo que eu sou a melhor pessoa para pedir uma confirmação?

De repente, quase morri do coração quando um táxi freou ao meu lado e a porta se abriu. Um braço feminino se esticou e freneticamente acenou para que eu entrasse, até que Sara se inclinou para fora e disse:

– Entra logo!

Levei vários segundos até que meu cérebro se conectasse com minha boca e minhas pernas.

– Merda. Ótimo. Maravilha.

Entrando no táxi, joguei minha pasta no chão e olhei para ela.

– Oi, Max. Você parecia meio... perseguido.

– Você percebeu isso muito bem – eu disse, encarando seu rosto.

Ela deu de ombros, soltando aquele sorriso estranho e elusivo.

– Malditos paparazzi – murmurei.

Sara cruzou as pernas e deu de ombros.

– Coitadinho de você. Quer um abraço?

Ela tinha um fogo nos olhos que eu não tinha visto desde a noite na boate quando ela me arrastou pelo corredor.

Você está ferrado, amigo.

Ela estava usando um vestido vermelho curto com alguns botões abertos na parte da frente. Entendi onde ela queria chegar. Olhei para o seio esquerdo e vi a renda preta do sutiã aparecendo.

– É bom te ver – eu disse para seu decote. – Tive um dia cheio. Posso mergulhar meu rosto em você?

– Nada de sexo no meu táxi! – gritou o motorista. – Para onde vamos agora?

Olhei para Sara esperando uma resposta, mas ela apenas ergueu uma sobrancelha e sorriu.

– Continue em direção ao parque – murmurei. – Ainda não sei direito para onde vamos.

Ele deu de ombros, virou a direção e murmurou alguma coisa que não consegui ouvir.

– Você está linda – eu disse para Sara, me inclinando para beijá-la.

– Você sempre diz isso.

Eu sorri e lambi seu pescoço. *Meu Deus*. Ela tinha o sabor de chá de ervas e laranjas.

– Venha para casa comigo.

Ela balançou a cabeça, rindo.

– Não. Tenho ingresso para um show às oito.

– E você vai com quem?

– Comigo mesma – ela disse, endireitando-se e olhando para a janela. Busquei sua mão e entrelacei nossos dedos.

– A banda vai tocar outro dia. O que significa que você deveria ir para casa comigo e cavalgar meu pau.

Os olhos de Sara se arregalaram enquanto ela olhava rapidamente para o motorista. Ele olhou para nós pelo retrovisor, mas não disse nada.

– Não – ela sussurrou, com os olhos procurando os meus. Ela tentou soltar minha mão, mas eu não deixei. – Mas posso pedir uma coisa?

Com uma mecha de cabelo atrás da orelha e parecendo tão pequenina ao meu lado no banco de trás, senti um pânico totalmente estranho: será que nossa relação era algo errado para ela? Nos momentos em que se mostrava vulnerável, ela parecia tão inocente.

– Qualquer coisa – eu disse.

– Estive pensando sobre isso. Por que você é tão famoso por aqui, afinal? Sim, você é lindo e bem-sucedido. Mas Nova York está cheia de lindos e bem-sucedidos. Por que os fotógrafos perseguem você pela rua numa terça-feira qualquer?

Ah. Eu sorri, percebendo que, embora tenha pesquisado sobre mim na internet, ela não tinha cavado muito fundo.

– Pensei que você tinha feito a lição de casa.

– Fiquei entediada depois de três páginas com fotos de você vestindo smoking rodeado de mulheres.

Tive que rir.

– Eu garanto, não é por isso que eles me perseguem – parei por um instante, pensando em por que eu estava falando sobre isso naquele momento, depois de ter ficado tanto tempo calado. – Eu me mudei para cá já faz quase sete anos – e comecei a falar. Ela assentiu, claramente sabendo dessa parte – e, cerca de um mês depois de chegar, conheci uma mulher chamada Cecily Abel.

Suas sobrancelhas se juntaram.

– Conheço esse nome... Eu conheço essa pessoa?

Dei de ombros.

– Talvez conheça, mas não me surpreenderia se não conhecesse. Ela era famosa na Broadway, mas, como é frequente com os atores do teatro nova-iorquino, sua fama não se estendia muito para o resto da América.

– O que você quer dizer com *era* famosa na Broadway.

Olhei para seus dedos entrelaçados aos meus.

– Acho que Cecily e sua dramática saída da cena teatral são a razão de eu ser "famoso". Ela deixou Nova York bruscamente, depois de enviar uma carta que foi publicada no *New York Post*. A carta falava de todos os pontos negativos desta cidade, incluindo – fiz sinal de aspas – "diretores safados, políticos mulherengos e investidores gananciosos que não sabem perceber uma coisa boa quando encontram uma".

– Ela amava você?

– Sim. E, como é tão comum na vida, não era correspondida.

Os olhos da Sara tornaram-se um pouco mais sombrios e sua boca parou de sorrir.

– Você parece que não leva isso muito a sério.

– Acredite em mim, eu levava Cecily muito a sério. Mas ela está bem agora. Tem um casamento feliz na Califórnia. Mas, por um tempo, precisou ficar aos cuidados de um médico – antes que ela pudesse dizer alguma coisa, eu acrescentei: – Ela era uma boa amiga, e sua decisão de deixar tudo para trás mostrou que ela não era muito... estável. Na verdade, existiam várias razões para ela deixar a cidade e eu fui apenas a gota d'água. Eu simplesmente não a amava do jeito que ela me amava.

Sara olhou para o teto do carro e parecia estar considerando o que eu falei.

– Foi melhor você ter sido honesto com ela.

– É claro. Em última instância, o estado mental dela não dependia de saber se eu a amava ou não. Ela era complicada de qualquer jeito... mas isso não é uma boa história para os jornais, entende?

Sara olhou de novo para mim com os olhos relaxados e o sorriso de volta.

– Então as pessoas ficaram interessadas em saber quem era esse homem que partiu o coração da estrela local e a levou à loucura.

– E assim, eu me tornei um mistério. A imprensa adora um playboy malvado, e a carta dela foi muito dramática. O jeito como eles me retratam é verdadeiro, mas ao mesmo tempo não é. Eu realmente amo as mulheres e realmente amo sexo. Mas minha vida raramente é tão interessante quanto os tabloides gostariam. Aprendi a não me importar muito com o que as pessoas falam de mim.

Nosso táxi desviou de um garoto numa bicicleta e o motorista buzinou alto. No movimento, o peito de Sara pressionou meu braço e eu apertei de volta, sorrindo com o canto da boca, enquanto ela erguia uma sobrancelha numa exasperação simulada.

– Existem *muitas* fotos de você na internet.

– Algumas dessas mulheres eram amantes, outras não – passei o polegar pela curva do seio, e ela baixou os olhos para observar, vidrada. – Eu não tenho nenhuma aversão incomum a compromissos sérios. Apenas faz tempo que não me envolvo com ninguém dessa maneira.

Sua cabeça subiu de repente, e eu pude ver com perfeita clareza suas pupilas se dilatando e seus lábios deixando escapar um pequeno sorriso.

– Sim – admiti, rindo. – Acho que nosso acordo é tipo um compromisso. Só que não conta se você não aceita sair num encontro de verdade comigo.

Seu sorriso encolheu um pouco.

– Acho que nós não somos bons em nada além do que já temos.

– Bom, certamente somos bons naquilo que fazemos. Falando nisso, conversei sobre você com o Will – eu disse, deixando que o vibrante calor de sua irritação se concentrasse em meu rosto por um momento. Era divertido provocar essa garota, tenho que admitir. – Sem dizer nomes, flor. Sossega.

Esperei ela perguntar o que eu disse.

E esperei mais um pouco.

Finalmente, olhei para seu rosto e a encontrei ainda me observando cuidadosamente. Estávamos parados num sinal vermelho e tudo dentro do táxi parecia completamente quieto.

– Então? – ela disse, abrindo lentamente um sorriso maldoso quando o carro começou a acelerar. – Você disse para Will que encontrou uma mulher que gosta de transar em público?

– Não no meu táxi – o motorista gritou tão alto que nós dois tivemos um sobressalto e começamos a rir. Ele freou e gritou de novo: – Não no meu táxi!

– Não se preocupe, meu amigo – eu disse. Virei para Sara e murmurei: – Ela não transa comigo em carros. Nem nas terças-feiras.

– Não mesmo – ela sussurrou, embora tenha me deixado beijá-la novamente.

– É uma pena – eu disse em sua boca. – Sou bom em carros. E especialmente bom nas terças-feiras.

– Então, sobre essa conversa com Will – ela disse, esticando o braço e enfiando a mão debaixo do casaco dobrado no meu colo. – Se você não falou meu nome, então o *que* você contou para ele? – ela pressionou a palma da mão em meu pau e apertou.

Será que ela iria me masturbar no táxi?

Perfeitamente brilhante.

– Vá para o cruzamento da rua 65 com a Madison – eu disse para o motorista. – E vá pelo caminho mais longo.

O motorista jogou um olhar para mim, provavelmente pensando que eu estava louco por querer passar pela Columbus Circle na hora do rush, mas assentiu e virou na rua 57 em direção à Broadway.

– Nada de sexo no táxi – ele disse, de um jeito mais calmo desta vez.

Eu me virei para Sara.

– Mencionei para Will que conheci uma mulher que eu estava comendo feliz da vida. Posso também ter mencionado que essa mulher era diferente de qualquer outra que já conheci.

Sara abriu meu zíper, habilmente tirou meu pau para fora e então apertou fortemente. Um calor estranho se espalhou por minhas costas, quando percebi, ao mesmo tempo que ficava duro, que ela estava aprendendo a me tocar com muita familiaridade.

– Sou diferente como? – ela se inclinou, chupou minha orelha e então sussurrou: – As outras mulheres não agarram seu pau dentro de táxis?

Eu a encarei, tentando entender quem era essa mulher, tão jovem, tão inocente e tão gostosa, mas que não precisava de nada de mim além de uma boa transa. Será que ela estava me enganando? Será que tudo isso era real?

Ou será que ela iria tirar a máscara após alguns orgasmos e admitir que não gostava mais do nosso acordo e queria algo mais?

Provavelmente. Mas, enquanto eu olhava para ela – em seus lábios vermelhos e nos grandes olhos castanhos, tão brincalhões e tão depravados - de jeito nenhum eu iria desistir dela antes que ela desistisse de mim.

- Não contei muita coisa para ele, na verdade. Conversas sérias com o Will geralmente descambam para insultos sobre tamanho de pênis.

- Bom, então tenho certeza que você pegou leve com ele. "Eu me recuso a entrar nessa discussão com um homem desarmado" - ela disse, rindo em meu pescoço e começando a me acariciar.

- É verdade - sussurrei, me virando para beijá-la. - Mas vou ser honesto: não tenho ideia do tamanho do pau dele.

- Se você quiser mesmo saber, eu posso descobrir e depois te contar.

Eu ri, gemendo em sua boca.

- É bom conversar com uma mulher que não sente necessidade de exibir sua inteligência o tempo todo.

- Nada de sexo - gritou novamente o motorista, olhando para nós pelo retrovisor.

Levantei as mãos e sorri para ele.

- Não estou tocando nela, amigo.

Aparentemente ele decidiu nos ignorar, aumentando o volume do rádio e abaixando a janela para deixar entrar a brisa do entardecer e os incessantes barulhos da cidade. A mão de Sara começou a subir devagar, torcendo na ponta, e então desceu novamente.

- Eu chuparia se achasse que ele não iria notar - ela sussurrou. - Quer dizer, você merece o melhor. Ao menos você é lindo *por dentro*, Max. E é isso que conta.

Explodi numa risada, pressionando meu rosto em seu pescoço para abafar o gemido que se seguiu quando ela concentrou seus esforços na minha ponta.

- Merda, isso é bom. Um pouco mais rápido, meu amor. Pode ser?

Ela vacilou ao ouvir o termo carinhoso, e então virou o rosto para beijar meu queixo, com seu punho fechado fortemente e se movendo com velocidade em meu pau. Ela olhou para o motorista, mas ele estava absorto ouvindo o rádio e gritando para o trânsito.

- Assim? Você gosta assim? - ela perguntou.

Eu assenti, sorrindo ao lado de seu rosto.

– Nunca imaginei que você fosse tão boa nisso.

Sua risada vibrou ao longo do meu pescoço e debaixo da pele. Até então não tinha escutado ela soltar um som tão bobo e indelicado. Era outra muralha erguida por ela que eu penetrava. Senti uma vitória em meu peito e, por um breve momento, eu quis gritar para o mundo que ela estava começando a me aceitar.

Sara lambeu meu pescoço até chegar à boca, onde abocanhou meu lábio inferior com os dentes.

– Você tem um pau perfeito – ela disse. – Você está me fazendo querer também nas terças-feiras.

– Merda.

Quando gozei, apertando os punhos e o queixo, percebi que Sara também me fez esquecer essa coisa toda de pensar que ela estava apenas brincando com minha mente.

Ela pegou a bolsa, encontrou um lenço e limpou a mão sem tirá-la de dentro, fazendo-me sorrir enquanto eu escondia a evidência do motorista. Então ela se inclinou e me beijou de um jeito tão doce que me fez querer jogá-la no banco e fazê-la gozar em minha língua apenas para ouvir seus gemidinhos roucos.

– Está se sentindo melhor? – ela perguntou calmamente, os olhos vasculhando tudo.

Aprendi outra coisa sobre Sara com aquela expressão: seu instinto primário – aquele que ela constantemente combatia – era se esforçar para me agradar.

Mas então paramos a um quarteirão do meu apartamento e ela se ajeitou no banco, sorrindo prazerosamente.

– É aqui que você vai descer?

Eu hesitei, imaginando se ela gostaria de ficar comigo.

– Acho que sim, a não ser que você queira...

Sua voz saiu baixinha, o que entendi ser uma tentativa de amaciar suas duras palavras:

– Vejo você na sexta-feira, Max.

Tínhamos terminado. Eu estava dispensado.

Nove

– Então, vamos conversar sobre isso hoje?

Eu me virei em cima da escada e olhei para Chloe. Ela segurava um pincel na altura da cintura e ergueu os olhos para me encarar.

– Sobre...?

– Sobre você terminar o namoro. Sobre a sua mudança repentina. Sobre Andy e esse homem misterioso com quem você está transando e sobre o quanto sua vida está diferente de como estava há dois meses.

Mostrei um sorriso fingido.

– Ah, isso? O que tem pra falar?

Ela riu, mas então passou seu delicado pulso na testa, deixando uma leve mancha de tinta. Bennett estava viajando a negócios e Chloe estava determinada a pintar todo seu apartamento gigantesco enquanto ele não poderia interferir. Ela parecia exausta.

– Por que você simplesmente não contratou alguém para fazer isso? – eu perguntei, olhando ao redor. – Deus sabe que você pode pagar.

– Porque eu sou muito controladora – ela disse. – E pare de tentar mudar de assunto. Olha, eu sei como aquele namoro trouxe você para baixo aos pouquinhos, mas eu me sinto estranha por não saber mais sobre o *verdadeiro* Andy. Bennett o conhecia por meio dos eventos da cidade, mas eu nunca o conheci muito bem e...

– Isso é porque – eu disse, interrompendo-a – você teria percebido na hora quem ele era. Assim como Bennett – senti uma familiar pontada no estômago só de pensar em Andy.

Chloe começou a dizer alguma coisa, mas eu ergui a mão num gesto para que ela não continuasse.

– Vamos lá. Eu sei que Bennett sabia de Andy desde o início, mesmo que pensasse que não deveria interferir. E acho que, quando eu te conheci, até mesmo eu suspeitava que Andy estava me traindo. Eu não queria ele perto de você, pois você seria capaz de ver até onde eu tinha afundado.

Seus olhos se abaixaram e eu sabia exatamente o que ela iria dizer.

– Meu amor, eu não precisava conhecer Andy pessoalmente para saber que ele era um traidor babaca. Ninguém precisava. A única coisa que o ajudava a parecer minimamente decente era você.

Engoli em seco algumas vezes, tentando evitar as lágrimas.

– Você acha que isso diz algo sobre mim, tipo, como eu sou tão estúpida e cega por ter passado tantos anos com ele?

Lembrei de nosso primeiro aniversário no restaurante Everest, quando ele chegou meia hora atrasado e cheirava fortemente a perfume de mulher. Tão clichê. Quando perguntei se estava com outra pessoa, ele respondeu: "Querida, quando não estou com você, estou sempre com outra pessoa. A minha vida é assim. Mas estou aqui agora".

Na hora entendi que ele estava sempre trabalhando quando estava longe de mim. Mas, na verdade, aquela foi provavelmente a única vez em que ele foi honesto comigo sobre outras mulheres.

– Não – disse Chloe, balançando a cabeça. – Você era jovem; ele deve ter parecido irreal para você quando se conheceram. Ele era realmente muito charmoso, Sara. Mas não é saudável mudar tudo de repente e não conversar sobre isso. Você está mesmo bem?

Assenti.

– Na verdade, estou sim.

– Andy liga para você de vez em quando?

Fiquei encarando o pincel na minha mão e então o deixei cair no balde de tinta.

– Não.

– Isso incomoda você?

– Talvez um pouco. Quando parti, eu queria que ele percebesse o quanto estragou tudo. Seria legal vê-lo rastejar de volta. Mas a verdade é que eu provavelmente não atenderia o telefone, de qualquer forma. Eu nunca voltaria para ele.

– O que ele fez quando você contou que estava indo embora?

– Gritou. Ameaçou – olhei lá fora pela janela e lembrei do rosto de Andy distorcido pela raiva. Seu ódio geralmente me deixava mais calma, mas, naquela última vez, algo dentro de mim estalou. – Ele jogou minhas roupas na rua. E me empurrou para fora.

Chloe me surpreendeu ao jogar o pincel na lata sem nem olhar onde cairia. Ela se aproximou e me abraçou fortemente.

– Você podia destruir a vida dele.

– Suspeito que ele vai fazer isso consigo mesmo, eventualmente. Eu apenas queria sumir de lá – sorri em seu ombro. – E fiz o advogado da minha família expulsá-lo ele da casa. Acho que os jornais gostaram dessa parte. A maldita casa era minha, lembra?

Foi bom ter colocado tudo para fora. Chloe sabia como é ter o coração partido, e durante nossa conversa sobre Andy, lembrei da época em que ela deixou abruptamente a Ryan Media e se isolou em seu apartamento. Quando finalmente ligou para mim, contou tudo que acontecera entre ela e Bennett – como eles tinham começado um caso secreto e como tinha decidido que precisava se afastar dele.

Foi um momento revelador para mim, mas de um jeito completamente errado. Sua decisão de deixar o emprego e potencialmente sacrificar seu relacionamento apenas aumentou minha vontade de discutir a relação com Andy. Eu quis me esforçar por nós dois para manter o namoro. Acontece que Bennett era o cara certo para Chloe trabalhar a relação. Andy nunca seria isso para mim.

Pensar no meu ex-namorado sempre me deixava com uma dor de cabeça, mas falar sobre ele trouxe uma bola de chumbo no meu estômago que não desaparecia, não importava quantos quartos eu ajudasse Chloe a pintar ou quantos quilômetros eu corresse no parque mais tarde naquele dia.

Por um breve momento, considerei ligar para Max, mas a resposta para um problema nunca está em criar outro. Embora ele quisesse jantar comigo na outra noite, isso não significava que quisesse algo a mais. Ele também não seria o cara certo para eu discutir minha vida.

A segunda e terça-feira voaram. Na quarta-feira, tivemos várias reuniões com novos clientes e parecia que cada minuto durava uma eternidade. A quinta-feira foi pior de um jeito completamente oposto: Chloe e Bennett foram viajar para o feriado prolongado de 4 de julho, e George foi para sua casa em Chicago. Um silêncio baixou nos escritórios e, apesar de nossa empresa estar prosperando, minha equipe inteira tinha trabalhado estranhamente *bem demais*. Eu não tinha nada para fazer e os corredores pareciam ecoar ao meu redor.

Por que estou aqui?, enviei em uma mensagem para Chloe, sem esperar uma resposta

Eu te perguntei a mesma coisa antes de ir embora ontem.

Meus passos ecoaram no corredor quando fui buscar mais café. Já tomei cafeína suficiente para ficar acordada por um mês.

Então envie uma mensagem para aquele seu estranho irresistível. Use essa energia para algo útil.

Não funciona desse jeito.

Meu telefone vibrou imediatamente.

O que isso quer dizer? Então como é que funciona?

Joguei meu celular de volta para dentro da bolsa e suspirei, encarando a janela. Não contei mais nada para Chloe sobre o acordo com meu estranho, mas eu podia perceber que a paciência dela estava se esgotando. Felizmente ela não estava na cidade; eu podia desligar o celular e manter o segredo por mais alguns dias.

O clima no mês de junho em Nova York estava lindo, mas, no momento que julho chegou, tornou-se insuportável. Comecei a sentir como se não fosse capaz de escapar do labirinto de arranha-céus e estivesse sendo cozida num forno de tijolos. Pela primeira vez desde que me mudei, senti saudades de casa. Senti falta do vento que soprava do lago, com correntes de ar tão fortes que podiam até derrubar você enquanto andava. Senti falta do céu esverdeado das tempestades de verão, quando eu me aninhava no porão dos meus pais e ficava jogando fliperama com meu pai por horas.

Porém, o lado bom de viver em Manhattan era que eu podia andar aleatoriamente por aí e sempre esbarrar em alguma coisa interessante. A cidade tinha de tudo: entrega de yakisoba às três da manhã, homens que encontravam galpões cheios de espelhos para aventuras sexuais e fliperama num bar perto do trabalho. Quando vi o piscar das luzes pela vitrine, quase tive um ataque, sentindo que a cidade tinha me presenteado exatamente com aquilo de que eu precisava.

Talvez mais vezes do que eu podia admitir.

Entrei no bar pouco iluminado e senti o familiar cheiro de pipoca e cerveja. No meio de uma quinta-feira ensolarada, o bar estava escuro o bastante para me fazer sentir que já era meia-noite lá fora e que quem não estava dormindo estava ali bebendo e jogando sinuca.

A máquina que eu tinha visto na frente do bar era nova, com botões polidos e música emo que não me interessava. Mas, no canto de trás, havia uma máquina antiga do Kiss, com toda a glória de seus rostos pintados e a língua gigante de Gene Simmons.

Comprei fichas, pedi uma cerveja e me dirigi no meio das pessoas até a máquina nos fundos.

Meu pai gostava de colecionar coisas. Quando eu tinha cinco anos e queria um cachorro, ele comprou um dálmata, depois comprou outro, e então, de repente, acabamos com uma casa cheia de cachorros surdos latindo uns para os outros.

Depois começou a colecionar carros antigos, com os clássicos Corvairs, a maioria apenas com a carroceria. Meu pai alugava uma garagem apenas para guardá-los.

Em seguida vieram os trompetes antigos. Depois vieram as esculturas de um artista local. E, por último, máquinas de fliperama.

Meu pai tinha quase setenta máquinas num depósito e outras sete ou oito na sala de jogos da nossa casa. Na verdade, foi durante um passeio pela sala de jogos que meu pai e Andy ficaram amigos. Embora meu pai não soubesse que ele nunca tinha jogado fliperama, Andy agiu como se a coleção fosse a coisa mais incrível do mundo e conseguiu parecer ter jogado a vida inteira. Meu pai ficou fascinado, e, na época, eu fiquei muito contente com isso. Eu tinha apenas vinte e um anos e não sabia como meus pais reagiriam com um namorado quase dez anos mais velho. Mas meu pai imediatamente fez tudo que pôde – com seu tempo e talão de cheques – para apoiar nosso namoro e as ambições de Andy. Não era difícil convencer meu pai e, uma vez conquistado, era quase impossível perder sua estima.

A não ser, é claro, que ele esbarrasse em você num restaurante tendo um jantar romântico com uma mulher que não era sua filha. Apesar do que meu pai me contou e de seu pedido para eu tentar enxergar o verdadeiro Andy ao invés da imagem pública que ele tanto cultivava, eu decidi acreditar em Andy: ele disse que a mulher era uma pessoa de sua equipe de trabalho que estava deprimida por causa do término de seu namoro e apenas precisava conversar com alguém, só isso.

Que chefe bondoso ele era.

Dois meses depois, o jornal local o flagrou me traindo com outra mulher.

Coloquei uma ficha na máquina e segurei os botões de cada lado enquanto a bolinha prateada aparecia no lançador. Aparentemente, o som estava desligado, pois a máquina permaneceu estranhamente silenciosa quando comecei a jogar. Eu estava enferrujada e jogando muito mal, mas não me importava.

Tive alguns momentos iguais a esse nas últimas semanas, momentos de quietude que parecia se cristalizar ao redor. Momentos em que eu simultaneamente registrava o quanto amadureci e o quanto não sabia sobre a vida e os relacionamentos. Alguns desses momentos aconteceram enquanto eu observava Bennett e Chloe, e o jeito como eles provocavam e adoravam um ao outro na mesma medida. Outro momento foi ali mesmo, jogando fliperama sozinha, sentindo um contentamento que há muito tempo não sentia.

Alguns homens vieram conversar comigo – eu estava acostumada com a maneira como os homens parecem não resistir a uma mulher que joga videogame sozinha. Mas, após quatro partidas, senti que havia uma pessoa me observando.

Era como se a pele atrás do meu pescoço estivesse sendo pressionada apenas com a força de uma respiração. Tomando um gole da cerveja, virei e vi Max de pé do outro lado do bar.

Ele estava com outro cara, alguém que eu não conhecia, mas que também estava vestido formalmente e se destacava no bar da mesma maneira que eu com meu vestido cinza e saltos vermelhos. Max olhou para mim por cima de sua cerveja, e, quando o localizei, ele sorriu e ergueu levemente o copo fazendo um cumprimento.

Terminei meu jogo depois de uns vinte minutos e andei até onde eles estavam, tentando evitar um sorriso besta. Eu estava com vontade de encontrá-lo e nem sabia.

– Oi – eu disse, deixando escapar um pequeno sorriso.

– Oi também.

Olhei para seu amigo ao lado, um homem mais velho, com um rosto triste e olhos castanhos bondosos.

– Sara Dillon, este é James Marshall, um colega de trabalho e grande amigo.

Estiquei o braço e o cumprimentei.

– Prazer em conhecê-lo, James.

– Igualmente.

Max tomou um gole de sua cerveja e então apontou para mim com o copo.

– Sara é a nova mandachuva do financeiro na RMG.

Os olhos de James se arregalaram e ele balançou a cabeça, impressionado.

– Ah, é mesmo?

– O que você está fazendo aqui? – perguntei, olhando ao redor. – Isso aqui não parece um lugar para se fazer negócios no meio da tarde.

– Fugi do trabalho mais cedo, igual todo mundo faz nesta cidade. E você, senhorita? Tentando se esconder? – perguntou Max, com um olhar malicioso em seus olhos.

– Não – respondi, aumentando meu sorriso. – Nunca faria isso.

Seus olhos se arregalaram ligeiramente, então virou o rosto para o bar e fez um gesto com a cabeça para o barman.

– Eu venho aqui porque é sujo e geralmente vazio, além de servirem chope da Guinness.

– E eu venho aqui porque tem sinuca e eu gosto de fingir que posso detonar o Max – disse James antes de tomar toda sua cerveja num longo gole. – Então, vamos jogar.

Entendi aquilo como sendo minha deixa e pendurei minha bolsa no ombro, sorrindo um pouco para Max.

– Divirta-se. Vejo você por aí.

– Deixe eu acompanhá-la até a saída – então virou para o James e disse: – Peça mais um chope para mim e depois eu encontro você na mesa.

Com sua mão nas minhas costas, nós saímos do bar e ganhamos a rua ensolarada.

– Oh, droga – ele grunhiu ao ser atingido pela forte luz do sol. – Lá dentro está melhor. Por que você não fica e joga com a gente?

Balancei a cabeça.

– Acho que vou voltar para casa e lavar algumas roupas.

– Trocado por roupas sujas. Que situação.

Eu ri, mas então olhei ao redor ansiosa quando ele levantou a mão e tocou meu rosto. Então tirou rapidamente e murmurou:

– Certo, certo.

– James sabe sobre nós? – perguntei quase sussurrando.

Ele olhou para mim, levemente desapontado.

– Não. Meus amigos sabem que estou saindo com alguém, mas não sabem quem é.

Um constrangimento surgiu entre nós por um instante e eu não sabia qual era o protocolo numa situação dessas. Era exatamente por isso que nosso acordo sobre as sextas-feiras era ideal: não era preciso pensar muito nem negociar amigos, sentimentos e limites.

– Você já reparou como é estranho a gente se esbarrar tanto por aí? – ele perguntou, com uma expressão enigmática no rosto.

– Nunca pensei nisso – admiti. – Não é assim que o mundo funciona? Numa cidade de milhões, você sempre vê a mesma pessoa.

– Mas quantas vezes isso acontece com a pessoa que você *mais* quer ver?

Desviei o olhar, sentindo uma mistura entre desconforto e excitação em meu estômago.

Ele ignorou meu silêncio embaraçado e continuou.

– Ainda vamos nos encontrar amanhã, certo?

– Por que não iríamos?

Ele riu, baixando os olhos até meus lábios.

– Porque é feriado, flor. Não sei se tenho privilégios nos feriados.

– Não é feriado para você.

– Claro que é – ele disse. – Nós comemoramos o dia que nos livramos dos americanos irritantes.

– Engraçadinho.

– Felizmente para mim, nenhum feriado vai cair em sexta-feira até o fim do ano, então não preciso me preocupar em perder meu dia favorito da semana.

– Você estudou o calendário? – senti meu corpo se aproximar dele, perto o bastante para sentir seu calor mesmo debaixo de mais de trinta graus.

– Não, acontece que sou meio gênio com números.

– Um gênio idiota?

Ele riu, fazendo uma careta engraçada.

– Algo desse tipo.

– Então, onde devo encontrar você amanhã?

Ele ergueu a mão novamente e passou um dedo em meu lábio inferior.

– Vou enviar uma mensagem.

E enviou mesmo. Logo após eu dobrar a esquina e entrar no metrô, meu celular vibrou no bolso com as palavras: 11ª Avenida c/ rua 24. Tem um arranha-céu do outro lado do parque. 19h.

Sem indicação sobre qual edifício, qual andar ou mesmo o que eu deveria vestir.

Quando cheguei lá, ficou claro que ele só poderia estar se referindo a um certo prédio. Era todo de vidro e mármore e ficava em frente ao Chelsea Waterside Park. Também tinha uma vista ridícula do rio Hudson. O saguão estava vazio, com exceção de um único segurança na portaria, e, após eu hesitar por um minuto, ele me perguntou se eu era a amiga do sr. Stella.

Desconfiada, hesitei mais um pouco.

– Sim.

– Ah, bom. Eu deveria ter perguntado antes! – ele ficou de pé, com seu corpo quase tão largo quanto alto, e acenou para os elevadores. – Ele pediu para que eu deixasse você subir.

Encarei-o por um segundo antes de acompanhá-lo até o elevador. O segurança usou uma chave para abrir um painel e apertou o botão C.

Era o botão da cobertura.

Estávamos indo para a *cobertura*?

Com um aceno amigável, ele saiu do elevador.

– Feliz 4 de julho – ele disse, enquanto as portas se fechavam.

Havia vinte e sete andares no prédio, mas o elevador era claramente novo e muito rápido, e eu mal tive tempo de pensar no que poderia estar me esperando lá em cima.

Quando as portas se abriram, me encontrei num pequeno corredor de frente a alguns degraus que davam numa porta com uma placa: "Acesso à cobertura. Somente pessoal autorizado".

O que mais eu poderia fazer além de pensar que, somente naquele dia, essa placa não valia para mim? Afinal, era uma ideia do Max. Eu tinha a impressão que ele respeitava regras apenas até encontrar um modo de quebrá-las apropriadamente.

A porta se abriu com um chiado metálico e bateu pesadamente atrás de mim. Eu me virei e tentei abrir de novo, mas não consegui. O dia estava quente, com muita ventania, e eu estava presa na cobertura de um prédio.

Droga. É melhor que Max esteja aqui em cima ou eu vou ficar maluca.

– Estou aqui! – gritou Max em algum lugar à minha direita.

Soltei um suspiro aliviado e andei ao redor de uma grande caixa de eletricidade. Lá estava Max, sozinho, com um cobertor, travesseiros e vários tipos de comida e cerveja aos seus pés.

– Feliz Dia da Independência, flor. Está pronta para transar ao ar livre?

Ele estava incrível, vestido casualmente com jeans e camiseta azul, bronzeado, com seus braços fortes e toda sua altura caminhando em direção a mim. Sua presença física, debaixo do sol, com o vento soprando em sua camiseta e delineando seu peitoral... meu Deus. Vamos apenas dizer que isso provocou coisas em mim.

– Perguntei se você está pronta para transar ao ar livre – ele disse com a voz baixa, inclinando-se para me beijar. Seu beijo tinha gosto de cerveja e maçãs e algo intangível que era próprio dele. Excitação, sexo, conforto... ele era meu vício, aquela coisa que você precisa consumir de vez em quando, sem culpa, sabendo que vai te acalmar, mesmo não sendo muito bom para você.

– Sim – eu disse. – Então você não está preocupado com helicópteros ou câmeras ou... – olhei atrás dele, apontando para as pessoas que estavam em outra cobertura ao longe – com aquela gente ali com binóculos?

– Não.

Estreitei meus olhos e corri minhas mãos em seu peito até o pescoço.

– Por que você nunca se preocupa em ser visto?

– Por que eu não seria eu mesmo se me preocupasse. Eu ficaria paranoico dentro de casa e não sairia para transar com você numa cobertura. Considere a tragédia que isso seria.

– Uma grande tragédia.

De repente me ocorreu que ele era indiferente tanto para ser visto quanto para não ser visto. Ele não buscava a fama, mas também não a evitava. Apenas vivia na realidade em torno disso. Era uma maneira tão diferente de interagir com a imprensa e o público que até fiquei um pouco abalada. Parecia tão simples.

Ele abriu um sorriso e beijou a ponta do meu nariz.

– Vamos comer.

Ela havia trazido pães, queijos, salsichas e frutas. Bolachinhas com geleia e pequenos e perfeitos *macarons*. Numa bandeja, havia tigelas com azeitonas, amêndoas e pepinos franceses. Num balde de metal, havia várias garrafas de cerveja escura.

– Bela seleção.

Ele riu.

– Eu sei – sua mão passeou por minha barriga e seios. – Espero receber sua gratidão.

Ele me puxou para o cobertor, abriu uma cerveja e serviu dois copos.

– Você mora neste prédio? – eu perguntei, mordendo uma maçã. A ideia de estar tão perto de seu apartamento me fez sentir um pouco nervosa.

– Eu moro no prédio que você me deixou depois de passearmos de táxi naquele dia. Tenho um apartamento aqui, mas é minha mãe quem usa – ele ergueu a mão antes que eu pudesse protestar. – Ela está visitando minha irmã em Leeds por algumas semanas. Ela não vai aparecer aqui na cobertura.

– E por acaso *alguém* vai?

Ele deu de ombros e jogou uma azeitona na boca.

– Acho que não. Mas não tenho certeza – mastigando, ele me encarou por um instante, sorrindo com os olhos. – Como você se sente sobre isso?

Uma apreensão aqueceu meu estômago e eu olhei para a porta fechada, imaginando como seria ficar debaixo de Max no cobertor, sentindo-o me penetrar, e de repente ouvir o som daquela porta abrindo e fechando.

– Estou tranquila – eu disse, sorrindo.

– Temos a melhor vista para os fogos – ele explicou. – Eles fazem quatro shows simultâneos ao longo do rio, que nós poderemos ver. Achei que você gostaria disso.

Eu o puxei para perto e beijei seu queixo.

– Estou mais interessada em ver você completamente pelado.

Com um pequeno gemido, Max empurrou os travesseiros para o lado e me deitou em cima do grosso cobertor. Ele sorriu, fechou os olhos e me beijou.

Droga, por que ele tinha que ser tão gostoso? Seria mais fácil ter algo casual – embora certamente menos satisfatório – se Max fosse um amante medíocre, ou se me tratasse apenas como uma forma conveniente de tirar o atraso uma vez por semana. Mas ele era doce, atencioso e tão seguro de si mesmo a esse respeito que era muito fácil me fazer ficar a seus pés, desejá-lo e implorar silenciosamente por ele.

Ele adorava quando eu implorava. Ele me provocava para ter mais disso. E eu implorava para ele me provocar ainda mais.

Em momentos como esse, quando ele me beijava, correndo as mãos em minha pele e beliscando em locais sensíveis e famintos, eu tinha dificuldades em não compará-lo com o único outro amante que já havia tido. Andy era rápido e desconfortável. Após um ano de sexo recreativo, nosso contato nunca foi realmente sobre explorar ou compartilhar. Transávamos em nossa cama, às vezes no sofá. Uma ou outra vez na cozinha.

Mas aqui, Max passava um morango em meu queixo e depois lambia. Ele murmurava dizendo que iria sentir meu sabor e me foderia até que meus gritos ecoassem pelas ruas lá em baixo.

Ele me fotografou enquanto eu tirava minha camisa e depois sua camiseta. Mais fotos enquanto eu lambia descendo por sua barriga, abria sua calça e tomava seu pau duro em minha boca. Eu queria que ele me deixasse ir até o fim desta vez.

Ele sussurrou:

– Mantenha os olhos abertos. Olhe para mim – e então tirou uma foto. Eu estava perdida o suficiente naquele momento para não me importar.

Por fim, seu celular caiu no cobertor e suas mãos agarraram meus cabelos, guiando meus movimentos e os deixando mais lentos. Minha boca se movia tão devagar que achei impossível Max gozar desse jeito. Mas ele não me deixava acelerar, e seus olhos se tornaram sombrios, famintos, e finalmente o senti inchar.

– Tudo bem? – ele perguntou, com a voz trêmula. – Vou gozar.

Murmurei um sinal positivo, observando seu rosto corar e sua boca se abrir um pouco enquanto ele encarava meus lábios, que o envolviam. Os sons que ele fez quando gozou foram graves, roucos, com as palavras mais depravadas que já ouvi. Engoli rapidamente, focando na expressão de seu rosto.

– Merda – ele grunhiu, sorrindo. Esticou os braços e me puxou para cima em seu peito.

O dia já estava acabando. O pôr do sol primeiro pintou o céu de rosa, depois em tom de lavanda, e nós ficamos olhando as nuvens desfilando. Sua pele estava quente, macia, e virei meu rosto para encará-la, sentindo seu cheiro.

– Eu gosto do desodorante que você usa.

Ele riu.

– Ora, muito obrigado.

Beijei seu ombro e hesitei, com medo de arruinar o momento. Mas eu precisava dizer.

– Você tirou fotos do meu rosto.

Senti mais do que ouvi sua risada.

– Eu sei. Vou apagar agora. Apenas quero olhar mais algumas vezes – seu braço pesado começou a procurar cegamente ao redor. O celular estava debaixo da minha cintura, então o peguei e entreguei.

Juntos, olhamos as fotos. Minha mão em sua camiseta, em seu peito. Meus seios, meu pescoço. Paramos na foto das minhas mãos desabotoando seu jeans e tirando seu pau para fora. Quando chegamos na foto em que meu polegar acariciava a ponta de sua ereção, ele se virou por cima de mim, duro novamente.

– Não, espere – eu disse, com as palavras morrendo em minha garganta enquanto ele me beijava. – Apague as fotos com meu rosto, Max.

Com um gemido, ele rolou de volta e mostrou as fotos para mim. Eu não podia negar que era a coisa mais sensual que já vi: meus dentes enterrados em sua cintura, minha língua tocando a ponta de seu pau e, finalmente, minha boca o envolvendo enquanto eu olhava diretamente para a câmera. Meus olhos ficaram tão sombrios que claramente eu continuaria chupando até não poder mais. Com uma foto dessas, eu permaneceria nessa posição para sempre.

Ele apertou o botão para apagar e confirmou.

– Isso foi a coisa mais sexy que já vi – ele disse, rolando de volta para cima de mim e beijando meu pescoço. – Eu realmente odeio essa regra de proibir os rostos.

Eu não disse nada. Em vez disso, tirei sua calça e ele tirou meu short, puxando minhas pernas ao redor de seus quadris.

– Pegue uma camisinha – murmurei em seu pescoço.

– Na verdade – ele começou, afastando apenas o suficiente para olhar em meus olhos –, eu estava pensando que a gente podia acabar com a regra da camisinha.

– Max...

– Eu trouxe isto – ele puxou uma folha de papel que estava embaixo do cobertor. *Ah, a tão romântica folha com resultados de testes.* – Eu não transo sem camisinha desde o colegial – ele explicou. – Não estou transando com mais ninguém e quero transar sem camisinha com você.

– Como você sabe que estou tomando pílula?

– Porque eu vi a cartela na sua bolsa na biblioteca – ele se aproximou de novo, posicionando seu corpo e mexendo os quadris. – Tudo bem?

Concordei, mas tive que perguntar:

– Você não está preocupado com o *meu* histórico?

Ele sorriu, beijou meu ombro e subiu a mão até encontrar meu seio.

– Conte para mim.

Engoli em seco, desviando os olhos. Ele encostou um dedo no meu queixo e virou meu rosto de volta.

– Eu tive apenas um outro parceiro – admiti.

Os olhos de Max pararam de sorrir.

– Você esteve com apenas *uma* outra pessoa?

Mas ele transou com todo mundo em Chicago enquanto nós estávamos juntos.

Ele praguejou baixinho.

– Sara...

– Então, se você considerar que eu estive com todas as mulheres que ele comeu, então foi bem mais que uma pessoa – tentei sorrir para suavizar as duras palavras que dizia.

– Você fez algum teste desde então?

– Sim.

Acomodei meus quadris em cima dele, querendo isso mais do que imaginava. Andy tinha começado a usar camisinha no meio do nosso namoro; só esse fato já deveria ter me alertado de alguma maneira. Na época pareceu um distanciamento deprimente, apesar de Andy ter dito que era para nos certificar de não termos filhos antes de estarmos prontos. Percebia agora que ao menos ele tinha me concedido essa delicadeza.

Mas Max estava fazendo do jeito oposto. Distanciamento primeiro, e depois lentamente navegando por esta estranha monogamia que nós inventamos.

Merda, Sara. É assim que a maioria das pessoas faz.

Eu me apoiei em seus quadris e subi para chupar seu pescoço.

– Certo.

Max se moveu para trás, levou a mão entre nós e deslizou para dentro com um gemido grave. Devagar, muito devagar, ele foi me preenchendo. E então cobriu meu corpo com o seu, beijou subindo por meu pescoço e pressionou os lábios nos meus.

– Meu Deus, isso é bom – ele sussurrou. – Nada é melhor que isso.

Um estranho desespero tomou conta de mim. Nunca havia sentido seu peso tão completamente, percebendo cada pedaço de pele com tanta intensidade. Parecia um tipo totalmente novo de posse. Seus ombros eram tão largos, cada músculo flexionava e se definia sob as minhas mãos. Por cima e dentro de mim, Max parecia me consumir de corpo e alma.

Ele continuou a me beijar enquanto mexia, começando tão devagar, deixando que eu sentisse cada centímetro.

– Alguém poderia olhar para nós. Ver você debaixo de mim, com as pernas abertas, seus pés descalços em minhas costas – ele se apoiou nos cotovelos e olhou para meus seios. – Acho que gostariam de ver isso.

Fechei meus olhos e arqueei as costas para que ele tivesse uma visão melhor. Deus, havia uma segurança tão estranha com Max. Ele nunca fazia parecer estranho ou errado eu gostar da ideia de ter alguém nos observando. Era como se ele adorasse isso tanto quanto eu. E até quisesse ser flagrado.

– O que acha de ter alguém assistindo você transar algum dia desses? – ele perguntou, acelerando um pouco.

Soltei toda minha honestidade quase sem fôlego:

– Gosto da ideia de pessoas verem *você* desse jeito comigo.

– É mesmo?

– Eu não sabia que eu gostava disso antes de conhecer você.

Ele praticamente se deitou em cima de mim, com seu corpo pesado e quente.

– Quero dar a você tudo que quiser. Amo o jeito como você se transforma quando estou transando com você e observando ao mesmo tempo. Quando tiro as fotos, você perde essa sua barreira misteriosa e se abre por inteira, como se estivesse finalmente respirando.

Eu me estiquei debaixo dele, puxando-o o mais perto que pude, e olhei para o céu escurecido no momento em que os primeiros fogos de artifício disparavam acima do rio. O som veio depois da luz, e a explosão fez a cobertura vibrar debaixo das minhas costas.

Mais fogos explodiram em cascatas tão brilhantes e tão perto que senti como se o próprio céu pegasse fogo. O edifício vibrava debaixo de mim, fazendo meus ossos tremerem e ecoarem em meu peito.

– Meu Deus – ele disse, rindo e mexendo mais forte, estocando com força, cada vez mais fundo. Eu já conhecia muito bem seus sinais a essa altura. Ele mal conseguia se segurar. O barulho era quase ensurdecedor por estarmos tão perto do rio, e o ar ficou pesado com toda a fumaça e as luzes. Ele apoiou a mão ao lado da minha cabeça, ergueu seu corpo nos joelhos e penetrou mais forte, tirando uma foto de onde nos juntávamos enquanto as luzes banhavam minha pele com cores em azul, vermelho e verde.

Respirei fundo e deixei o mundo acabar com um grito agudo, mas meu som se perdeu no meio do estrondoso espetáculo ao nosso redor.

Max puxou um cobertor e nos cobriu, talvez menos por estar frio e mais porque tínhamos acabado nosso showzinho para um público imaginário. Ficamos apenas bebendo cerveja e assistindo aos fogos de mãos dadas.

– Você disse que faz tempo que não tem um relacionamento sério, então você acha estranho ser monógamo com uma parceira de sexo casual? – eu perguntei, me virando para encarar seu rosto.

Ele riu e levou a cerveja até a boca.

– Não. Eu não sou um babaca tão grande que não poderia ficar com apenas uma pessoa, se for isso o que ela quer.

– O que *ela* quer? Você não se importaria se eu ficasse com outro homem?

Ele balançou a cabeça e olhou de volta para o rio, onde a fumaça estava começando a baixar.

– Na verdade, acho que me importaria sim – levantou a cerveja novamente e esvaziou a garrafa num único gole. – Nós não usamos camisinha hoje, se você se lembra. Eu não poderia fazer isso se você estivesse ficando com outros homens.

Ele esticou o braço para pegar outra cerveja e o cobertor deslizou em seu ombro, revelando suas costas nuas, cada músculo delineado perfeitamente. Eu me inclinei e beijei o caminho entre sua coluna até o pescoço.

– Quando foi a última vez que você teve uma namorada? Cecily foi uma namorada?

– Na verdade, não – ele voltou a ficar ao meu lado e me abraçou debaixo do cobertor. – Fiquei com algumas mulheres exclusivamente desde que me mudei para cá. Mas faz uma eternidade desde que me apaixonei por alguém, se é isso que você quer dizer.

– Sim, acho que é isso que eu quis dizer.

– Tive uma namorada séria por um tempo na faculdade. Ela me trocou por um amigo meu. Acabou casando com ele. Fiquei com um pouco de raiva das mulheres por um tempo depois disso. Agora sei que relacionamentos precisam de muito trabalho, energia e tempo – tomou mais um gole. – E não tenho muito disso ultimamente, enquanto estou tentando cuidar da empresa. Não me oponho à ideia de ter alguém, mas é difícil encontrar o par certo, o que pode soar estranho numa cidade com milhões de pessoas.

Não senti absolutamente nada quando ele disse isso, nenhuma esperança de o par certo ser eu, nem preocupação de que Max estivesse procurando outra pessoa. Para alguém como eu, que era um poço de sentimentos, isso foi chocante. Esse vazio parecia se espalhar em meu peito.

– Acho que é melhor eu ir – eu disse, alongando meu corpo e deixando o cobertor cair.

Max olhou para minha nudez antes de encontrar meus olhos.

– Por que você sempre tem pressa para ir embora?

– Nós não passamos as noites juntos – eu o lembrei.

– Nem mesmo nos feriados? Eu não me importaria de ter uma transa matinal. Podemos usar o quarto de hóspedes da minha mãe.

– Então ligue para o Will. Ele é bonitinho.

– Eu ligaria, mas ele sempre insiste em ficar abraçado na cama depois. Isso é embaraçoso – ele fez uma pausa. – Espere. Você acha o Will bonitinho?

Eu ri, tomando o último gole da minha cerveja e pegando minhas roupas.

– Sim, mas você faz mais o meu tipo.

– Elegante? Bem-dotado no meio das pernas? Divino?

Olhei para ele e ri mais um pouco.

– Eu ia dizer que você tem uma ótima boca suja.

Seus olhos se tornaram sombrios, e ele me beijou.

– Fique até amanhã. Por favor, minha flor. Quero comer você pela manhã, quando estiver ainda meio sonolenta.

– Não posso, Max.

Ele me encarou por um longo momento e então desviou o olhar, tomando um gole da cerveja e murmurando:

– Ele realmente causou um estrago em você.

Senti meu sorriso murchar.

– É melhor não tentar entender uma mulher que deseja que sexo seja apenas sexo. Sim, Andy causou um estrago em mim, mas não é por isso que eu não quero ficar.

Eu o observei por um momento, quando me lembrei de estampar um sorriso no rosto novamente.

– Mal posso esperar para saber o que você vai inventar da próxima vez.

Quando cheguei ao meu apartamento, a excitação de estar com Max se transformou em uma estranha dor no meu peito. Joguei minhas chaves e a bolsa na mesa e me encostei na parede, encarando a escuridão da sala de estar. Meu apartamento era pequeno, mas, nos poucos meses que estive em Nova York, eu já o sentia mais como um lar do que o grande apartamento que dividi com Andy por quase cinco anos.

Mas, nesta noite, com a música e os fogos de artifício ecoando por entre os prédios e o som das celebrações nas calçadas lá fora, meu pequeno espaço parecia solitário pela primeira vez desde que me mudei.

Sem acender nenhuma luz, tirei minhas roupas enquanto caminhava até o banheiro. Entrei no chuveiro, fiquei debaixo da água quente e fechei os olhos, com esperança de que o som da água abafasse o barulho em minha mente.

Não funcionou. Meus músculos estavam tensos e doendo, e o súbito desejo que surgiu no meio das minhas pernas deixou quase impossível que meus pensamentos não girassem em torno de Max.

Nunca fui o tipo de garota que fica obcecada por um homem, mas isso definitivamente parecia estar acontecendo agora. Max não era apenas lindo, ele era *legal* também. E eu sabia que era o sexo que nos tornava compatíveis. Eu ainda tentava entender minha nova obsessão de ser observada por ele – talvez até por outras pessoas –, mas essa necessidade surgia como um vapor debaixo da minha pele: era quente, excitante e impossível de ignorar.

E Max parecia aceitar, até mesmo incentivar, de um jeito tão fácil quanto tudo o mais que fazia.

Enquanto meu relacionamento com Andy existiu apenas para exposição pública, Max parecia explorar meu desejo pouco familiar de ser observada ao mesmo tempo em que respeitava minha necessidade de privacidade. Por mais que fosse um playboy e parecesse tão errado para mim em todos os sentidos, ele permitia que eu experimentasse algo que nunca sentiria segurança de fazer com Andy. Será mesmo que era tão simples assim? Será que eu estava mantendo Max por perto porque era o oposto de tudo que tive com Andy? Meu namoro com Andy tinha uma falsa profundidade e nenhuma excitação. Meu relacionamento com Max era intencionalmente simples, e mesmo vê-lo à distância me fazia sentir como se uma tocha se acendesse em meu peito.

Desliguei a água que, subitamente, ficou quente demais. Por um instante, eu me arrependi por não estar com Max. Joguei fora a chance de tocar sua pele, ouvir seus sons e sentir seu peso sobre mim a noite toda.

Mas, quando entrei em meu quarto e olhei meu reflexo no espelho, senti que minha imagem parecia estranha para mim. Minha postura estava melhor, eu piscava menos, observava mais. Eu podia perceber até mesmo uma sabedoria nos meus olhos que não existia antes.

Dez

– Ainda não entendi por que você está me acompanhando hoje.

Tentei impedir meu sorriso quando vi a expressão irritada de Will na porta espelhada do elevador, ignorando os olhares curiosos dos outros passageiros ao redor. Ele apertou o botão do décimo oitavo andar.

Minha atenção caiu na etiqueta ao lado: "Ryan Media Group".

– Você sabe o quanto eu gosto de ver você em ação. É como atirar num peixe dentro de um barril, não é isso que vocês americanos dizem?

– Em primeiro lugar – ele disse, com a voz mais baixa –, você está usando essa expressão de um jeito errado e ninguém mais fala isso. Em segundo lugar, você está tramando alguma coisa. Você tem outras cem reuniões essa semana; eu sei que está até aqui de trabalho. Por que diabos resolveu me acompanhar hoje? Eu não preciso de você aqui.

– Você está certo, tecnicamente eu não preciso estar aqui, mas já vi você nesse tipo de reunião antes, meu amigo. Alguém começa a falar sobre neurotransmissores e pontes químicas e, de repente, parece que você fumou um baseado. Estou aqui apenas para ter certeza de que não vai falar besteira e acabar concordando com algum orçamento ridículo.

– Eu nunca falo besteira.

– Não, é claro que não – eu disse. – Mas não era você quem estava interessado em grandes contatos? Vou passar um tempo conversando com Bennett enquanto estivermos aqui e matar dois passarinhos com uma pedra só, certo?

Nem eu conseguia acreditar na minha desculpa esfarrapada; não estava acostumado a me sentir tão fora d'água em relação a uma mulher. Certamente não estava acostumado a me esgueirar por aí como um adolescente apenas para conseguir alguns minutos a sós com ela. Essa coisa com a Sara tinha sido construída para ser simples, mas, recentemente, parecia o oposto. Algumas horas antes, eu achava que tinha pensando em tudo: ir junto à reunião na RMG, usar Bennett como desculpa caso Will perguntasse, e, se tivesse sorte, esbarrar em Sara numa segunda-feira em vez de esperar até sexta. Passar um tempo com ela fora de nosso arranjo acabou me deixando mal-acostumado. E receber uma mãozinha no táxi também não tinha sido nada mal. Mas agora eu me sentia em conflito, imaginando se estaria procurando problemas por embaçar as fronteiras desse jeito.

As portas se abriram e Will se virou para mim.

– Como você sabe, este show é meu. Portanto, apenas sente lá com cara de inteligente.

– Sr. Sumner, sr. Stella – disse a recepcionista. – Bem-vindos – ela nos conduziu pelo corredor para a grande sala de conferência cheia de janelas, com Nova York ao fundo no horizonte como se fosse um cartão postal. – O sr. Ryan está a caminho.

– Parece um desperdício você passar sua tarde livre aqui quando poderia visitar sua misteriosa parceira de sexo casual – Will disse quando ficamos sozinhos novamente.

Andei até a janela e olhei para o trânsito na rua lá fora.

– O que faz você pensar que ela estaria livre no meio da tarde?

Will começou a revisar seus papéis e eu tomei um lugar na longa mesa, deixando minha mente divagar e lembrar a última vez que eu estivera naquele prédio. Eu também estava correndo atrás dela naquele dia, e tenho que admitir que pouca coisa tinha mudado. Claro, já passei um tempo com ela, comi, chupei e toquei praticamente cada pedaço daquele corpo, mas ainda não conseguia entender o que se passava naquela linda cabecinha.

O som de vozes surgiu pelo corredor e levantei meus olhos no instante em que Bennett entrou na sala.

– Will – ele disse, esticando o braço para cumprimentá-lo. – Obrigado por vir – ele jogou um sorriso curioso para o meu lado. – Max.

Não esperava ver você aqui hoje. Vai se juntar à nossa conversa sobre a B&T Biotech?

Era impossível não notar a expressão de satisfação presunçosa no rosto de Will. Tanto ele quanto Bennett sabiam que eu só passei em química na faculdade por ter flertado com o professor, o dr. William Haverston. Eles adoravam lembrar o meu "quase namorado".

– Ele é cheio de surpresas – disse Will.

– Com certeza – Bennett concordou. Eu não tinha considerado o lado de Bennett. Algumas semanas já tinham se passado desde o baile, mas não sei se ele percebeu que eu estava lá mais por causa de Sara do que para conversar sobre as últimas novidades na manipulação de proteínas.

– Vocês são dois idiotas – murmurei.

A sala começou a encher enquanto os outros empresários entravam; infelizmente, para minha tentativa de manter a calma, Sara apareceu repentinamente, e foi a última a entrar. Ela estava incrível, e, enquanto Bennett fazia as apresentações, deixei meus olhos passearem pelas curvas de seu corpo. Saia azul-marinho, pequena blusa rosa envolvendo os seios e um pescoço que eu queria chupar por horas.

– Esta é Sara Dillon, diretora de nosso departamento financeiro – Bennett disse para Will.

Will deu um passo para frente.

– Sim, nós trocamos alguns e-mails. Que bom finalmente conhecê-la, Sara. Acho que não nos encontramos no baile do mês passado.

Eles conversaram um pouco, até que ela virou o rosto em direção a mim, quando seus olhos se arregalaram por uma fração de segundo. Ela se aproximou, estendeu a mão e não parecia muito feliz em me ver.

– Acho que nos conhecemos no baile – ela disse, com um sorriso pregado no rosto. – Max Stella, não é mesmo?

Tomei sua mão e passei meu polegar gentilmente em seu pulso.

– Estou lisonjeado por você lembrar de mim, Sara.

Ela puxou a mão de volta, forçando o sorriso e se dirigindo para sua cadeira.

Prosseguí com os cumprimentos e apertei a mão de Chloe, jogando um pouco de conversa fora e aceitando um vago convite para jantarmos nas próximas semanas. Estava muito claro a razão de Bennett ficar tão encantado: ela era linda e obviamente inteligente. Não deixei de notar a maneira como trocou olhares com Bennett, como se estivessem conversando sem palavras. Em certo momento, ele revirou os olhos e abriu um sorriso diferente de tudo que já o vi mostrar. O pobre coitado estava mesmo enfeitiçado.

Quando a reunião começou, sentei no único lugar vazio, bem ao lado de Sara. Considerando a expressão que fez, não fiquei convencido de que isso era uma boa ideia.

Os minutos pareciam se arrastar e, meu Deus, era realmente a coisa mais chata que já tive que aguentar: ciência e estratégias sobre ciência. Em certo momento, eu podia jurar que vi os olhos de Will se fecharem em êxtase.

Sara ainda estava praticamente soltando fumaça ao meu lado. O que a fez ficar tão tensa? Eu podia sentir cada centímetro de espaço que separava seu corpo do meu. Tive que conscientemente evitar tirar as mãos do meu colo. Prestei atenção em cada movimento que ela fazia, cada vez que se ajeitava na cadeira ou tomava um gole de água. Eu podia sentir seu cheiro. Não tinha percebido o quanto seria difícil ficar tão perto assim e não poder passar minha mão por sua pele, ou fazer algo tão simples como ajeitar uma mecha de seu cabelo.

Por que diabos eu de repente queria ajeitar uma mecha do cabelo dela? Meu plano oficialmente foi por água abaixo.

Imediatamente após Will ter apresentado o portfólio, Sara pediu licença e foi embora antes que eu pudesse falar com ela. Quando eu finalmente escapei de uma conversa sobre a melhor maneira de acentuar a tecnologia da nossa empresa no plano de marketing, praticamente saí correndo em direção ao seu escritório.

– Olá – disse seu assistente, olhando para mim de cima a baixo atrás do computador.

– Estou aqui para ver a srta. Dillon – eu disse, continuando o caminho até sua sala.

– Boa sorte, porque ela não está aí – ele disse por trás de mim. Eu me virei e o encontrei de volta olhando para suas planilhas.

– Sabe para onde ela foi?

Sem tirar os olhos do computador, ele respondeu:

– Provavelmente foi dar uma volta. Ela acabou de sair daqui correndo como se alguém tivesse ateado fogo nos sapatos dela – virou o rosto para mim. – Ela geralmente vai até o parque quando está com vontade de esganar alguém.

Ah, que merda.

Corri para o elevador, ignorando os olhares que recebi no caminho, e fiquei observando os andares passarem. Que diabos deu errado? Eu mal falei duas palavras com ela. O calor da tarde me atingiu como uma parede quando pisei na rua, mesmo debaixo das sombras sufocantes dos prédios ao redor. Olhei para os dois lados e virei em direção ao parque. As calçadas estavam cheias de turistas e pessoas levando o cachorro para passear, mas eu esperava que os sapatos de salto dela diminuíssem a velocidade o suficiente para eu alcançá-la.

Foi uma sensação muito estranha sair das ruas e entrar no parque, onde o cheiro de asfalto e fumaça foi substituído por cheiro de árvores, terra e água.

Vi um relance cor de rosa no final da trilha e acelerei o passo, chamando seu nome.

– Sara!

Ela parou e se virou para me encarar.

– Mas que droga, Max. O que você estava pensando?

Parei de repente.

– O quê?

– Lá na apresentação! – ela disse, quase sem fôlego. – Eu não sabia que vocês financiam a B&T! Eles não precisam revelar isso nessa altura das negociações. Você não entende? Isso é um conflito de interesses!

Esfreguei meu rosto, desejando que nosso acordo tão simples parasse de ser tão complicado.

– Não achei que seria um problema.

– Deixe eu explicar para você – ela disse. – A diretora financeira da empresa que cuida do marketing da B&T está transando com o dono da empresa de investimentos que paga o marketing da B&T. Você acha que tem algum conflito aqui? Você acha que eu preciso de você para conseguir trabalhos? Ou talvez você prefira ter certeza de que seu novo investimento de risco tenha o melhor preço possível com suas estratégias de marketing?

Será que ela estava brincando com essa besteira? Senti meu rosto esquentar com indignação.

– Meu Deus, Sara! Não estou levando trabalho para você por que me preocupo, nem estou transando para me certificar que você vai fazer seu trabalho direito!

Ela suspirou e ergueu as mãos.

– Eu não acho isso de verdade. Mas é assim que vai parecer. Desde quando você está fazendo isso? Você não sabe como essas coisas se espalham? Esse é um emprego novo para mim. Mas você é o *dono* do próprio negócio, e as pessoas estão famintas por qualquer detalhe sobre a sua vida. Veja o quanto a imprensa persegue você, mesmo cinco anos após Cecily deixar a cidade.

Ela era hipersensível sobre publicidade e a manipulação dos fatos, e isso era desconcertante. Era tudo uma grande besteira, e eu podia perceber que ela sabia disso. Ela desviou os olhos, com os braços cruzados e os ombros encolhidos. A verdade era que eu não me importava com quem me visse com Sara. Cinco anos após o drama da Cecily, eu aprendi que você não pode controlar o que as pessoas vão dizer. Sara nunca entenderia isso.

Andei até um salgueiro, desviei da cortina de folhas e me sentei com as costas apoiadas no tronco.

– Não acho que isso seja um problema tão grande quanto você está imaginando.

Ela se aproximou, mas continuou de pé.

– Meu argumento é que precisamos ser discretos. Com ou sem um potencial conflito de interesses, eu não quero que Bennett pense que eu transo com clientes rotineiramente.

– É justo, mas não acho que Bennett tem moral para nos criticar.

Observei suas pernas se aproximarem, dobrarem, e então ela estava sentada ao meu lado na grama macia.

– Não havia razão nenhuma para você estar lá. Eu não estava esperando ver você, e isso me desconcentrou.

– Que droga, Sara. Eu não iria tentar bolinar você por baixo da mesa, só queria participar da reunião e ter uma chance de te ver e dizer oi. Você podia tentar ser mais flexível, sabe?

Ela riu um pouco, e então parou. Mas alguns segundos se passaram e eu percebi que ela começou a rir de novo: silenciosamente, a princípio, depois estava segurando a barriga, dobrada ao meio, praticamente chorando de rir.

– Você acha? – ela disse com dificuldade.

Eu não tinha ideia do que falei para causar essa reação, então apenas fiquei sentado, pensando que provavelmente menos é mais quando você está sentado ao lado de uma mulher que pode ou não estar ficando maluca.

Ela se acalmou, limpando os olhos e suspirando.

– Sim, eu poderia ser mais flexível. Depois de transar com um cara numa boate, num salão de festas, num galpão, numa biblioteca...

– Ah, Sara. Eu não quis dizer...

Ela ergueu a mão.

– Não, isso é apenas uma boa lição para mim. Ampliar meus horizontes é um processo constante. Assim que paro e penso em como estou lidando bem com uma coisa, eu vejo o quanto ainda sou rígida com outra.

Segurei um pouco da grama em minha mão, considerando o que ela disse.

– Eu deveria ter enviado uma mensagem.

– Provavelmente.

– Mas, sabe, eu ficaria contente se esbarrasse em você aleatoriamente numa reunião na Stella & Sumner.

– E você também quer me levar para jantar, e quer que eu durma no quarto de hóspedes da sua mãe, e provavelmente quer até assar umas bolachinhas comigo ou algo assim.

– Porque eu não me importo em sermos vistos juntos – eu disse, cada vez mais frustrado. – Por que você se importa?

– Porque as pessoas vão se intrometer – ela disse, virando-se para olhar em meu rosto. – As pessoas vão falar, vão construir uma história com a nossa relação. Vão especular, pesquisar nossas vidas, vão tentar descobrir o que queremos. Relacionamentos debaixo do olhar público não funcionam, e se você ousar admitir que se importa, isso vai te perseguir para sempre.

– Certo – eu disse, assentindo uma vez.

Fiquei ouvindo o vento soprando entre a cortina de folhas. Gostei de ficar dentro daquela caverna de quietude, escondido das pessoas, dos passarinhos, de qualquer coisa que pudesse testemunhar nossa conversa e minha silenciosa crise. Coisas demais estavam fervendo dentro de mim: a percepção de que eu queria Sara, que eu sempre quis Sara – desde o primeiro dia que a conheci. Também aceitei a verdade de que eu esperava que Sara eventualmente quisesse algo mais, e então seria eu quem estabeleceria os limites, e não ela.

– Max, estou perdendo a cabeça – ela sussurrou.

– Você vai pelo menos me dizer o motivo?

– Não hoje – ela disse, olhando para os galhos acima que filtravam os raios de sol.

– Estou feliz com o que estamos fazendo, mas nem sempre é fácil ser mantido por perto sem poder realmente ter você.

Ela riu um pouco, sem muita vontade.

– Eu sei – então se aproximou e pressionou os lábios nos meus.

Eu esperava apenas um beijinho, um ato discreto em público para apaziguar as coisas depois que eu admiti que deveria ter avisado sobre minha visita e ela admitiu que exagerou na reação. Mas acabou sendo algo muito mais profundo: as mãos em meu rosto, a boca aberta e faminta por mais, e de repente ela subiu em mim, montando em minhas coxas.

- Por que você é tão legal? - ela sussurrou, e então me beijou novamente, abafando qualquer resposta que eu pudesse dar.

Mas esse beijo continuou. Parecia grande demais para ser interrompido levando minha mão até sua calcinha ou pressionando-a contra a árvore.

- Sou legal porque eu realmente gosto de você.

- Você conta mentiras de vez em quando? - ela perguntou, com olhos curiosos.

- É claro que sim. Mas por que eu seria desonesto com você?

Seu rosto perdeu a expressão e ela ficou pensativa. Após uma longa pausa, suspirou.

- É melhor eu voltar.

Meu humor mudou imediatamente de intimista e caloroso para resignado e irritado. Essa garota era um bumerangue.

- Certo.

Ela ficou de pé e limpou a grama dos joelhos e da saia.

- Provavelmente é melhor não voltarmos juntos.

Só consegui balançar a cabeça concordando, com medo de deixar escapar uma ladainha de frustração sobre as regras de discrição dela, particularmente após ter acabado de montar em meu colo debaixo de uma árvore.

Ela me observou por um tempo e plantou cuidadosamente um beijo em meu rosto.

- Também gosto de você.

Observei enquanto ela ia embora, com o queixo erguido e as costas retas, tentando mostrar para o resto do mundo que estava apenas voltando de uma caminhada pelo parque.

Olhei ao redor como se meu próprio coração estivesse em pedaços no meio da grama.

Onze

Dizer que minha interação com Max no parque foi estranha seria um eufemismo. Eu sei que reagi de um jeito exagerado, mas, francamente? Ele também. Aquela preocupação com minha reação na sala de reunião? Sair correndo atrás de mim? O que nós estávamos *fazendo*?

Na noite de segunda-feira fui para casa e passei duas horas cozinhando bolinhos dinamarqueses para o jantar. Um bolinho frito e coberto de açúcar que tradicionalmente é servido no café da manhã, mas que se dane. Eu precisava de algo elaborado. Era uma receita da minha avó, e me concentrar em prepará-los com perfeição me deu tempo para refletir.

Não tive muito tempo para pensar ultimamente.

Mas cozinhar algo tão associado à minha família também me deixou com saudades de casa, dos meus pais, da segurança de uma vida previsível, por mais depressiva ou falsa que seja.

Peguei meu celular, sem me importar com a sujeira em minhas mãos. Minha mãe atendeu no sétimo toque. Típico dela.

– Oi, meu docinho! – ouvi algo cair no chão ao fundo e ela soltou um palavrão.

– Você está bem? – perguntei, sorrindo ao ouvir sua voz. É incrível como algumas poucas palavras podiam me fazer sentir segura.

– Sim, apenas deixei cair meu iPad. Você está bem, querida? – e quando ela perguntou isso, lembrei que eu já tinha ligado pela manhã quando estava indo para o metrô.

– Apenas queria ouvir sua voz.

Ela fez uma pausa.

– Está sentindo saudades de casa?

– Um pouco.

– Converse comigo – ela falou, e imediatamente lembrei das centenas de vezes que ela me disse exatamente isso, incentivando para eu me abrir com ela.

– Conheci um homem.

– Hoje?

Estremeci. Tinha falado com meus pais algumas vezes por semana desde que me mudei e nunca tinha mencionado Max. E o que tinha para contar? Eles não queriam saber da minha vida sexual mais do que eu queria compartilhar.

– Não. Algumas semanas atrás.

Eu podia praticamente ouvir sua mente pensando na melhor estratégia para responder. Dando apoio, mas sendo protetora. Como se deve reagir quando sua filha começa a se encontrar de novo com alguém depois de uma terrível separação pública?

– Quem é ele?

– É um investidor. Aqui da cidade. Mas não nasceu aqui – eu disse, balançando a cabeça e querendo começar de novo. – Ele é britânico.

– Ah, um estrangeiro, que incrível! – ela disse rindo, usando seu forte sotaque do sul. Então, parou. – Você está me contando isso porque é um namoro sério?

– Estou contando porque não faço ideia.

Eu adorava a risada da minha mãe. Sentia falta da sua frequência.

– Essa é a melhor parte.

– É mesmo?

– Com certeza. Não se atreva a desperdiçar. Não deixe que aquele babaca do seu ex-namorado a impeça de se divertir.

Suspirei.

– Mas me sinto tão sem rumo. Eu sempre soube o que esperar com Andy – assim que disse isso, eu me arrependi, e o silêncio dela em reposta foi ensurdecedor.

– Sabia mesmo?

Ela me conhecia tão bem. Eu podia praticamente ver seus braços cruzados e sua expressão de eu-vou-chutar-uns-traseiros.

– Não. Não sabia.

– Você sente que conhece esse cara?

– Essa é a parte estranha. Às vezes acho que sim.

Não importava o quanto eu pensasse nisso ou o quanto ficasse acordada naquela noite, eu ainda não fazia ideia do que se passava na cabeça de Max depois do que aconteceu na segunda-feira. Nossa dinâmica acontecia ao contrário: era *ele* quem deveria saber como fazer essa coisa de relação casual. *Eu* deveria saber como fazer um relacionamento sério.

E nenhum de nós deveria querer qualquer outra coisa que não fosse sexo. Mas, por vários motivos, nunca foi assim. O desejo de conhecer melhor um ao outro começou a surgir desde o primeiro dia, e eu sabia que, por mais que quisesse ficar com uma pessoa que pudesse manter a relação apenas no campo sexual, eu mesma nunca conseguiria fazer isso.

Lembrei do pânico em seu rosto quando ele correu atrás de mim, e senti um pouco de culpa.

Sara, você é um fracasso completo em matéria de sexo sem compromisso.

Na quarta-feira ele enviou uma foto de nossa noite na biblioteca. Era uma imagem que mostrava a barra do meu vestido, erguida até a base das minhas costas. Uma foto simples, mas ele usou um filtro preto e branco, e a foto original era tremida o bastante para eu reconhecer que foi tirada perto do fim, quando minha leitura tinha se tornado totalmente inarticulada e ele me seguiu num orgasmo, com um gemido abafado em meu pescoço.

Na quinta-feira, enviou uma foto que eu lembro ter visto enquanto ele passava pelos arquivos em seu celular no 4 de julho. Era uma imagem das minhas mãos desabotoando sua calça. Eu havia abaixado o suficiente para enxergar a forma de seu pau apertado contra o tecido da cueca.

As duas fotos foram enviadas na hora do almoço – eu as recebi enquanto trabalhava para finalizar dois grandes contratos. Tentei convencer a mim mesma que estava me sentindo estimulada por causa dos contratos em vez da perspectiva de encontrá-lo.

Eu era uma grande mentirosa.

– Deixa eu perguntar – disse George, entrando na minha sala sem bater na porta. – Você tem certeza que Max Stella é hétero? Estive pensando nisso desde quando ele veio aqui na segunda-feira.

Pisquei os olhos devagar, tentando entender se eu tinha acabado de dizer seu nome em voz alta ou se George estava fazendo a mesma coisa que Chloe desde a reunião da Stella & Sumner: jogando referências ao nome dele e prestando atenção na minha reação.

– Tenho certeza.

– Talvez ele seja bi?

Olhei para ele e deixei minha caneta em cima do contrato em minha mesa.

– Honestamente? Duvido.

George ergueu duas sobrancelhas curiosas.

– Você sabe disso por experiência própria?

Joguei o olhar mais intimidador que eu conseguia... que, para dizer a verdade, não era lá muito intimidador. Eu não iria deixar George jogar esse joguinho hoje.

– Você conseguiu as assinaturas do Miller e do Cortez para a campanha da Agent Provocateur?

Meu assistente apertou o olhar em direção a mim.

– Certo. Não vou mais perguntar. Mas saiba que eu acho isso suspeito. *Muito* suspeito. Parecia que a sua calcinha tinha começado a pegar fogo quando você o viu na segunda-feira. E sim, eu já peguei as assinaturas.

– É bom mesmo.

Logo que falei, meu celular vibrou na minha mesa e eu rapidamente o virei, lembrando a mim mesma pela milionésima vez que precisava da configuração de previsualização, para o caso de Max enviar outra foto.

A expressão de George foi impagável: sua contenção parecia causar dor física.

– Você é adorável, mas está na hora de ir embora – eu disse.

– Quem está enviando mensagens para você?

– Até que você se case comigo e pague minhas contas, essa pergunta nunca será apropriada, meu querido. E, mesmo nesse caso, eu provavelmente não responderia.

– Certo – com o dedo do meio erguido, ele saiu da minha sala.

Olhei para a tela do celular, prendendo a respiração. *Era* uma mensagem do Max, e minha pulsação explodiu numa batida frenética.

Meu escritório vai ser pintado e acarpetado no final de semana. Preciso encaixotar tudo na sexta-feira depois do trabalho, então acho que vou ficar preso aqui.

Digitei rapidamente: Então só vou te ver na semana que vem? Assim que apertei o botão para enviar, percebi o quanto eu parecia desesperada.

Alô, Sara. Você parece desesperada porque está *desesperada.*

Após alguns minutos, ele respondeu:

Acho que você lembra onde fica meu escritório, não é? Vejo você às seis, flor.

Assim como muitos dos andares em nosso prédio, os escritórios da Stella & Sumner ficavam quase desertos depois das seis horas numa sexta-feira. A mãe de Max não estava na recepção e apenas algumas pessoas permaneciam em suas baias enquanto eu andava pelos corredores até a sala dele.

Bati suavemente na porta e ouvi sua voz grave pedir que eu entrasse.

Estou perdidamente apaixonada por este homem, pensei quando o vi, sentado atrás de sua mesa com as mangas da camisa enroladas e usando óculos de aros grossos. Sua expressão era de tanta concentração que quase perdi o fôlego.

Acontece que sua expressão de focado-no-trabalho era muito parecida com sua expressão de concentrado-em-fazer-a-Sara-gozar.

– Tranque a porta, por favor – ele murmurou, sem desviar os olhos da tela do computador.

Eu me virei, apertei a tranca e então olhei ao redor em sua sala. Por quanto tempo ficaríamos ali? E quando ele levantaria o olhar e diria que eu estava linda? Nossos hábitos já estavam tão enraizados.

Sua sala não aparentava nem um pouco estar prestes a ser pintada. Ele mal tinha começado a encaixotar suas coisas: havia livros e pilhas de papel alinhados numa parede e ao menos vinte caixas vazias num canto, esperando para serem preenchidas.

– Tenho certeza que vai ser chato para você ficar aqui comigo, e eu sou um maldito egoísta por pedir para fazer isso, mas vá em frente e tire logo suas roupas.

Senti meu queixo cair e arregalei os olhos.

– Como é?

– Tire. As. Roupas – ele disse, puxando os óculos até a ponta do nariz e finalmente olhando em minha direção. – Você achava que iria ficar vestida? – balançando a cabeça, ele ajeitou os óculos e voltou a atenção para o computador. – Eu odeio empacotar coisas. Ver você nua vai ser a única coisa boa desta noite.

– Humm – murmurei, tentando formar uma resposta. A verdade era que a velha Sara nunca nem pensaria em sentar casualmente nua na frente de alguém. O que era exatamente a razão para eu querer fazer isso. Andei até o sofá e tirei minha blusa de lã. Em seguida, tirei minhas sandálias azuis com a bandeira britânica bordada em cima, e então tirei meu jeans escuro, murmurando: – Você nem reparou nos meus sapatos.

– Claro que reparei. Deus salve a rainha – ele disse secamente, piscando para mim. – Eu reparo em tudo em você, Sara.

– É mesmo?

– Faça um teste.

– Onde fica minha marca de nascença?

Do lado direito, logo abaixo das costelas.

– Você tem alguma marca preferida?

Pergunta complicada, pensei. Não tenho muitas marcas.

– Aquela no seu pulso – olhei para a marca em questão, impressionada.

– O que eu falo quando estou quase gozando?

– Quando está gozando, você solta só umas palavras ininteligíveis. Mas quando está quase chegando lá, você apenas sussurra "por favor" várias vezes... como se eu fosse negar uma coisa dessas.

– Qual é o sabor do meio das minhas pernas? – perguntei, e seus olhos dispararam em minha direção. Mordi os lábios tentando segurar um sorriso enquanto começava a tirar minha calcinha.

– Mulher tem gosto de mulher. Mas você tem sabor de mulher *gostosa* – levantou e andou até onde eu estava. – Deite no sofá com a cabeça aqui – ele posicionou minha nuca no braço do sofá de couro. Até que era bem confortável, para um couro tão firme como aquele. – E levante os joelhos e abra as pernas.

Meus olhos se arregalaram, mas fiz o que ele pediu, sorrindo quando ajeitou a franja dos meus cabelos e ajustou minha postura como se eu fosse uma obra de arte que estivesse pendurando na parede.

– Me desenhe como uma de suas garotas francesas, Jack – eu disse, olhando em seus olhos.

Ele esticou o braço e beliscou minha bunda.

– Atrevida.

Para testá-lo, fechei um pouco as pernas quando começou a se afastar.

– Deixe aberta – ele disse por cima do ombro.

Eu ri e voltei à posição que ele queria.

Max retornou com um livro e me entregou.

– Isto é para você se entreter enquanto eu trabalho.

– Você não vai ficar pelado também?

– Você está louca? Tenho que empacotar minhas coisas.

Olhei para o livro em minhas mãos. Havia um homem sem camisa na capa com um gato e uma mulher a seus pés. *A garra do gato.*

– Isso parece... interessante – eu disse, virando para ler a contracapa. – O cara tem duas parceiras. Uma é a mulher chamada Gata, e ela tem um... meu Deus... um "gato-homem", tipo, um gato que se transforma em gente. Sério. É isso que está escrito aqui. Eu não estou inventando – olhei para ele. – E o "gato-homem" é o *bicho de estimação* dela. E os *dois* transam com essa coisa.

– Parece um livro realmente inteligente.

– Você comprou isso numa banca de revistas lá na esquina, não é?

– Como você sabia? É tão óbvio assim? Mas o livro parece cheio de sexo explícito barato, então achei que você iria gostar – ele se virou e começou a tirar as coisas de cima da mesa. – Agora, faça silêncio, flor. Estou muito ocupado.

A princípio parecia quase impossível me concentrar no livro em minhas mãos, mas conforme os minutos passavam, e Max aparentemente se absorvia cada vez mais no empacotamento, comecei até a esquecer eu estava deitada em seu sofá.

Sozinha.

E totalmente pelada.

O livro que ele me deu era ridiculamente erótico e longo como o inferno; era muito mal escrito, mas, afinal, acho que o objetivo não era esse. Havia vários homens, várias mulheres; muitas histórias paralelas, mas, de novo, isso não importava. O objetivo era o sexo a toda hora, e o mais descritivo possível. Todo mundo tinha uma parte do corpo que estava dura ou pingando. Ou os dois. As pessoas gritavam e – às vezes, literalmente – arranhavam as coisas.

E, num canto, o herói simplesmente sentava e observava.

– Você está ficando corada – ele guardou uma pilha de livros e se encostou na mesa olhando para mim. – Você está lendo isso faz quinze minutos e alguma coisa que acabou de ler deixou seu rosto todo vermelho.

Olhei para ele e estremeci.

– Foi a palavra que começa com "b". Isso me surpreendeu, só isso.

– Boceta?

Confirmei balançando a cabeça, surpresa desta vez com minha própria excitação ao ouvir a palavra com o sotaque dele. Por algum motivo, seu sotaque britânico suavizou o impacto. Deixou a palavra muito mais sexy.

– Eu adoro essa palavra. É tão feia. *Boceta.* Soa tão depravada, não é mesmo? – ele esfregou o queixo, estudando minha reação. – Leia o trecho para mim...

– Eu não...

– Sara.

Senti meu rosto queimar ainda mais.

– Ele agarrou suas coxas, abriu-as forçosamente e ficou encarando sua molhada e brilhante... boceta.

– Uau – ele disse, rindo. – Isso sim é que é literatura de qualidade – ele voltou a se sentar na cadeira e começou a organizar uma pilha de papel. – Depois, durante o jantar, você vai me contar quais foram suas partes favoritas – comecei a protestar, mas ele ergueu um dedo na frente dos lábios e me silenciou: – Leia.

Encarei a página e o mar de palavras. Que tipo de mulher não gostaria de um *jantar*?

O tipo de mulher, Sara, que reconhece que um jantar leva a dormir juntos, o que leva a passar todas as noites juntos. E isso leva a fazer uma cópia das chaves, e depois a mudar para a casa dele. E então vêm as desculpas, e o sexo silencioso, e depois o sexo morre com as conversas. E, no fim, resta só a esperança de algum evento social para eu poder passar um tempo com ele.

Por outro lado, eu me arrependi de não ficar a noite toda com Max no 4 de julho. E estava começando a sentir falta dele no meio da semana.

Droga.

Tossi um pouco, apertando os olhos.

– Tudo bem? – Max murmurou do outro lado da sala.

– Sim.

Após outros vinte minutos e outras vinte cenas de sexo, Max se aproximou, passou a mão do meu queixo até os joelhos e sussurrou:

– Feche os olhos. Não abra até eu mandar.

– Você está muito mandão hoje – eu disse, apesar de abaixar o livro e obedecer ao seu comando. Quase imediatamente, minha audição pareceu se intensificar. Ouvi o som de seu cinto, seu zíper e depois um grande suspiro.

Será que ele...?

Eu podia ouvir o som de sua mão se movendo, o ritmo começando lento e então acelerando, mais rápido, mais firme. Ouvi a maneira como sua respiração saía em rápidos e curtos suspiros.

– Deixe eu assistir – sussurrei.

– Não – sua voz quase falhou. – *Eu* estou assistindo você.

Nunca tinha ouvido uma pessoa se masturbar antes, e manter os olhos fechados foi uma tortura. Os sons eram provocantes, e, no meio de seus gemidos quietos, ele me dava instruções para abrir mais as pernas, para tocar meus seios.

– Você ficou molhada com o livro – ele comentou, e então ouvi sua mão acelerar em seu pau. – Muito ou pouco?

Levei minha mão até minhas coxas, com os olhos ainda fechados, e me toquei para descobrir. Eu nem precisei dizer nada; ele apenas gemeu e então soltou um palavrão com sua familiar voz grave enquanto gozava.

Eu queria olhar seu rosto, mas mantive os olhos fechados enquanto meu coração batia cada vez mais forte.

A sala ficou silenciosa de repente, com exceção do ritmo pesado de nossa respiração. Comecei a prestar atenção no ar-condicionado, que soprava um ar gelado que cobria minha pele ardente.

Finalmente, ele subiu o zíper da calça e fechou o cinto.

– Volto já. Vou me limpar.

Ouvi seus passos se afastando, e, quando a porta se abriu, ele riu baixinho.

– Você pode abrir os olhos agora – ele disse ao sair.

Senti como se a sala tivesse escurecido nos últimos dez minutos. Minha mão ainda estava no meio das minhas pernas, e o som de seu orgasmo ainda ecoava em meus ouvidos. Experimentei um toque mais audacioso e percebi o quão rápido eu gozaria. Talvez em menos de um minuto. Certamente antes que ele voltasse.

Sem hesitar mais, eu arqueei as costas e me toquei com vontade, lembrando dos sons de sua mão, a velocidade de seus movimentos, seus pequenos gemidos e instruções, a facilidade com que ele dizia exatamente o que queria.

Tínhamos um entendimento tão fácil. Um equilíbrio tão perfeito.

Era tão *fácil.*

Com esse pensamento, meu orgasmo subiu pelas minhas coxas e explodiu em meu corpo, jogando faíscas em minha visão e me deixando sem fôlego.

A porta se abriu e subi rapidamente a mão até o pescoço, onde minha pulsação batia selvagem. Engoli em seco e tentei em vão diminuir meus suspiros. Não sei por que, mas depois do que ele acabou de fazer, senti como se tivesse sido flagrada com a mão dentro do jarro de biscoitos.

Max sorriu, andou até onde eu estava e sentou no sofá. Eu me ajeitei para dar espaço e ele apoiou o corpo com a mão no encosto enquanto se inclinava e colocava meus dedos em sua boca.

– Continuou a farra sozinha, flor?

– Se você estivesse aqui não teria que perguntar – eu disse, lutando contra o calor que subia até meu pescoço.

– Não importa – ele murmurou em minha garganta, chupando gentilmente –, eu assisto ao vídeo depois – ele ficou de pé, andou até um armário aberto e apertou um botão numa câmera que eu nem tinha reparado que estava ali.

– Você... *o quê*?

Ele se virou, com um sorriso totalmente malicioso no canto da boca.

– Você filmou tudo? – perguntei. Nunca senti um conflito tão grande. Se fosse flagrada... era *aterrorizante*. Se fosse observada... era *excitante*.

– Sim.

– Max, meu rosto...

Suas sobrancelhas se juntaram.

– Posicionei a câmera mais para baixo e coloquei você exatamente onde precisava. Eu não filmaria seu rosto – ele se aproximou e se ajoelhou ao lado do sofá. – O que é uma pena, na verdade, porque adoro assistir você gozar.

Ele passou a ponta do dedo em meu pescoço, estudando meu rosto antes de piscar e aparentemente voltar à realidade.

– Agora, para o jantar, eu estava pensando num restaurante tailandês, mas você é alérgica a amendoim e meu restaurante favorito coloca amendoim em *tudo*. Então, que tal comida da Etiópia? Você se importa em comer com as mãos?

Ele voltou a mostrar um sorrisinho.

– Juro que ninguém lá vai saber quem diabos eu sou.

Meu queixo caiu e esqueci completamente que iria discutir com ele sobre esse jantar.

– Como você sabe que eu sou alérgica a amendoim?

– Você usa um bracelete para alérgicos.

– Você leu?

Ele me olhou genuinamente confuso.

– Você usa justamente para que ninguém precise *ler*, não é?

Balançando a cabeça, sentei e passei as mãos nos meus cabelos. O homem que eu amei mal me conhecia de verdade. O homem que eu apenas queria para o sexo notava tudo sobre mim.

Para minha surpresa, eu sussurrei:

– Restaurante etíope parece ótimo.

Max me levou até os fundos do prédio, onde um carro preto nos esperava num beco.

– Sério? – perguntei enquanto ele abria a porta. – Os paparazzi seguem você até sua casa?

Ele riu e gentilmente me conduziu para o banco de trás.

– Não, flor. Não sou tão famoso assim; eles apenas me procuram em eventos e às vezes na rua. Estou sendo discreto porque *você* é paranoica, não eu – depois de entrar e se sentar ao meu lado, ele disse ao motorista: – Vamos até o Queen of Sheba. Fica na Hell's Kitchen – virando para mim, Max continuou: – Obrigado por me fazer companhia enquanto eu empacotava minhas coisas. Você transformou uma tarefa chata em algo realmente divertido.

– Mas você não fez quase nada. Não foi uma noite muito produtiva para você, não é mesmo? – eu me aproximei e mostrei a sobrancelha mais cética que eu conseguia fazer.

Ele sorriu e ficou encarando minha boca.

– Você me pegou. Eu queria que você viesse até aqui hoje para que eu pudesse guardar na memória a imagem de você nua no meu sofá. Contratei uma pessoa para empacotar meu escritório amanhã de manhã antes dos pintores chegarem – ele diminuiu a distância entre nós e me beijou docemente. – Às vezes, no trabalho, eu fico pensando que queria te ver mais vezes. Gostei de ver você na minha sala hoje.

Eu me ajeitei no banco, sentindo um pouco como se o mundo tivesse virado de cabeça para baixo.

– Nunca pensei que existissem homens como você por aí – eu disse sem pensar. – Honesto. Fácil de conviver – olhei para seu rosto.

– Eu já te disse. Eu *gosto* de você.

Ele envolveu meu corpo e me puxou para mais perto, e ficamos nos beijando pelo resto do caminho. Pode ter durado um minuto, uma hora, ou uma semana. Eu não tinha ideia. Mas quando chegamos em Hell's Kitchen, eu não queria sair do carro, e certamente não me importava por estar quase desejando que ele me convidasse para passarmos o resto da noite juntos.

A garçonete colocou uma grande bandeja na nossa frente, com diferentes tipos de pratos vegetarianos dispostos lado a lado.

– Use o pão de *injera* como se fosse um talher – disse Max, arrancando um pedaço do pão que parecia um tipo de panqueca e mostrando como fazer.

Fiquei assistindo-o lamber os dedos, mastigar e depois sorrir para mim.

– O que foi? – ele perguntou.

– Humm... – murmurei, apontando para seu rosto – sua boca.

– Você gosta da minha boca? – sua língua surgiu novamente, lambendo o canto dos lábios, e então levantou o copo e tomou um gole de vinho.

Ele me fazia sentir mais do que bêbada. Eu me sentia desorientada, até mesmo irresponsável. Fechei meus punhos debaixo da mesa, pensando na fantasia de pedir a ele que me tirasse dali, me levasse até sua casa e me tocasse.

Com exceção dos beijos no carro, ele mal me tocou pelo resto da noite. Será que foi intencional? Será que estava tentando me deixar maluca? Pois, se fosse isso, então sua missão estava cumprida.

Olhei para a bandeja e repeti o que ele fez: arranquei um pedaço do pão, peguei algumas lentilhas e dei uma mordida. A comida era apimentada, quente e deliciosa. Fechei os olhos e soltei um gemido de satisfação.

– Muito bom.

Eu podia sentir seus olhos em mim, e, quando olhei de volta, ele sorriu.

– O que foi? – perguntei.

– Você sabe qual é o meu trabalho, sabe que minha mãe trabalha na minha empresa e que tenho ao menos uma irmã. Você sabe o que aconteceu com Cecily. E tudo que *eu* sei sobre você, além do fato de ser uma transa incrível, é que você mudou de Chicago há pouco mais de um mês, deixou um verdadeiro babaca para trás e trabalha com o Ben e a noiva dele.

Uma aflição surgiu em meu estômago e tive que forçar para engolir a comida.

– Não sei, você parecia saber bem mais que isso algumas horas atrás.

– Ah, eu tenho uma coleção de *observações*. Mas agora estou falando sobre conhecer você.

– Você sabe onde eu moro. Sabe onde trabalho e que sou alérgica a amendoim.

– Já faz algumas semanas que saímos juntos, Sara. É esquisito você ainda me manter por perto sem deixar que eu realmente me aproxime – ele desviou o olhar. – Não sei se consigo ser um estranho para sempre.

– Mas nós somos bons em sermos um casal de estranhos – brinquei, e, quando seu rosto não respondeu como eu esperava, tive que ceder. – Certo. O que você quer saber?

Ele voltou a olhar para mim e então fechou os olhos como se estivesse pensando com cuidado. Ele era tão lindo; meu sangue parecia preencher todo o meu rosto e eu podia sentir minha pulsação acelerando com ansiedade.

Abrindo os olhos, ele perguntou:

– Você já teve um cachorro?

Uma riso explodiu em minha boca.

– Sim. Meu pai sempre teve dálmatas, mas minha mãe está atualmente obcecada com *labradoodles*.

– Como é?

– É uma mistura de labrador com poodle.

Ele balançou a cabeça, com um sorriso no canto da boca.

– Vocês americanos sempre estragam nossas raças canônicas – levei minha taça de vinho até os lábios e tomei um gole enquanto ele perguntava: – Por que você tem tanto medo de ter um relacionamento sério com alguém?

Gaguejei algumas palavras sem sentido até ele começar a rir, gesticulando para que eu parasse.

– Certo, estou apenas testando até onde posso ir com as perguntas. Você tem irmãos?

Balancei a cabeça negando, sentindo um alívio.

– Sou filha única. Meus pais são malucos, então graças a Deus eles só tiveram uma filha. Outra criança teria acabado com eles.

– Por quê?

– Meus pais são... excêntricos – expliquei, sorrindo enquanto pensava neles.

Excêntricos era pouco para descrevê-los. Imaginei minha mãe e suas perucas e joias. E meu pai com seus óculos de aro grosso, camisas de manga curta e gravatas borboleta. Eles vieram de outra época – quase outro planeta –, mas suas excentricidades apenas faziam você os amar ainda mais.

– Meu pai sempre trabalhou muito, mas, quando não está no trabalho, ele fica obcecado com algum passatempo. Minha mãe gosta de se manter ocupada, mas meu pai nunca quis que ela trabalhasse fora de casa. Ela cresceu no Texas e conheceu meu pai na faculdade, onde ela estudava matemática. Quando casaram, ela começou a vender cosméticos, depois vendeu umas roupas de algodão malucas que não amassavam. E, mais recentemente, voltou a vender produtos de beleza.

– Seu pai trabalha com o quê exatamente?

Hesitei, pensando, *Como ele poderia perguntar isso? Ele realmente sabia tudo sobre mim?*

– Então, meu sobrenome é Dillon, certo?

Ele assentiu, interessado.

Max é britânico. Ele provavelmente nunca ouviu falar da loja Dillons.

Contar isso me fez sentir como se tivesse levantado uma pesada cortina de ferro. Às vezes eu pensava que seria bom tirar esse peso das costas, mas no fim achava mais fácil deixar tudo como estava.

Durante minha vida inteira as pessoas me olhavam diferente quando eu contava quem era a minha família; eu ficava pensando se Max seria diferente.

Respirei fundo e olhei em seus olhos.

– Minha família é dona de uma cadeia de lojas de departamento. É uma cadeia de lojas do Centro-Oeste e, tipo, não são lojas conhecidas nacionalmente, mas fazem sucesso no interior.

Ele estreitou os olhos.

– Espere. *Dillons*? A mesma daquela propaganda "Você deve amar viver"?

Confirmei com um aceno de cabeça.

– Uau. Nossa. Sua família é dona da Dillons. Quem diria – Max passou a mão no rosto e riu para si mesmo, balançando a cabeça. – Merda, Sara. Eu... não tinha ideia. Estou me sentindo um idiota.

– Eu gosto do fato de você não saber quem eu era – senti meu estômago embrulhar, percebendo que agora que sabia que sou *alguém*, ele provavelmente pesquisaria minha vida. Então descobriria Andy e perceberia o quanto fui estúpida por não saber aquilo que a cidade inteira já sabia.

Max descobriria que eu fui o capacho de outro homem antes de me tornar seu mistério de estimação.

Desviei os olhos, sentindo meu humor murchar. Eu não queria conversar sobre minha vida, família, histórico. Tentei desesperadamente achar um novo assunto.

Mas ele voltou a falar antes que eu pudesse pensar em algo.

– Sabe o que eu acho fascinante sobre você? – ele perguntou, servindo outra taça de vinho para mim.

– O quê?

– Na primeira noite em que nos conhecemos, e depois, em nossa primeira noite no galpão: as coisas que você me deixou fazer. Mas hoje você ficou corada por causa da palavra *boceta*.

– É verdade – eu ri, tomando um gole do vinho.

– Gosto disso em você. Gosto do seu conflito interno, gosto da sua doçura. Gosto de saber que você tem essa família tão insanamente rica, mas já vi você usar o mesmo vestido algumas vezes – Max lambeu os lábios e mostrou um sorriso predatório. – Mas, principalmente, gosto de ver o quanto você é uma pessoa claramente boa, porém deixou que eu fizesse coisas tão más com você.

– Não acho que são coisas ruins.

– Ah, mas aí é que está. A maioria das pessoas acharia uma loucura você se encontrar comigo no galpão. Você é uma herdeira americana e deixou um britânico depravado tirar fotos de você nua. Deixou filmar você se masturbando no meu escritório apenas pela excitação de saber que vou assistir. Mas isso é o que *você* me pediu.

Ele se recostou na cadeira e me encarou. Parecia tão sério, quase perplexo.

– Sou um homem de sangue quente e nunca negaria esses pedidos. Mas nunca pensei que mulheres como você existiam. Tão ingênua de maneiras tão óbvias, mas ao mesmo tempo tão sexual que uma rapidinha amigável num colchão nunca seria suficiente.

Ergui minha taça e tomei um gole enquanto ele observava minha boca. Lambendo os lábios, devolvi o mesmo sorriso que ele lançou anteriormente.

– Acho que você vai descobrir que a maioria das mulheres não fica satisfeita com uma rapidinha amigável num colchão.

Max riu e murmurou:

– Touché.

– E é *por isso* que as câmeras e as mulheres correm atrás de você – eu disse, olhando por cima da minha taça. – É mais do que a história com Cecily. Se fosse só isso, eles teriam perdido o interesse após algumas semanas. Mas você é o homem que está sempre nas colunas sociais com uma mulher diferente por noite. Aquele que ninguém consegue pegar. O homem que obviamente sabe como conquistar as mulheres.

Os olhos de Max se arregalaram, as pupilas se dilataram.

– Ultimamente, não tenho ficado com uma mulher por noite.

Eu o ignorei e concluí meu pensamento.

– Nós, mulheres, nem sempre queremos ser tratadas como se fôssemos delicadas, ou raras, ou preciosas. Queremos ser *desejadas*. Queremos que o sexo seja tão visceral quanto vocês querem. Você é o cara que sabe disso.

Ele se apoiou nos cotovelos e começou a estudar meu rosto.

– Mas por que sinto que é *você* quem está dando algo especial para mim? Algo que nunca deu para mais ninguém?

– Porque é exatamente isso que estou fazendo.

Ele abriu a boca para dizer algo, mas então meu celular tocou, vibrando em cima da mesa. E, quando olhamos para a tela, eu sabia que vimos o nome no mesmo instante.

ANDY CEL

Doze

Coloquei Sara num táxi e fiquei olhando enquanto o carro desaparecia no meio do trânsito.

Merda.

Ela ignorou a chamada no restaurante, olhando a tela de relance antes de parar a vibração, mas não antes que eu pudesse ver quem era, e definitivamente não antes que eu pudesse ver sua tentativa de esconder sua reação.

ANDY CEL

Nunca vi alguém se fechar daquela maneira; era como se alguém tivesse apertado um botão e a luz tivesse apagado de seu rosto. Ela voltou a comer em silêncio e respondia apenas com monossílabos pelo resto do jantar. Tentei aliviar o clima, contei algumas piadas e flertei com ela desavergonhadamente, mas... nada. Após dez minutos, ela acabou com nossa situação, fingindo uma dor de cabeça e insistindo em voltar para casa de táxi. Sozinha.

Merda.

Continuei olhando para a rua enquanto meu carro era estacionado atrás de mim. Acenei para o motorista, abri a porta e entrei.

– Para onde vamos agora, sr. Stella?

– Vamos para casa, Scott – eu disse. Ganhamos a rua e fiquei observando a cidade passar diante de mim como um borrão. Meu humor piorava a cada quarteirão que passávamos.

As coisas estavam indo tão bem. Ela finalmente estava começando a se abrir, deixando eu entrar naquele cofre que era sua mente. Eu ainda estava digerindo sua revelação de que os pais eram donos de uma das maiores cadeias de lojas de departamento do país. E então, "Andy cel". *Maldito celular do Andy.*

Uma raiva explodia em meu peito, e, por um breve momento, comecei a pensar qual era a frequência com que eles se falavam. Seis anos é um longo tempo e significava que eles tinham uma história juntos que seria difícil simplesmente varrer para debaixo do tapete. Não sei por que eu pensei que ele estava completamente fora de sua vida. Fazia sentido ela não querer outro relacionamento, mas seu distanciamento forçado parecia ir muito mais longe.

Talvez ele a quisesse de volta.

Franzi a testa enquanto deixava esse pensamento tomar conta da minha mente.

É claro que ele a queria de volta; como não? Pela centésima vez eu me encontrei pensando no que teria realmente acontecido entre eles e por que ela resistia tanto a me contar.

Estávamos quase no meu prédio quando meu celular vibrou em meu bolso.

Já cheguei em casa. Obrigada pelo jantar. Bjs.

Bom, esta noite realmente foi maluca.

Reli a mensagem e considerei ligar, sabendo que seria uma causa perdida. Ela era tão teimosa. Digitei ao menos dez respostas diferentes, apagando uma por uma antes de enviar.

O problema era que eu queria conversar sobre isso e ela não queria. E o problema era também que eu estava completamente sem coragem.

– Você se importa de dirigir por aí um pouco, Scott? – eu perguntei. Ele balançou a cabeça, virando e seguindo em direção ao parque. Procurei o número de Will e liguei. Após duas chamadas, ele atendeu.

– E aí?

– Você tem um tempo? – perguntei, olhando as ruas pela janela do carro.

– Claro, espere só um segundo – ouvi um barulho ao fundo e depois uma porta se fechou. – Está tudo bem?

Encostei a cabeça no banco, sem saber por onde começar. Apenas sabia que precisava desabafar um pouco sobre essa confusão com alguém e, infelizmente para ele, essa pessoa em minha vida era o Will.

– Não tenho ideia.

– Bom, isso não ajuda muito. Não recebi nenhum e-mail sobre algum incêndio, então acho que não é sobre o trabalho, certo?

– Seria melhor se fosse.

– Certo... Ei, você não disse que tinha planos para o jantar?

– Na verdade, esse é o motivo pelo qual estou ligando – passei a mão em meu queixo. – Deus. Não acredito que estou fazendo isso. Acho que apenas preciso de alguém para... escutar. Tipo, se eu falar em voz alta, talvez faça mais sentido.

– Bom, isso pode ser interessante – ele disse, rindo no telefone. – Deixe eu me ajeitar por aqui.

– Sabe a mulher com quem estou saindo?

– Comendo. A mulher que você está comendo.

Fechei os olhos.

– Will.

– Sim, Max. Sua maravilhosa transa. Essa situação que é exclusivamente sobre sexo com uma mulher que não quer ser fotografada e onde nada poderia sair errado.

Suspirei.

– Então, sobre isso. Quer dizer... isso fica só entre nós, certo?

– É claro – ele disse, soando um pouco ofendido. – Posso ser um filho da mãe, mas sou um filho da mãe confiável. E você não deveria estar aqui para que a gente pudesse, sei lá, fazer as unhas um do outro enquanto conversamos sobre seus sentimentos?

– É a Sara Dillon.

Silêncio. *Bom, isso fez ele calar a boca.*

– Will?

– Puta merda.

– Pois é – eu disse, esfregando minhas têmporas.

– Sara Dillon. Sara Dillon da Ryan Media Group.

– Exatamente. Começou antes de eu saber que ela trabalhava com o Ben.

– Uau. Quer dizer, ela é linda, não me entenda mal, mas ela parece meio... reservada? Quem diria que ela era assim...

E porque me senti tão bem apenas por pronunciar aquelas palavras, eu continuei.

– Começamos apenas ficando numa boate. Dava para perceber que ela estava me usando para se divertir e explorar um pouco.

– Explorar?

Cocei meu queixo e estremeci ao admitir:

– Ela gosta de transar em público.

– O quê? – ele disse, rindo. – Isso não parece a Sara Dillon que eu conheço.

– E ela deixa eu tirar fotos.

– Espera aí... como é?

– Fotos, às vezes até mais. De nós dois.

– De vocês...?

– Transando.

Outro silêncio se passou por alguns momentos e juro que eu podia ouvir seus olhos piscando incrédulos. Então limpou a garganta e disse:

– Certo, transar em público é incrível, mas todas as pessoas que eu conheço tiram fotos quando transam com uma garota.

– E qual é o seu argumento, seu tonto?

– Que você está atrasado nessa moda, seu *idiota*.

– Will, estou falando sério aqui.

– Certo, então qual é o problema?

– O problema é que hoje foi a primeira vez que consegui levá-la até um restaurante. E acabei descobrindo que os pais dela são donos da Dillons, Will. Sabe? A loja de departamentos? São coisas que eu nem sabia antes de ontem.

Ele ficou quieto por um instante e então riu baixinho.

– Certo.

– Então, tipo, nós estávamos conversando de verdade pela primeira vez, mas então o babaca do ex-namorado dela ligou.

– Certo.

– E parece óbvio que ele bagunçou a cabeça dela, pois Sara se fechou e praticamente saiu correndo do restaurante. Ela transa comigo até as pernas ficarem bambas, mas não me conta por que levou mais de um mês para aceitar jantar comigo.

– Certo, certo.

– Então, os pais dela são donos dessa loja e ela cresceu em Chicago. E o que mais? Eu não sei nada sobre ela.

– Entendi.

– Will, você está me escutando?

– É claro que sim. Você disse que não sabe nada.

– Certo.

– Então... você já pesquisou no Google?

– É claro que não.

– Por quê?

Soltei um grunhido.

– Achei que já tínhamos conversado sobre isso depois da novela com Cecily. Nada de bom sai de uma pesquisa pessoal no Google.

– Mas, profissionalmente, se vai trabalhar com uma pessoa nova, você faz uma pesquisa antes, não é?

– É claro.

– Bom, *eu* pesquisei a Sara assim que soube que ela seria um dos meus contatos na RMG. E com certeza foi informativo.

Minha garganta se fechou e segurei inutilmente em meu colarinho.

– Conte o que descobriu.

Ele riu.

– Sem chance. Tome vergonha na cara e pesquise você mesmo. E, aproveitando a deixa, nossa conversa está muito legal, mas eu preciso ir. Tenho companhia.

—

Pedi ao Scotty que me levasse de volta para casa. Assim que subi, não demorei nem cinco minutos para pular na frente do computador e digitar o nome "Sara Dillon".

Meu Deus.

Não havia apenas algumas citações aqui e ali; havia páginas e mais páginas de resultados, possivelmente mais do que apareceria com meu próprio nome. Respirei fundo e cliquei primeiro na página de imagens, onde havia fotos que cobriam pelo menos os últimos dez anos de sua vida. Ela parecia tão jovem em algumas delas, com o cabelo castanho alisado em algumas fotos e bagunçado em outras. Em todas, seu sorriso era genuíno e inocente.

E não era apenas uma coleção de fotos de família ou autorretratos; eram fotos em alta definição, vendidas e compradas por jornais e revistas sensacionalistas, tiradas por paparazzi com grandes e caras lentes de aproximação. Havia até vídeos de reportagens de telejornais. Havia festas e casamentos, eventos de caridade e férias, e, quase sempre, com o mesmo homem ao lado.

Ele era apenas alguns centímetros mais alto do que ela, com cabelo preto e feições retas. Seu sorriso brilhante cheio de dentes parecia tão sincero quanto eu imaginava que seria, ou seja, era completamente falso.

Então, este era Andy. Para o resto do mundo era Andrew Morton. Congressista democrata, servindo o sétimo distrito de Illinois.

De repente, muita coisa começou a fazer sentido.

Com um suspiro resignado, cliquei no que parecia ser uma foto recente; seu cabelo estava igual ao atual e havia uma árvore de natal ao fundo. A legenda na foto dizia:

> Sara Dillon e Andrew Morton no baile anual do *Chicago Sun-Times*, onde o congressista anunciou seus planos para concorrer ao senado dos Estados Unidos no próximo outono.

Cliquei no link e li o artigo inteiro, confirmando que a história tinha sido escrita no último inverno, e isso significava que ele provavelmente já estava no meio da campanha em Illinois. Voltei para a página de fotos e olhei os primeiros resultados onde, ao lado de várias fotos semelhantes, havia uma foto de Sara correndo no meio de uma multidão de paparazzi, cobrindo o rosto com o casaco. Ignorei essas fotos a princípio porque seu rosto não estava visível. Cliquei no link da reportagem associada à foto, cuja data era apenas algumas semanas antes de eu conhecê-la. Um artigo do *Chicago Tribune* surgiu.

> O congressista democrata Andrew Morton foi flagrado na noite passada num encontro íntimo com uma mulher que não é sua noiva, Sara Dillon. A morena, identificada como Melissa Marino, é uma estagiária de seu escritório em Chicago.

A foto em questão estava no meio do artigo e mostrava um homem – que obviamente era Andy – beijando apaixonadamente uma mulher – que obviamente não era Sara.

> Dillon e Morton estão juntos desde 2007, e o casal, que se transformou nos queridinhos da cena social de Chicago desde então, noivou em dezembro, pouco depois do anúncio de sua intenção de concorrer ao senado. Sara Dillon, diretora financeira da empresa Nieman & Shimazawa, é filha única de Roger e Samantha Dillon, fundadores da conhecida cadeia de lojas encontrada em dezessete estados e principais financiadores da campanha de Morton.
>
> O porta-voz da família Dillon não foi encontrado para comentar o caso, mas um assessor da campanha de reeleição de Morton respondeu às perguntas do *Tribune*

dizendo apenas que "a vida privada do sr. Morton nunca foi objeto para consumo público".

Infelizmente, os rumores da vida pessoal do político playboy parecem finalmente ter vindo à tona.

Rumores da vida de playboy. Filho da puta.

Eu me recostei na cadeira enquanto olhava Sara e Andy juntos. Uma raiva começou a queimar em meu peito. Ela era o tipo de mulher que os homens gostariam de conquistar, de conhecer melhor do que qualquer outro homem, de paparicar, e em defesa da qual até levariam um tiro. Olhei por todos os ângulos possíveis. Ela tinha um sorriso luminoso em todas as fotos anteriores ao mês de abril. Tinha um jeito natural na frente das câmeras, e o brilho de seu sorriso pouco mudou com o passar dos anos.

E esse idiota traiu Sara – várias vezes, segundo o artigo.

Ele até tinha boa aparência, apesar de ser obviamente mais velho que ela. Cliquei em outro artigo que dizia que ele tinha trinta e sete anos, ou seja, dez anos mais velho.

De acordo com um artigo publicado há apenas dois meses, era um "segredo" que todo mundo sabia: Andy a traiu várias vezes no ano anterior, e havia uma percepção crescente de que ele a usava apenas por causa do nome de sua família e por seu dinheiro, explorando o interesse da imprensa local em seu romance sempre que sua reputação precisava de um impulso de relações públicas.

Olhei mais algumas fotos antes de sair irritado da frente do computador. Aquele filho da puta a usou. Ele a pediu em casamento e depois foi foder por aí. Deus, não era à toa que ela parecia problemática. E também não era à toa que ela era tão avessa aos paparazzi.

Meu apartamento estava escuro quando desliguei o computador e saí do quarto. Fui até o bar, acendendo algumas luzes no caminho, e me servi uma dose de uísque. A bebida desceu queimando, imediatamente espalhando um calor em minhas veias.

Não ajudou em nada, mas bebi até o fim mesmo assim.

Servi mais uma dose e fiquei imaginando o que ela estaria fazendo. Será que estava em casa? Será que ligou para o traidor maldito? Após olhar aquelas centenas de fotos, eu podia imaginar a história dos dois. E se ele ligou para pedir desculpas? E se ela estivesse num avião indo para Chicago agora mesmo? Será que me contaria? Olhei as horas e fiquei imaginando como seria se eu fosse atrás dela, jogando-a nos meus ombros e trazendo-a de volta. Então transaria com ela na cama até eu ser o único homem que ela lembraria.

Claramente, eu precisava de uma distração, e a bebida não era a resposta.

Levei menos de cinco minutos para tirar meu terno e vestir um calção e uma blusa de moletom. Peguei o elevador até a academia no vigésimo andar e andei até a esteira. Como de costume nessa hora da noite, felizmente a academia estava vazia.

Corri até sentir meus pulmões pegando fogo e minhas pernas dormentes. Corri até apagar praticamente todos os pensamentos da minha mente, exceto um: eu estaria perdido se ela voltasse para ele.

Fui até o vestiário, tirei minhas roupas suadas e desabei num banco, deixando minha cabeça cair nas mãos. O silêncio só foi interrompido pelo som do meu celular tocando dentro do armário. Levantei a cabeça imediatamente; fiquei surpreso por alguém ligar àquela hora. Cruzei o vestiário e congelei quando vi a foto de Sara preencher a tela – uma foto que eu tirei de sua mão no pescoço, com uma mecha do cabelo castanho em contraste com a pele branca.

– Sara?

– Oi.

– Você está bem?

Ouvi uma buzina ao fundo e ela limpou a garganta.

– Sim, estou bem. Olha, você está ocupado? Eu poderia...

– Não, não. Acabei de correr um pouco. Onde você está?

– Na verdade – ela disse, rindo suavemente – estou na frente do seu prédio.

Pisquei lentamente.

– Como é?

– Pois é. Posso subir?

– É claro. Me dê só uns minutos e eu te encontro...

– Não. Posso encontrar você aí em cima? É só que... estou com medo de perder a coragem se tiver que esperar.

Bom, isso foi estranho. Senti um frio na barriga.

– Sim, é claro, flor. Vou avisar o porteiro.

Alguns minutos depois, Sara entrou pela porta do vestiário e me encontrou vestindo nada além de uma toalha ao redor da cintura.

Ela parecia cansada, com olhos vermelhos e o lábio inferior rachado e inchado. Parecia uma versão mais jovem e suave da Sara, uma que eu apenas tinha visto nas fotos que pesquisei. Ela sorriu sem muita vontade, fazendo um pequeno aceno enquanto a porta se fechava atrás dela.

– Oi – eu disse, cruzando o vestiário. Dobrei os joelhos para me abaixar e manter nossos olhos na mesma altura. – Você está bem? O que aconteceu?

Ela suspirou, balançou a cabeça e, de repente, algo se acendeu em sua expressão.

– Eu queria ver você.

Eu sabia que ela estava evitando minha pergunta, mas senti meu sorriso se abrir no rosto antes que eu pudesse evitar. Não consegui manter minhas mãos paradas e segurei seu rosto, acariciando sua face com os polegares.

– Bom, isso definitivamente vale uma viagem até o vestiário dos homens.

– Estamos sozinhos, certo?

– Completamente.

– Nós não terminamos o que estávamos fazendo no seu escritório – ela disse, empurrando meu corpo até os chuveiros.

Senti meu coração acelerar com a sensação de tê-la em meus braços novamente. Ela ficou na ponta dos pés e suas mãos pousaram em minha toalha enrolada na cintura.

- Humm - eu disse, gemendo em sua boca. Senti sua mão se esticar atrás de mim e ligar o chuveiro, deixando a água quente escorrer pelas minhas costas -, você quer fazer isso aqui?

Ela respondeu sem usar palavras, tirando a camisa e depois a calça.

Acho que isso é um sim.

- Meu apartamento é logo ali... - eu disse, tentando fazê-la ir mais devagar. Eu podia imaginar como seria transar com ela ali, escutar seus gritos ecoando pelas paredes, mas pelo menos uma vez eu não queria nada além do seu corpo nu na minha cama, com os lençóis e cobertores atirados numa pilha ao lado. Talvez com suas mãos amarradas acima da cabeça e presas na cabeceira da cama.

Ela me ignorou, agarrando meu pau e se inclinando para morder meu ombro. Tentei clarear minha mente, lembrando de sua expressão enquanto entrava pela porta. Não era incomum ela evitar minhas perguntas, mas agora não parecia durona e nervosinha como de costume; ela parecia selvagem pelos motivos errados. Seus olhos estavam vazios, seu rosto não mostrava expressão. Ela tinha vindo apenas em busca de distração.

Minha garganta secou de repente e passei a língua em meus lábios, sentindo o sabor de cereja de seu batom.

Eu estava um pouco surpreso pelo catálogo de informações sobre Sara que compilei sem nem perceber. Eu sabia como seu rosto ficava quando gozava, a maneira como seus mamilos endureciam e como suas pálpebras fechavam apenas no último segundo, como se quisesse observar cada momento até não conseguir mais.

Eu sabia qual era a sensação de sua mão curvada ao redor da minha cintura, suas unhas enterradas nas minhas costas e arranhando para cima e para baixo.

Eu sabia os sons que ela fazia e a maneira como sua respiração falhava quando eu movia meus dedos do jeito que ela gostava.

E havia coisas novas, coisas que eu notava e queria ver de novo e de novo. O pequeno sorriso quando ela sabia que tinha acabado de dizer algo engraçado e esperava eu perceber. Era uma coisa muito sutil, apenas um leve movimento dos lábios e dos olhos. Era um desafio.

A maneira como mordia docemente o lábio inferior enquanto lia.

A maneira como me beijou naquele dia na cobertura, devagar, preguiçosamente, como se não existisse mais nada no mundo, mais nenhum outro lugar para se estar.

Mas eu não conhecia esta Sara. Sempre suspeitei que aquele jeito briguento que eu adorava tanto era uma forma de autopreservação. Mas nunca imaginei como eu me sentiria quando percebesse que esse jeito já não estava mais lá. Era como um soco no estômago que tirava todo o ar dos meus pulmões.

Juntei suas mãos e dei um passo para trás.

- O que está acontecendo? - perguntei, estudando sua expressão. - Converse comigo.

Ela se inclinou em mim novamente.

- Não quero conversar.

- Sara, eu não me importo em ser sua distração, mas ao menos seja honesta comigo sobre isso. Algo está errado.

- Estou bem.

Mas não estava. Ela não teria vindo até mim se estivesse tudo bem.

- Mentira. Você está quebrando suas próprias regras apenas estando aqui. Isto é melhor, isto é *real*, mas também é diferente, e eu quero saber o porquê.

Ela se afastou e olhou em meu rosto.

- Andy ligou para mim.

- Eu sei - eu disse, sentindo a tensão no meu queixo.

Ela sorriu desculpando-se.

- Disse que me queria de volta. Disse todas as coisas que um dia eu quis que dissesse, sobre o quanto ele mudou, o quanto estragou tudo e nunca mais me magoaria de novo.

Fiquei observando enquanto falava. Então ela mergulhou o rosto em meu pescoço molhado, tomando coragem.

- Ele só está preocupado com a campanha. Nosso namoro foi uma grande mentira.

- Sinto muito, Sara.

- Eu pesquisei sobre Cecily.

Pisquei os olhos, confuso.

- Humm. É mesmo?

- O nome dela parecia familiar, e, depois do que você me contou, eu queria saber como ela era - afastando-se, Sara olhou em meus olhos. - Achei que já tinha ouvido falar dela, mas só agora a ficha caiu. Conheci muitas pessoas por causa do Andy, e geralmente esqueço os rostos dois segundos depois de cumprimentar... mas eu me lembrava dela.

Senti meu estômago revirando, mas deixei que ela continuasse.

- Então fui para casa e pesquisei o nome dela antes de retornar a ligação para Andy - ela fez uma pausa e sua voz começou a tremer levemente. - Ele ficou falando sem parar por meia hora sobre o quanto sentia muito, que aconteceu apenas uma vez e nunca seria capaz de perdoar a si mesmo. Então eu perguntei sobre Cecily. E sabe o que ele falou?

- Cecily... o quê?

- Ele disse: "Merda, Sara. Precisamos fazer isso agora? Isso já é passado". Ele transou com ela, Max. Andy era o político que ela mencionou na carta. Andrew Morton, o congressista mulherengo de Illinois transando até chegar ao sétimo distrito. Eles transaram no dia que eu a conheci, num evento de campanha do Schumer.

Soltei um gemido. Estive naquele evento, mas não como acompanhante dela. Cecily estava brava comigo durante a noite toda e foi embora com raiva, mas eu nunca soube a razão.

Sara se encolheu em meus braços.

- Lembro de encontrar Andy saindo do banheiro, começamos a conversar e ele estava tentando me tirar dali, mas eu disse para esperar porque eu precisava ir ao banheiro. E então ela saiu de dentro do banheiro dos homens, olhou para ele, olhou para mim, e foi muito constrangedor, e não entendi por que ela saiu correndo. Mas agora entendi que ela estava lá dentro *com ele*.

Abracei seu corpo enquanto a água caía ao nosso redor, formando um casulo protetor à prova de som. O mundo era realmente pequeno; menor até do que imaginei quando a vi jogando fliperama, ou quando ela me puxou para a privacidade do banco de trás de um táxi no meio da tarde. Este era um mundo onde, anos atrás, Cecily transou com o namorado de Sara porque estava brava *comigo*. Eu não estava arrependido de ter a Sara em meus braços; não estava arrependido de ter desistido do relacionamento com Cecily. Mas não conseguia parar de me sentir culpado.

– Desculpe – sussurrei.

– Não, você não entendeu – ela olhou para mim, com respingos de água escorrendo por seu rosto. – Àquela altura, nós estávamos juntos por apenas alguns meses. Até hoje eu achava que ele não tinha me traído desde o começo. Pensei que tinha começado apenas recentemente. Mas ele nunca foi fiel. Nunca.

Apertei ainda mais o abraço, sussurrando em meio a seus cabelos:

– Você sabe que isso não teve nada a ver com você, não é? Apenas mostra o quanto ele é um ser humano desprezível. Homens não são tão horríveis assim.

Ela se ajeitou, olhou para mim e pude ver que estava segurando um sorriso. Seus olhos ainda brilhavam por causa das lágrimas, mas a gratidão neles era real. Algo vibrou em meu peito com a maneira como ela olhou para mim, pois nosso sexo safado e casual era ótimo – na verdade, era fantástico – mas isso... isso era algo inteiramente novo.

– Fiquei com ele por um longo tempo. Parte de mim ainda pensava que talvez tivesse sido apenas uma traição e eu estava sendo injusta. Mas estou feliz agora por saber que estava certa em deixá-lo. Acontece que... agora estou pronta para algo melhor – ela disse.

Engoli essa nova emoção e tentei me recompor, lembrando que sentimentos e afeto não deveriam fazer parte de nosso acordo, tentando me concentrar em onde estávamos e o fato de que seu corpo nu ainda estava pressionado contra o meu.

– Existem muitos homens que matariam para ter uma mulher como você – eu disse, tentando manter minha voz firme, completamente despreparado para o pavor que senti quando a imaginei com outra pessoa. Com essa constatação, desliguei o chuveiro e peguei uma toalha que estava pendurada ao lado. – Me deixe secar você, está muito frio aqui.

– Mas... você não quer...?

– Você teve um dia muito difícil – eu disse, acariciando seus cabelos. – Permita que eu seja um cavalheiro hoje. Serei um depravado na próxima vez – eu queria pedir para ela que ficasse, mas não sabia se conseguiria aguentar receber um não. – Você está bem?

Ela confirmou com a cabeça, pressionando o rosto em meu peito.

– Acho que apenas preciso dormir um pouco.

– Vou pedir para Scott levar você para casa.

Nos vestimos em silêncio, olhando um para o outro sem cerimônia. Parecia uma sedução ao contrário assistir Sara vestindo o jeans, colocando o sutiã, cobrindo os seios com a blusa. Mas acho que nunca a desejei mais do que naquele momento, enquanto observava ela se recompor diante dos meus olhos.

Eu estava me apaixonando. E estava completamente ferrado.

—

No sábado de manhã, eu comecei a ligar para Sara umas vinte vezes antes de desligar sem completar a chamada. Minha mente dizia que era melhor dar a ela um pouco de distância. Mas, merda, eu queria vê-la. Eu estava agindo como um maldito adolescente.

Ligue para ela, seu idiota. Convide-a para sair hoje. Não aceite um não como resposta.

Desta vez eu até me afastei do celular, pois um homem que diz esses clichês para si mesmo não merece ligar para mulher alguma.

Criei desculpas pelo resto da manhã, pensando que ela provavelmente estava ocupada. Inferno, eu nem sabia se ela tinha outros amigos além de Chloe e Bennett. Eu não poderia exatamente perguntar isso, não é? Merda, não. Ela daria um chute no meu traseiro. Mas o que exatamente ela fazia quando não estava no trabalho? Eu jogava rúgbi, bebia cerveja, corria, visitava galerias de arte. Tudo que sabia sobre ela era relacionado a como transava ou a vida que tinha deixado para trás. Eu sabia muito pouco sobre a vida que ela tinha começado a construir nesta cidade. Talvez ela fosse gostar de fazer alguma coisa comigo depois do dia horrível que teve ontem.

Hora de criar vergonha na cara, Max.

Finalmente, tomei coragem e deixei o telefone chamar.

– Alô? – ela atendeu, parecendo confusa. *É claro que ela está confusa, seu idiota. Você nunca ligou para ela antes.*

Respirei fundo e comecei a falar o discurso mais incoerente que já fiz na vida:

– Certo, olha, antes que você diga alguma coisa, sei que não estamos fazendo essa coisa de namorado-namorada, e depois de todas as puladas de cerca do Andy eu entendo totalmente sua aversão a relacionamentos, mas na noite passada você foi me ver e deixamos as coisas num clima ruim, e se você quiser fazer alguma coisa hoje... não que você precise fazer alguma coisa, e, mesmo se *precisasse*, não estou tentando insinuar que você não tem outras opções, mas, se quiser, você podia assistir meu jogo de rúgbi hoje – fiz uma pausa, tentando ouvir qualquer evidência de vida do outro lado da linha. – Nada é melhor para espairecer a cabeça do que assistir um bando de ingleses suados e cobertos de lama tentando quebrar a perna um do outro.

Ela riu.

– O quê?

– Rúgbi. Venha assistir eu jogar hoje. Ou, se preferir, venha tomar uns drinques depois com a gente no Maddie's, que fica no Harlem.

Ela ficou em silêncio por, sei lá, uma semana?

– Sara?

– Estou pensando.

Andei até a janela e fiquei brincando com a cortina e olhando para a vista do parque.

– Pense em voz alta.

– Vou ao cinema com uma amiga hoje à tarde – ela começou a falar e senti a tensão no meu estômago se aliviar quando mencionou uma amiga. – Mas acho que eu poderia aparecer para beber alguma coisa mais tarde. Que horas você acha que seu jogo vai acabar?

Até mais patético do que antes, dei um soco no ar comemorando a vitória e quis imediatamente chutar meu próprio traseiro.

– Provavelmente vai acabar às três. Você pode nos encontrar no Maddie's lá pelas quatro horas.

– Eu vou. Mas...?

– Sim?

– Você acha que seu time vai ganhar? Não quero beber com um bando de ingleses deprimidos e cobertos de lama.

Rindo, assegurei a ela que iríamos acabar com o outro time.

—

Nós acabamos com o outro time. Eu raramente me sentia mal pelos adversários – a maioria dos times eram formados por americanos e, embora não fosse culpa deles não terem o rúgbi no sangue, geralmente era engraçado dar uma surra neles. Mas desta vez foi uma exceção. Nós paramos de tentar marcar pontos na metade do jogo. Eu tive que atribuir minha generosidade, em parte, a saber que encontraria Sara mais tarde. Mas apenas em parte. Ao final da partida, parecia que estávamos jogando contra garotos da oitava série no meio da lama. Senti um pouco de culpa.

Invadimos o bar, carregando o Robbie nos ombros e gritando uma versão depravada da canção "Alouette". A barwoman e proprietária, Madeline, acenou quando nos viu, alinhou doze copos de cerveja e começou a encher.

– Ei, mocinha! – Robbie gritou para sua esposa. – Uísque!

Maddie mostrou dois dedos invertidos (a versão britânica do dedo do meio), mas pegou um punhado de copos de uísque mesmo assim, murmurando alguma coisa sobre o coitado do Robbie ter que dormir no sofá sozinho e bêbado mais tarde.

Olhei ao redor do bar procurando Sara, mas não a encontrei. Engolindo minha decepção, fui até o balcão e tomei um longo gole de cerveja. Nosso jogo atrasou para começar; já eram quase cinco horas e ela não estava no bar. Eu deveria estar surpreso? E então, pensei numa coisa horrível: será que ela tinha vindo, esperado e ido embora?

– Merda – murmurei.

Maddie deslizou uma dose de uísque para mim e eu virei de uma vez, praguejando novamente.

– O que está errado? – a voz suave e familiar veio de trás. – Vocês não ganharam o maldito jogo?

Girei no banco do bar e soltei um sorriso enorme ao ver Sara. Ela usava um vestido amarelo-claro e uma pequena presilha verde nos cabelos.

– Você está linda – seus olhos se fecharam por um instante e eu murmurei: – Desculpe pelo atraso.

Ela acenou para sua mesa, dizendo:

– Pelo menos tive tempo de tomar uns drinques.

Eu não a vi bêbada desde a noite na boate, mas reconheci um brilho familiar em seus olhos. Era um brilho de quem está pensando em fazer travessuras. Só de pensar que *aquela* Sara estava de volta era fantástico.

– Você está bêbada?

Suas sobrancelhas se juntaram por um breve momento e então seu rosto suavizou.

– Sim, estou um pouco alta – ela ficou na ponta dos pés e então... me beijou.

Puta. Merda.

Ao meu lado, Richie se intrometeu:

– O quê... Max. Tem uma garota na sua cara.

Sara se afastou e seus olhos se arregalaram ao perceber.

– Ah, merda.

– Calma – eu disse a ela discretamente. – Ninguém aqui se importa com quem nós somos. Eles mal se lembram do meu nome.

– Isso é completamente falso – Richie disse. – Seu nome é Tonto.

Fiz um gesto com a cabeça em direção a ele, sorrindo para Sara.

– Não falei?

Ela estendeu a mão para Richie e mostrou seu grande sorriso para ele.

– Eu sou Sara.

Ele a cumprimentou e eu percebi o momento em que realmente olhou para ela e registrou o quanto era ridiculamente linda. Ele imediatamente olhou para seu peito.

– Eu sou Richie – murmurou com sua voz de bêbado.

– Prazer em conhecê-lo, Richie.

Ele olhou para mim, apertando os olhos.

– Como diabos você conseguiu uma mulher assim?

– Não faço ideia – eu a puxei para perto, ignorando seu leve protesto dizendo que sujaria o vestido. Mas então ela se desvencilhou e virou para Derek, que estava do meu outro lado.

– Eu sou Sara.

Derek baixou sua cerveja e limpou a boca com a mão imunda.

– Com certeza, você é.

– Ela está comigo – murmurei.

E desse jeito, Sara Altinha andou pelo bar, se apresentando para cada um dos meus colegas. Enxerguei nela a esposa de um político que quase chegou a ser, porém, mais do que isso, percebi que Sara era uma garota realmente encantadora.

Quando voltou para mim, ela beijou meu rosto e sussurrou:

– Seus amigos são legais. Obrigada por me convidar.

– Imagina.

Perdi minha capacidade de formar pensamentos coerentes. Quase nada em minha vida me fazia sentir do jeito que *ela* me fazia sentir – tão fantasticamente bem. Eu não sofria de autodepreciação, mas admito que fui um cretino em certos momentos; trabalhei em investimentos que, francamente, dependiam de pessoas perdendo dinheiro tanto como de outras ganhando dinheiro, e cultivei poucas amizades de verdade desde que me mudei para cá. Meu amigo mais próximo era Will, e, na maior parte do tempo, nós apenas chamávamos um ao outro com palavrões variados.

Diga para ela, seu idiota. Leve-a para o outro lado do bar, dê um bom beijo e diga que você a ama.

– Tire esse blues velho do som, Maddie – gritou Derek do outro lado do bar.

E justo quando eu estava prestes a tocar o ombro de Sara e pedir a ela que me acompanhasse, ela se endireitou.

– Isso não é blues – ela disse.

Derek se virou, com uma sobrancelha erguida.

– Esse é o Eddie Cochran. Isso é *rockabilly* – ela disse. Debaixo do olhar estranho dele, ela pareceu murchar um pouco. – Não é a mesma coisa.

– Você sabe dançar essa coisa? – ele perguntou, olhando-a de cima a baixo novamente.

Para minha surpresa, ela riu.

– Você está me convidando?

– Claro que não, eu...

Mas antes que ele pudesse terminar de falar, ela começou a arrastar todo aquele corpanzil do Derek até a pista de dança.

– Minha mãe é do Texas – ela disse, com os olhos brilhando. – Tente me acompanhar.

– Você está brincando? – ele disse, olhando para nós. O bar inteiro cheio de ingleses parou de falar e começou a assistir aos dois com interesse.

– Vá em frente! – gritei.

– Não seja uma mocinha, Derek – gritou Maddie, e todos começaram a aplaudir. Ela aumentou a música. – Faça um show para a gente.

O sorriso de Sara aumentou e ela colocou a mão dele em seu ombro, balançando a cabeça quando ele protestou.

– É a pose tradicional. Você coloca uma mão nas minhas costas e a outra no meu ombro.

E enquanto eu assistia, Sara mostrou ao Derek como fazer o resto da dança: dois passos rápidos, dois passos lentos. Demonstrou como deveria rapidamente girá-la no sentido anti-horário. Com apenas uma música, eles já estavam dançando bem, e, no meio da segunda, os dois estavam arrasando, dançando juntos como se fossem parceiros há anos.

Talvez fosse isso sobre a Sara. Qualquer pessoa que a conhecesse queria conhecê-la *de verdade*. Ela não era atraente apenas para mim, com sua inocência se sobressaindo mesmo considerando suas fantasias mais selvagens. Ela era irresistível para todo mundo.

E, nesse momento, não havia nada que eu quisesse fazer mais do que socar a cara idiota de Andy. Ele desperdiçou seu tempo com ela, desperdiçou *ela*.

Eu me levantei, andei até a pista de dança e interrompi os dois.

– Agora é a minha vez.

Aqueles olhos castanhos profundos olharam para mim com ternura, e, em vez de arrumar minhas mãos, como fez com Derek, ela deslizou os braços ao redor do meu pescoço, beijou meu queixo e sussurrou:

– Sempre é a sua vez.

– Pensei que essa dança precisava de um pouco mais de distância entre a gente – eu disse, sorrindo enquanto me abaixava para beijá-la.

– Não com você.

– Ótimo.

Ela abriu um sorriso brincalhão e bêbado.

– Mas estou morrendo de fome. Quero um hambúrguer do tamanho da sua cabeça.

Uma risada explodiu em minha garganta e beijei sua testa.

– Tem um lugar aqui perto que você vai gostar. Vou enviar uma mensagem com o endereço. Que tal eu ir para casa tomar um banho e encontrar você lá daqui uma hora?

– Jantar em duas noites seguidas? – ela perguntou, parecendo mais cuidadosamente ansiosa do que qualquer outra coisa. Onde estava aquela mulher distante e avessa que eu encontrei há apenas alguns dias? Evaporou. Sempre suspeitei que a Sara Distante era apenas uma fantasia.

Fantasia dela, não minha.

Confirmei, sentindo meu sorriso diminuir. Eu estava farto de fingir que ainda tínhamos qualquer fronteira. Uma única palavra hesitante saiu da minha boca.

– Sim.

Ela mordeu o lábio para não deixar um sorriso escapar, mas foi impossível não notar.

Treze

Eu estava em Nova York há dois meses e até então não sabia dizer como passava meu tempo fora do trabalho. Eu corria. Tinha alguns amigos com quem me encontrava para ir a shows, tomar café ou beber alguma coisa. Conversava com meus pais algumas vezes por semana. Não me sentia solitária; certamente minha vida estava mais cheia aqui do que no final do meu tempo em Chicago. Mas a maior parte da minha vida fora do trabalho tinha a ver com Max.

Como diabos isso foi acontecer?

Sexo casual: você está fazendo isso errado.

Por outro lado, da parte dele, Max nunca pareceu surpreso com nada que acontecia entre nós. Não se surpreendeu quando o coagi a transarmos na boate, ou quando fui até seu escritório oferecendo sexo e nada mais, e nem mesmo quando fui atrás dele em seu prédio e acabei caindo em lágrimas debaixo do chuveiro, implorando para transar comigo e fazer todo o resto desaparecer.

Até mesmo seus amigos eram incríveis. Derek era provavelmente o maior ser humano que já conheci, e, embora não fosse exatamente ligeiro com os pés, dançar com ele foi uma das coisas mais divertidas que fiz nos últimos tempos... com exceção de todas as horas que passei com Max, é claro.

Eu me despedi de Derek e ele piscou para mim, acenando com a cabeça para onde Max estava e lembrando aquilo que me disse na pista de dança:

– Esse cara aí é um tonto.

Debaixo da única luz da pista de dança, Derek parecia ainda mais coberto de lama que antes. Olhei para meu vestido e notei algumas impressões digitais em meu ombro.

– Ele não é tão ruim assim.

Rindo, Derek afagou minha cabeça.

– Ele é o pior, é legal com todo mundo e nunca faz nada de errado. Sempre está lá para os amigos, nunca age como um filho da mãe – ele piscou. – Que maldito pesadelo.

Depois de agradecer à Maddie quando saímos, ainda ouvi a cantoria bêbada do resto do time enquanto Max chamava um táxi e abria a porta para mim.

– Vejo você daqui a pouco – ele disse, antes de fechar a porta e acenar levemente pela janela enquanto o motorista acelerava.

Olhei pela janela de trás. Max estava de pé, observando meu táxi desaparecer pela avenida Lenox.

Decidimos por algo mais simples para o jantar: hambúrguer numa pequena e silenciosa lanchonete no East Village.

O silêncio era bom. A quietude iria ajudar a abafar o caos na minha mente. Meu plano de apenas me divertir, ser selvagem e manter as coisas separadas tinha ido para o espaço.

Fui para casa e tomei um banho para tirar a lama depois de dançar com Derek e Max, depois escolhi um vestido azul simples. As canções do bar ainda ecoavam em meus ouvidos e deixei minha mente imaginar como seria encontrar seus amigos de novo: abraçada com Max no sofá de um amigo assistindo um filme com eles, ou tomando uma xícara de café em uma partida de rúgbi. Cada uma das fantasias parecia agradável, mas parei de pensar nisso quando as catracas da minha mente começaram a agir como o advogado do diabo, analisando demais e criando preocupações demais.

Saí e tranquei meu apartamento, lembrando a mim mesma: *Uma coisa por vez. Ninguém está obrigando você a fazer nada disso.*

Mesmo numa noite de sábado, com as pessoas saindo para desfrutar o preguiçoso pôr do sol, o Village estava menos agitado do qualquer dia que passei no centro da cidade. Quando foi que este lugar se tornou tão aconchegante? Max escolheu um restaurante perto do meu prédio – eu não precisava mais ler cada placa de rua para me localizar.

Fios com pequenas lâmpadas amarelas iluminavam a entrada e um sininho soou quando abri a porta. Max já estava lá, de banho tomado e sentado nos fundos lendo o *New York Times*. Presenteei a mim mesma com um momento para observar aquela imagem: camiseta bordô e jeans velho com um rasgo na coxa. Cabelo castanho, quase dourado debaixo da luz. Tênis britânico chique ao final de suas longas e esticadas pernas. Óculos escuros em cima da mesa.

É apenas seu magnífico parceiro de sexo, passando o tempo na lanchonete, esperando por você.

Fechei os olhos, respirei fundo e andei até ele.

As fronteiras estavam desaparecendo. Depois desse dia, eu não podia mais fingir que não queria nada dele além de orgasmos. Não podia mais fingir que meu coração não se contorcia deliciosamente quando eu o via, ou doía quando ele ia embora. Não podia mais fingir que não tinha sentimentos por ele.

Comecei a pensar se era tarde demais para sair correndo.

Foi apenas quando ele riu que percebi que eu o encarava de boca aberta e ele estava me olhando por... sei lá quanto tempo. Um sorriso surgiu no canto de sua boca.

– Você parece muito animada para essa cerveja – ele empurrou um copo de cerveja em minha direção e levantou o seu próprio. – Tomei a liberdade de pedir um hambúrguer do tamanho da minha cabeça e chips – ele sorriu e esclareceu: – Também conhecidas como "fritas".

– Perfeito. Obrigada – deixei minha bolsa numa cadeira vazia e sentei de frente para ele. Seus olhos sorriram e se abaixaram para olhar meus lábios.

– Então – eu disse, tomando um gole da cerveja e analisando-o por cima do copo.

– Então.

Ele parecia contente com nossa situação. Não sou uma pessoa controladora, mas estava acostumada a ter uma vida previsível, e, nos últimos dois meses, não consegui prever nada do que aconteceu comigo.

– Obrigada por me convidar para o bar hoje.

Ele assentiu, coçando a nuca.

– Obrigado por aceitar.

– Seus amigos são legais.

– São um bando de filhos da mãe.

Eu ri, sentindo meus ombros relaxarem.

– Engraçado. Foi isso que eles disseram sobre você.

Ele pousou os cotovelos na mesa e se inclinou para frente.

– Tenho uma pergunta.

– Sim?

– Estamos num encontro?

Quase engasguei com a cerveja.

– Pelo amor de Deus, garota, calma! Queria apenas saber se você quer voltar com as regras. Vamos relembrar nosso acordo.

Concordei e limpei a boca com um guardanapo.

– Claro.

Ele colocou sua bebida na mesa e começou a contar minhas regras em seus dedos longos.

– Uma noite por semana, nada de outros amantes, sexo preferencialmente em público, definitivamente *não* na minha cama, fotos são bem-vindas, mas nada de rostos, e nada de publicidade – levantou seu copo, tomou um longo gole e então se inclinou para frente de novo, sussurrando: – E nada entre nós além de sexo. É só uma questão de matar uma vontade. É isso mesmo?

– Parece correto – meu coração queria sair pela boca quando percebi o quanto fomos longe em apenas um dia.

O garçom trouxe duas cestas com os dois maiores sanduíches que já vi, além de duas enormes pilhas de batatas fritas.

– Nossa – eu disse, olhando para toda aquela comida. – Isso é...

– Exatamente o que você queria? – ele disse, pegando um frasco de vinagre.

– Sim, mas é muito mais do que consigo comer.

– Que tal deixarmos isso aqui mais interessante? Quem conseguir comer mais vai poder estabelecer novas regras.

Com um sorriso, ele fechou o vinagre e o colocou de volta na mesa. Nós dois sabíamos que ele tinha quase o dobro do meu tamanho. De jeito nenhum eu iria comer tudo aquilo.

Mas ele estava *com fome*? Talvez tivesse enchido a barriga tomando cerveja e sabia que eu iria comer mais do que ele? Ou será que *queria* fazer as regras?

– Meu Deus, garota. Pare de pensar tanto – ele disse, pegando seu sanduíche e dando uma mordida enorme.

Fiquei encarando Max enquanto ele limpava as mãos no guardanapo, jogando-o na cesta vazia depois de amassá-lo.

– Isso foi bom – ele murmurou, finalmente olhando para mim e começando a rir ao ver o patético progresso com meu sanduíche. Consegui comer pouco mais que um quarto e praticamente nem toquei nas batatas.

Coloquei o lanche na cesta e gemi:

– Estou cheia.

– Ganhei.

– E você tinha alguma dúvida disso?

– Então, por que aceitou o desafio? – ele perguntou, empurrando a cadeira para se afastar da mesa. – Você poderia ter dito não.

Dei de ombros, depois me levantei e me virei para ir embora antes que ele me pressionasse por uma resposta. Talvez eu estivesse curiosa sobre o que ele queria entre nós, mas ainda não estava pronta para admitir.

O efeito da cerveja que tomei antes no bar estava diminuindo, e, com o peso do sanduíche na barriga, eu poderia deitar na calçada e dormir um pouco. Mas ainda eram oito e meia e eu não estava pronta para terminar a noite. A ideia de esperar até sexta-feira para encontrá-lo parecia impossível... a não ser que ele mudasse essa regra.

O East Village estava cheio de jovens de vinte e poucos anos atrás de uma noite de bebidas e diversão. Max tomou minha mão e entrelaçou nossos dedos. Por força do hábito, comecei a protestar dizendo que não iríamos andar na rua de mãos dadas, mas ele me surpreendeu e me puxou para um bar pouco iluminado ao lado.

– Sei que comeu bastante, mas sente aqui comigo, tome uma bebida e você ficará mais acordada. Não estou nem perto de deixar você ir embora.

Deus, gostei de onde isso estava indo.

Sentamos pertinho um do outro numa mesa afastada num canto escuro, eu tomando vodca e tônica, ele bebendo cerveja e me contando sobre sua infância em Leeds, seus pais católicos irlandeses e como foi crescer no meio de sete irmãs e três irmãos. Eles mantinham três irmãos por quarto – era tão diferente da minha infância que mal pisquei o tempo inteiro em que ele me deliciou com histórias do tempo em que decidiram formar uma banda, ou quando sua irmã mais velha, Lizzy, foi flagrada transando, *consensualmente*, com um padre no Volvo da família. O irmão mais velho de Max, Daniel, saiu de casa depois do colégio para se juntar a uma missão católica em Mianmar e acabou voltando para casa como um monge budista da escola teravada. A irmã mais nova, Rebecca, casou logo depois da faculdade e, aos vinte e sete anos, já tinha seis filhos. Os outros tinham histórias igualmente fascinantes: o irmão que nasceu apenas dez meses depois de Max, Niall, era o segundo na hierarquia de comando do metrô de Londres; uma das irmãs do meio era professora de química em Cambridge e tinha cinco filhos, todos homens.

Max admitiu que às vezes ele se sentia medíocre comparado aos irmãos:

– Estudei Arte na faculdade e depois fiz pós-graduação em Administração para poder *vender* arte. Aos olhos da minha família, eu era um fracasso total, tanto na minha escolha de carreira quanto na minha incapacidade de produzir filhos católicos antes dos trinta anos.

Mas, quando ele disse isso, começou a rir, como se ser um fracasso total não fosse tão importante assim para seus pais no final. Seu pai, um fumante inveterado, morreu de câncer no pulmão uma semana depois de Max terminar a pós-graduação, e sua mãe acabou decidindo que precisava de uma mudança, então partiu com ele para os Estados Unidos.

– Nenhum de nós conhecia uma única alma por aqui. Eu tinha alguns contatos indiretos dos tempos da faculdade e alguns da pós-graduação, amigos de amigos em Wall Street, mas sabia apenas que queria estar envolvido com o comércio de arte em Nova York e queria formar uma parceria com alguém que conhecesse ciência e tecnologia. Foi assim que conheci o Will.

Ele relaxou na cadeira e terminou sua cerveja. Realmente, ele sabia beber. Perdi a conta de quantas cervejas tomou, mas não parecia nem um pouco afetado.

– Bom, conheci ele num pub, é verdade, mas nos demos bem imediatamente e começamos nosso projeto de estimação quase no dia seguinte. Alguns anos mais tarde, trouxemos o James para dirigir nosso setor de tecnologia, pois Will não queria mais lidar com as duas coisas ao mesmo tempo.

– Como é possível você não ter uma barriga de cerveja gigante? – eu perguntei, rindo. Aquilo era injusto. Ele era um "tanquinho", como Julia dizia, e seu torso tinha músculos que eu nem sabia que existiam.

Ele pareceu confuso por um instante antes de olhar para o copo vazio.

– Você está me sacaneando?

– Com certeza – eu disse, sentindo os efeitos da minha segunda vodca com tônica. Meu rosto estava quente e meu sorriso parecia que não acabava mais. – Estou definitivamente te sacaneando.

– Humm... – ele murmurou, balançando a cabeça. – Essa frase não soou correta com sotaque americano.

– Você gosta ou não do sotaque americano? Porque esse seu sotaque britânico me faz querer fazer coisas muito depravadas com essa sua boquinha.

Max lambeu rapidamente os lábios e até ficou um pouco vermelho.

– Sotaque americano não é particularmente sexy. Mas gosto do seu jeito de falar de Chicago. Principalmente quando você já está altinha. É tão agudo, é tipo assim... – ele fez um horrível som esquisito que eu queria acreditar que não era nada igual ao meu jeito de falar.

Eu estremeci e ele riu.

– Eu definitivamente não falo desse jeito.

– Certo, isso saiu um pouco exagerado – ele disse. – Mas o que acho sexy *mesmo* é o seu cérebro, seus olhos castanhos gigantes, seus lábios macios, seus gritinhos quando você está gozando e particularmente suas coxas e seios maravilhosos.

Limpei a garganta, sentindo um calor se espalhar pelo meu peito até a ponta dos dedos.

– Minhas *coxas*?

– Sim. Acho que já mencionei que sua pele é incrível. E a pele nas suas coxas é incrivelmente macia. Talvez você não se lembre. Suspeito que poucas pessoas beijaram suas coxas tanto quanto eu.

Pisquei, incrédula. Ele sabia que Andy tinha sido meu único amante, mas estava mais certo do que imaginava. Andy mal beijava abaixo do meu peito.

– Quais são as novas regras? – perguntei, sentindo-me um pouco atordoada. Por causa da bebida ou por causa do homem, não tinha certeza.

Um sorriso de predador apareceu em seu rosto.

– Pensei que nunca iria perguntar.

– Eu deveria estar com medo?

– Ah, devia.

Estremeci, mas foi mais por causa do calor que subia por minha barriga do que por medo. Afinal, eu poderia simplesmente dizer não para qualquer coisa que ele dissesse.

Mas eu sabia que não diria.

– Regra número um, as sextas-feiras continuam como estão, mas adicionamos mais dias sempre que quisermos. Você pode dizer não, mas nesse cenário eu não preciso me sentir um idiota por pedir outro dia. E... – ele disse, esticando o braço e tirando uma mecha de cabelo dos meus olhos – *você* pode pedir. E pode admitir que também quer me ver mais vezes. Não precisa pedir desculpa por ir atrás de mim quando está chateada. Sexo não é tudo, sabe?

Soltei um suspiro e concordei.

– Certo...

– Regra número dois, você tem que me deixar ficar com você *numa cama*. Uma cama gigante com uma cabeceira onde eu possa amarrar você. Talvez comer você até afundar no colchão com um par dos seus lindos sapatos de salto nos meus ombros. Não precisa ser a minha cama e não precisa ser agora. Eu adoro comer você em público – e vamos falar mais disso daqui a pouco –, mas quero ter você inteira para mim de vez em quando. E ter tempo para fazer coisas com você.

Ele esperou minha resposta, e, depois de um momento, eu finalmente concordei novamente.

– Prometo continuar tirando fotos de você porque isso é excitante para nós dois. Não vou pedir para você ser vista comigo em público até se sentir pronta; tudo bem por mim. E, se você nunca quiser, tudo bem também. Mas estou fascinado por você, Sara, e sua necessidade de privacidade e sua necessidade de ser observada. Agora eu entendo, acho. E amo isso. Quero brincar mais com isso. Explorar essa coisa que nós dois gostamos – ele abriu as mãos e deu de ombros, antes de se aproximar e beijar rapidamente meus lábios. – Tudo bem?

– Só isso?

Rindo, ele perguntou:

– O que você achou que eu iria dizer?

– Não sei – peguei meu copo e terminei meu drinque em poucos e longos goles. A vodca deslizou por minha barriga e me esquentou ainda mais, desencadeando uma eletricidade em meus membros. – Mas... acho que gosto dessas regras.

– Achei que gostaria.

– Você é meio convencido, sabia?

– Sou meio *esperto* – ele corrigiu, rindo. – E... Sara?

Levantei os olhos das minhas mãos e encontrei seu olhar.

– O quê?

– Obrigado por confiar em mim para ser sua primeira decisão louca.

Eu o encarei, observando sua expressão se transformar de brincalhona para curiosa, depois para levemente ansiosa. E talvez fosse aquela expressão, ou talvez fosse a calma música pulsante que tocava ao fundo, ou o fato de que eu estava enxergando Max de um jeito diferente – com profundidade, e uma história cheia de familiares e pessoas que ele amava e mantinha por perto em cada momento de seu dia a dia –, mas acontece que eu estava começando a querê-lo mais perto de mim. Perto não apenas em proximidade.

Pousando minhas mãos em seu rosto, eu me inclinei e disse para ele:

– Deixe eu refazer minha frase anterior: você é meio *maravilhoso*.

Ele sorriu, balançando levemente a cabeça:

– E você já bebeu meio demais.

– Posso estar um pouco alta, mas isso não afeta o fato de você ser maravilhoso – pressionei um único beijo em sua boca. – Apenas me faz *expressar* isso mais do que o comum – chupei seu lábio inferior, sentindo o sabor. E, meu Deus, em qualquer outro dia eu preferiria sabor de gasolina a cerveja, mas, nos lábios dele, o gosto era fantástico.

– Sara... – ele murmurou no meio do meu beijo.

– Diga de novo. Eu adoro quando você diz meu nome com esse sotaque. Sahhhrahhh.

– Sara – ele repetiu, obediente, antes de se afastar. – Linda, você sabe que estamos num lugar onde as pessoas podem nos ver.

– Não me importo – fiz um gesto com minha mão.

– Mas você pode se importar amanhã, quando estiver menos... expressiva.

– Não estou *tão* bêbada. E honestamente não me importo. Percebi na noite passada que fui fotografada pelo país inteiro com um homem que não se importava com nada além do meu nome. E você está aqui, sendo legal e querendo me ver mais vezes e refazendo minhas regras idiotas...

– Sara...

Pressionei um dedo em seus lábios.

– Não me interrompa, estou no meio de um discurso inspirado.

– Dá para perceber – ele sorriu contra meu toque.

– Então, meu argumento é que você é maravilhoso e quero beijar você dentro de um bar. Não me importo se alguém me ver e pensar *Uau! Aquela mulher quer ser a sra. Stella, que patético! Ela não sabe que ele come uma mulher por noite?*

– Eu não faço isso.

– Mas eles não sabem disso, e acontece que – respirei fundo, colocando minha mão em seu peito e olhando diretamente em seus olhos curiosos – agora não me importo mesmo com o que eles pensam.

Estou cansada de me importar com o que as pessoas pensam. Eu gosto de você.

– Eu gosto de você também. Gosto muito. Na verdade...

Eu me inclinei e o beijei de novo. Foi um beijo louco: mãos nos cabelos e praticamente subindo em seu colo ali mesmo no meio daquele bar estúpido, mas eu não me importava. *Eu não me importava.* Suas mãos se moveram até meu rosto, e seus olhos – quando dei uma espiadela – estavam abertos, suplicantes, e havia *algo* neles. Algo que eu não conseguia distinguir exatamente o que era.

– Minha doce Sara – ele murmurou no meio do beijo. – Uma coisa por vez. Vamos levar você para casa.

Ainda bem que minha cabeça parou de latejar na segunda-feira de manhã, pois eu tinha muito trabalho a fazer. A primeira coisa era a estratégia de preços da nova linha da Provocateur. A segunda coisa era passar o trabalho inteiro da B&T Biotech para a Samantha. E definitivamente *não* constava na minha lista ficar obcecada por Max e ficar pensando em como toda a dinâmica da nossa relação tinha mudado nas últimas trinta e seis horas.

O trabalho vinha em primeiro lugar. Haveria muito tempo para ficar maluca depois.

Pelo menos, foi isso que eu pensei.

– Saaaaaraaaaa – George chamou, conseguindo de algum jeito esticar meu nome em dezessete sílabas diferentes. Parei de repente quando entrei na minha sala, deixando meu notebook cair numa cadeira e digerindo a cena diante de mim: George, sentado na minha cadeira, com os pés na mesa e um jornal aberto em seu colo.

– Por que você está na minha mesa?

– Porque achei que seria o melhor lugar para ler a coluna social com você. Está pronta?

Minha barriga congelou.

– Pronta para o quê? – eram sete horas da manhã de uma segunda-feira. Eu mal estava pronta para respirar conscientemente.

George virou o jornal para mim e, numa foto gigante, em preto e branco, aparecia metade do rosto de Max. A outra metade estava coberta pela minha cabeça. Isso é que eu chamo de déjà-vu.

– O que é isso?

– Um jornal, minha linda – disse George, balançando o jornal na mão, e a palavra *linda* lançou um nó em meu estômago. Fiquei repassando essa palavra durante todo o dia anterior, lembrando como me senti quando Max me chamou desse jeito. – Uma foto de Max beijando, oh, veja só, uma "mulher misteriosa" – ele virou de novo para si e leu a legenda: – O playboy milionário Max Stella foi visto tomando um drinque com uma misteriosa loira...

– Eu não sou loira!

George olhou para mim com um grande sorriso.

– Obrigado por confirmar! E eu concordo. Seu cabelo está mais para um castanho claro. Mas me deixe continuar: "O casal começou a noite com pequenos sorrisos e provocações, e terminou com um beijo ardente no canto escuro de um bar".

George começou a gargalhar e passou o jornal para mim. Então seu rosto começou a ficar sério.

– Você não precisava mentir para mim sobre você e Max, chefe. Estou ofendido.

– Não é da sua conta – eu disse, praticamente arrancando o jornal das mãos dele. Era obviamente o Max na foto, mas com apenas a parte de trás da minha cabeça e parte do meu braço e mão visíveis, minha identidade seria praticamente impossível de discernir por qualquer pessoa que não me conhecesse.

– Dá para ver seu bracelete de alergia e seu cabelo adorável – George completou. – Quanto tempo faz?

– Não é da sua conta.

– Ele é bom de cama? É sim, não é? Oh, Deus, não me conte ainda, deixe eu criar uma boa imagem mental antes – ele fechou os olhos e começou a gemer.

– *Não* é da sua conta – eu repeti, colocando a mão na testa. *Inferno*. Bennett e Chloe iriam ver isso. E meus colegas de trabalho. Alguém poderia mandar isso para meus *pais*. – Oh, Deus.

– Você estão, tipo, namorando? – ele perguntou, exasperado e batendo a mão na minha mesa.

– Meu Deus! Já disse que não é da sua conta. Agora suma do meu escritório!

Ele se levantou e lançou um olhar irritado que era tão genuíno quanto o sorriso de um político. Ele parecia mais animado do que qualquer outra coisa. Talvez até um pouco excitado.

– Certo – ele resmungou. – Mas é melhor você me contar cada detalhe depois que se acalmar.

– Nem pensar. Agora, *suma*!

– E, a propósito, isso tudo é demais – ele disse com um jeito sério desta vez. – Você merece um bonitão na sua vida.

Fiz uma pausa na minha crise nervosa por um momento e olhei para George. *Ele* não estava pirando. *Ele* não estava pensando no pior. Ele estava sendo um total pervertido e adorando cada minuto do meu tormento, mas, ao mesmo tempo, entendia que eu estava me divertindo, sendo feliz e agindo como uma mulher solteira de vinte e poucos anos. Ele estava espelhando meus pensamentos da noite de sábado – *este homem é bom para você, Sara* –, os mesmos pensamentos que eu queria tanto que fossem verdade.

Mas, por algum motivo, na luz do dia de uma segunda-feira, ser jovem, selvagem e confiante de que eu não me dirigia para outro desastre estava mais difícil do que eu esperava.

– Obrigada, George.

– Imagina. Mas Chloe está vindo para cá, portanto fique esperta.

Na verdade, ela estava mais perto do que imaginávamos e de repente surgiu e empurrou meu assistente do caminho antes de entrar na minha sala e bater a porta na cara dele.

– *Max*?

– Pois é.

– O cara misterioso é o *Max*?

– Chloe, desculpe não ter contado...

Ela me interrompeu levantando a mão.

– Eu perguntei se era o Max. Você mentiu para mim de um jeito muito convincente. Não sei se deveria estar impressionada ou irritada.

– Impressionada é uma boa escolha – sugeri, mostrando o sorriso mais sarcástico que eu conseguia.

– Oh, meu Deus. Não seja engraçadinha – ela andou até meu sofá perto da janela e sentou-se. – Explique tudo para mim.

Atravessei a sala e sentei ao seu lado, respirando fundo antes de contar tudo: como conheci Max na boate e como ficamos juntos. Contei sobre o restaurante chinês e como fui atrás dele para tentar dizer que não me procurasse mais, porém acabei deixando-o me fazer gozar. Admiti que ele era o homem com quem fiquei no baile de arrecadação, e como foi ela quem me fez perceber que seria uma boa distração explorar esse meu novo lado aventureiro com um homem que praticamente era especialista em relações casuais.

– Mas se tornou mais do que isso – ela disse, interrompendo. – Nos últimos, o quê? Dois meses? Isso se tornou mais do que uma relação casual, não é?

– Para mim, acho que sim. Acho que para ele também. Talvez.

– Bennett viu as fotos hoje de manhã – ela disse. – Quase surtei, pois tentei esconder, mas ele viu o *New York Post* no metrô.

– Oh, não.

Ela sorriu um pouco.

– Honestamente, ele pareceu mais preocupado com a minha reação. Mas disse que conhece o Max, e, se ele prometeu que ficaria apenas com você, então vai cumprir a promessa. O que é bom, pois, se te machucar, eu vou atrás dele para quebrar aquele rostinho lindo, se é que você me entende.

– O problema não é esse – eu disse. – O que é uma ironia, porque – apontei para meu peito – oláái, fui traída durante seis anos. O que me incomoda é que eu não queria *querer* alguém. Essa coisa toda era para ser apenas uma distração para mim. Mas e se ele gostar de mim porque fui clara sobre o que *não quero* dele? Dei a ele um objetivo: me fazer *querer* ele. Acho que Max nunca admitiria isso, talvez nem perceba, mas tenho medo que não seja habituado a ter alguém ditando limites. Talvez isso seja o que o atraiu tanto: o desafio.

Ela deu de ombros e fez um gesto com as mãos.

– Por experiência própria posso dizer que existe uma primeira vez para tudo e todos. Você já contou para ele como se sente?

De repente, ouvimos um barulho na recepção, seguido por um grito frenético do George dizendo:

– Visita chegando!

Max irrompeu pela porta, com George todo atrapalhado vindo atrás.

– Por acaso ele é surdo? – George perguntou.

– Geralmente, não – Max respondeu, parando imediatamente quando viu o jornal em minhas mãos. – Você já viu.

– Pois é – eu disse, jogando o jornal em cima da mesa.

Ele atravessou a sala com uma expressão sombria.

– Olha, não é uma foto muito boa, duvido que...

– Está tudo bem – eu disse, passando uma mecha de cabelo para trás da orelha. – Eu...

– Bom, eu não diria que está tudo *tão* bem – Chloe interrompeu, circulando minha mesa. Ela cruzou os braços e ficou de pé entre nós dois. – Concordo que não é uma foto muito boa, mas eu sabia que era você. Bennett também.

– E eu também – George acrescentou, com a mão levantada.

– Por que você ainda está aqui? – eu perguntei, olhando para ele. – Vai trabalhar.

– Você é sensível demais – ele disse, se afastando.

– Ora, veja só – ao ouvir isso, todos viraram a cabeça em direção à porta. – Estou feliz que todos resolveram se encontrar aqui – Bennett disse enquanto entrava, parecendo ter ganho a aposta mais ridícula do mundo. – Bela foto, Stella. Um *bar*?

Senti meus olhos se arregalarem.

– O que foi? Você acha que seria melhor na escadaria do décimo oitavo andar?

Ele virou imediatamente a cabeça para Chloe.

Sério, Chloe? Você contou isso para ela?

– É claro que sim – ela fez um gesto com uma mão impaciente e Max começou a rir ao seu lado

– Você fez isso, Ben? Você comeu sua estagiária no trabalho?

– Algumas vezes – Chloe disse, sussurrando.

Max esfregou as mãos, obviamente adorando o desenrolar dos acontecimentos.

– Isso é muito, muito interessante – ele disse, olhando para Bennett. – Engraçado você não ter mencionado isso enquanto estava basicamente me chamando de galinha no outro dia.

– Ah, isso é ótimo. O roto falando do rasgado – Chloe disse, gesticulando entre os dois homens.

– Acho que já terminei por aqui – Bennett resmungou. – Max, dê um pulo no meu escritório antes de ir embora – ele beijou rapidamente Chloe nos lábios antes de sair da minha sala.

Chloe se virou para Max:

– Queria saber como é trabalhar com a sua mãe quando esse tipo de notícia chega aos jornais. Por acaso ela surtou?

Max deu de ombros.

– Ela finge que eu não tenho uma libido ativa. É melhor assim.

– Do que é que nós estamos falando? – eu murmurei. – Chloe, eu amo você, mas saia da minha sala. George!

A cabeça dele surgiu na porta numa fração de segundo após meu grito.

– Pare de bisbilhotar. Leve a Chloe até a sala de descanso e compre um chocolate para ela – finalmente, olhei nos olhos de Max. – Preciso falar a sós com Max.

Chloe e George desapareceram no corredor e Max fechou e trancou a porta da minha sala.

– Você está brava comigo?

– O quê? Não – suspirei e desabei na minha cadeira. – Se lembro corretamente, fui eu quem pulou em você no bar. Acho que você até me alertou para não fazer aquilo.

– É verdade – ele disse, mostrando sua covinha quando soltou um sorriso ao levantar o jornal com a foto. – Mas até que me saí bem nessa situação. Quer dizer, essa nuca só pode pertencer a uma mulher incrivelmente em forma.

Tentei evitar uma risada, mas não consegui. Ele se inclinou para que ficássemos cara a cara.

– Estamos passando bastante tempo juntos, Sara. Era só uma questão de tempo antes de sermos fotografados.

Concordei.

– Eu sei.

Ele se endireitou e olhou pela janela, soltando um profundo suspiro.

– Acho que teremos que manter nossas escapadas apenas em quartos e limusines daqui para frente.

Ele disse isso com um sorriso no canto dos lábios, mas senti um nó na barriga, e não por que eu era avessa à ideia de ter Max numa cama. Acontece que eu ainda não tinha terminado de ter Max em todos os outros lugares.

Queria manter essa nova Sara viva por mais algum tempo.

– Isso não parece uma cara feliz – ele comentou.

– Eu gosto do que fazemos.

Seu rosto entristeceu levemente.

– A loucura dos lugares públicos?

Concordei com a cabeça.

– E sentir que posso fazer qualquer coisa que eu quiser com você.

Ele fez uma pausa e parecia estar pensando em algo.

– Isso não precisa mudar, Sara. Não importa o local onde decidirmos ser depravados.

Sorri.

– Eu sei.

– Mas você entende que, se continuarmos desse jeito, e não sou contra, é possível que eventualmente sejamos flagrados de novo.

Ele estava certo, e a realidade da situação era suficiente para fazer minhas esperanças diminuírem um pouco.

– Nós vamos pensar em algo – eu disse, mas sei que ele podia ouvir minha falta de convicção.

– Sara, é possível nos divertirmos mesmo com regras mais normais para relacionamentos.

Concordei novamente e mostrei o sorriso mais convincente que eu conseguia fazer.

– Eu sei.

Mas a verdade era que eu não sabia. Apenas sabia que não queria nada que fosse igual à minha antiga vida.

Quatorze

Às três da manhã, acordei com uma ideia tão absurda que eu sabia que teria que me levantar para tomar uma dose de uísque se quisesse voltar a dormir.

Mas não me levantei, não tomei uísque e, definitivamente, não voltei a dormir.

Fiquei acordado pelo resto da noite, com minha mente remoendo uma solução para a necessidade paradoxal da Sara de continuar em segredo, mas ao mesmo tempo explorar seu lado selvagem comigo. Admito que ela ficou mais relaxada com as fotos no jornal do que eu esperava, mas tivemos sorte, pois eles não conseguiram capturar seu rosto ou algo mais comprometedor. Qualquer coisa mais reveladora poderia assustá-la de vez, se é que isso já não tinha acontecido. Eu podia perceber que ela tinha sentimentos por mim além de nossas aventuras atrás de orgasmos em público e nosso fetiche exibicionista, mas isso estava longe de ser algo duradouro, e ainda mais longe daquilo que eu realmente sentia por ela.

Sentei na cama, iluminado por uma ideia na cabeça e imaginando se eu seria louco o bastante para tentar isso com ela. Ao mesmo tempo, eu sentia que era a solução perfeita. Sara claramente se excitava com a ideia de ser vista, com a ideia de alguém assisti-la transando. Eu queria mostrar que sexo poderia ser divertido, selvagem e *vivo*, mesmo num relacionamento que se aprofundava cada vez mais. Mas ela ainda queria se manter anônima, e eu certamente não queria ser pego com as calças curtas – literalmente – no metrô, ou no cinema, ou num táxi. Ela rapidamente perdoou as fotos no jornal desta vez, mas minha preocupação é que ela não seria tão compreensiva se acontecesse de novo.

Olhei para o relógio e sabia que não era cedo demais para ligar. Do jeito que eu o conhecia, sabia que Johnny French ainda não tinha nem ido dormir.

O telefone chamou uma vez antes de sua voz grave e rouca responder com um simples "Max".

– Sr. French, espero não estar ligando muito cedo.

Ele soltou uma risada profunda.

– Ainda não fui para a cama. O que posso fazer por você?

Respirei fundo, aliviado ao perceber de repente que isso talvez fosse mesmo a melhor solução.

– Estou numa situação que provavelmente requer sua ajuda.

—

Quando Sara atendeu ao telefone, eu quase pude ver seu sorriso através de sua voz.

– Hoje é quarta-feira – ela disse. – E não são nem oito horas. Acho que vou gostar dessas novas regras.

– Acho que estamos nos enganando se ainda pensarmos que estamos num relacionamento determinado por regras – eu disse.

Um longo momento se passou antes que ela respondesse, mas, finalmente, murmurou:

– É, acho que você tem razão.

– Você continua sem se importar com as fotos no jornal?

Outra pausa, desta vez pequena.

– Na verdade, sim.

– Pensei em você durante todo o dia ontem.

Novamente, ela ficou em silêncio e fiquei pensando se fui longe demais. Então, ela disse:

– Tipo, isso tem acontecido bastante comigo também, ultimamente.

Tive que rir, pois sabia exatamente o que ela estava dizendo.

– É, comigo também.

O silêncio se estendeu por mais alguns instantes e eu me preparei para a possibilidade de ela dizer não para minha proposta.

– Sara, eu acho que devemos ter mais cuidado sobre onde escolhemos transar. Até agora, nós fomos cuidadosos, mas tivemos sorte na maior parte do tempo. Agora minha preocupação de protagonizarmos um escândalo cresceu.

– Eu sei. Também me preocupo.

– Mas, ao mesmo tempo...

– Eu também não quero parar com isso – ela riu.

– Você confia em mim?

– É claro. Deixei você me levar para um galpão vazio...

– Quero dizer, confia *mesmo*, Sara? Estou planejando levar você para um lugar muito diferente.

Desta vez, ela não hesitou.

– Sim.

—

Considerei que uma quarta-feira seria o dia ideal para começar. Com certeza Johnny tinha clientes todas as noites da semana, mas ele me alertou que às sextas e sábados o lugar ficava cheio, e as quartas-feiras eram geralmente mais tranquilas.

Enviei uma mensagem avisando que a pegaria em seu apartamento depois que ela voltasse do trabalho e comesse alguma coisa. Será que eu estava sendo covarde por não levá-la para jantar com medo que desistisse se tivesse tempo para pensar na minha proposta?

Sim. Com certeza.

Uma morena saiu do prédio de Sara, com a cabeça baixa, como se estivesse procurando algo na bolsa. Era verdade que nos últimos tempos eu tinha olhos apenas para Sara, mas até mesmo eu fui incapaz de não olhar para essa morena. Ela vestia uma blusa escura, saia e saltos altos. Seus cabelos brilhavam debaixo da iluminação dos postes e eram curtos – batiam no queixo. Ela olhou para a direita e pude ver um longo e delicado pescoço, pele macia e seios perfeitos. Eu conhecia aquele pescoço, conhecia aquelas curvas.

– Sara? – chamei. Ela se virou e senti meu queixo cair. *Meu Deus*!

Ela sorriu quando me viu encostado no carro. Fiz um gesto para Scotty voltar para dentro e deixar que eu mesmo abrisse a porta para ela.

Ela pousou o dedo debaixo do meu queixo e fechou minha boca.

– Pelo jeito você gostou – ela disse, sorrindo maliciosamente enquanto entrava no carro.

– Isso seria um eufemismo – respondi ao sentar ao lado dela e tirar uma mecha de cabelo moreno de seu rosto. – Você está mais do que linda.

– Ficou demais, não é? – ela perguntou, virando a cabeça para os lados. – Pensei que, já que vamos levar a sério essa coisa de viver em segredo, então eu podia pelo menos me divertir um pouco – ela tirou os sapatos e cruzou as pernas em cima do banco. – Então, você vai me dizer para onde estamos indo?

Assim que me recuperei, eu me aproximei e beijei seus lábios vermelhos.

– Vai demorar um pouco para chegar. Vou contar tudo enquanto isso.

Ela focou os olhos em mim e tive que me segurar para não transar com ela ali mesmo. Eu deveria prepará-la um pouco para isso. Estar bêbada numa boate escura era uma coisa; o que estávamos para fazer era outra completamente diferente.

– Um dos meus primeiros clientes era um cara chamado Johnny French. Tenho quase certeza que é um pseudônimo; ele parece o tipo de cara que possui várias identidades diferentes, se é que você me entende. Ele me procurou pedindo ajuda para abrir uma boate num prédio quase abandonado. Ele já tinha feito algo assim antes, com sucesso, mas queria explorar como isso funcionaria com uma empresa de investimentos que teria mais conexões legítimas com o mercado publicitário.

– Qual é o nome da boate?

– Silver – respondi. – Ainda existe, e os negócios vão muito bem. Na verdade, fizemos muito dinheiro com essa colaboração. Enfim, Johnny mantém seus hábitos muito discretos, mas, no processo de nossa parceria, ele nos explicou que precisava de um negócio maior e bem-sucedido para financiar seus interesses menores.

Sara se ajeitou no banco, como se entendesse que eu estava chegando na parte interessante.

– Johnny possui vários outros negócios. Ele possui um cabaré no Brooklyn que vai muito bem.

– O Beat Snap?

Confirmei, um pouco surpreso.

– Então você já ouviu falar.

– Todo mundo já ouviu falar. Dita Von Teese fez um show lá no mês passado. Nós fomos com a Julia.

– Certo. E o Johnny também possui alguns investimentos menos conhecidos. O lugar aonde vamos hoje é um clube muito reservado e protegido chamado Red Moon.

Ela balançou a cabeça. Mesmo se tivesse nascido em Nova York, eu tinha quase certeza que ela não reconheceria o nome. Procurei no bolso do meu casaco e tirei um pequeno pacote. Seus olhos estavam focados em minhas mãos enquanto eu o abria e tirava uma máscara de penas azuis.

Estiquei o braço e coloquei a máscara em seu rosto. Então olhei para ela e quase perdi minha determinação de não comê-la ali mesmo. Seus olhos ficaram visíveis, mas seu rosto estava coberto desde as sobrancelhas até as bochechas, e os lábios vermelhos se curvaram num leve sorriso debaixo do meu exame minucioso. Pequenas pedras preciosas percorriam a curva dos olhos, e atrás da máscara, seus olhos pareciam brilhar.

– Bom, estou me sentindo muito misteriosa – ela sussurrou.

Eu gemi.

– Você parece saída de um sonho erótico – seu sorriso aumentou, e eu continuei: – O Red Moon é um clube de sexo.

Na fraca luz do carro, pude ver um estremecimento percorrer seu corpo. Lembrando uma de nossas primeiras noites juntos, eu assegurei:

– Não vai ter algemas ou chicotes... quer dizer, pelo menos essas coisas não são obrigatórias. O clube é voltado a um público voyeurístico muito sofisticado. Pessoas que gostam de assistir outras pessoas transando. Estive lá apenas uma vez, durante o processo de confirmação da parceria, e tive que jurar sigilo absoluto. No andar principal, Johnny possui algumas dançarinas realmente estonteantes que fazem um show e tanto. O resto do clube possui quartos onde, através de janelas ou espelhos, você pode assistir uma coisa ou outra.

Limpei a garganta e olhei em seus olhos.

– Johnny ofereceu um quarto para nós dois brincarmos, se você quiser.

—

Para todos os efeitos, era um prédio comum que abrigava vários tipos de empresas, incluindo um restaurante italiano, um salão de beleza e um mercado asiático. Da única outra vez que visitei o local, Johnny me deixou entrar pelos fundos. A porta que ele me recomendou usar desta vez era aparentemente a entrada principal, uma despretensiosa porta de aço ao lado, no beco, e era preciso usar a chave que ele tinha enviado mais cedo para o meu escritório.

– Quantas pessoas possuem essa chave? – eu perguntei a ele no telefone.

– Quatro. Você é a quinta pessoa. É assim que mantemos o controle de quem entra. Não é qualquer pessoa que pode usar o clube. Temos uma lista para cada noite. Os convidados ligam para Lisbeth na recepção e ela envia o segurança para acompanhá-los – ele fez uma pausa. – Você tem sorte por ser um cara legal, Max, ou teria que esperar por meses.

– Eu agradeço, John. E, se tudo der certo hoje, tenho certeza que você vai gostar se eu levar essa garota todas as quartas-feiras.

Pegando a chave e encarando a realidade do que estávamos para fazer, comecei a ficar cada vez mais animado. Conduzi Sara pelo beco, segurando sua mão suada na minha.

– Podemos ir embora na hora que você quiser – lembrei pela milésima vez.

– Estou excitada e nervosa ao mesmo tempo – ela me assegurou. – Mas não estou com medo – puxando meu braço para me encarar, ela ficou na ponta dos pés e passou os lábios nos meus, mordendo e lambendo. – Estou tão excitada que quase me sinto bêbada.

Dei um último beijo e tive que me afastar para não ceder ao impulso de transar com ela naquele beco – algo pelo que Johnny prometeu que me colocaria na lista negra para o resto dos meus dias. Então coloquei a chave na fechadura.

– Tem outra coisa que eu queria mencionar. Bebidas. Existe um limite de dois drinques por pessoa. Eles querem que tudo seja o mais seguro, consensual e calmo possível.

– Não sei se posso prometer a calma. Ficar perto de você me deixa meio insana.

Mostrei um sorriso malicioso.

– Acho que ele quer dizer entre os clientes. Tenho certeza que várias coisas não serão calmas entre os exibicionistas.

Quando a porta soltou um suave clique, eu a abri e nós entramos. Seguindo as instruções de Johnny, passamos por uma segunda porta apenas três metros adiante, depois descemos uma longa escadaria que dava num elevador de carga. As portas se abriram imediatamente quando apertei o botão para descer, e, após digitar o código que ele me passou, descemos mais dois andares, indo cada vez mais fundo nas entranhas de Nova York.

Tentei explicar para Sara o que ela veria – mesas em semicírculo ao redor de uma pista aberta, pessoas socializando como se estivessem num bar – mas eu sabia que minha explicação não faria justiça. Para ser honesto, fiquei tão fascinado com o lugar quando o visitei pela primeira vez com Johnny que apenas minha ética como parceiro de negócios me impediu de continuar explorando. Por mais que quisesse voltar, achei melhor não fazer isso.

Mas, com Sara se tornando uma parte inegável da minha vida, a possibilidade de ela precisar de algo como isso, junto ao meu novo desejo de dar tudo que ela quisesse, acabaram me fazendo mudar de ideia.

As portas do elevador se abriram e entramos na pequena área da recepção. Uma iluminação quente banhava a sala, e uma linda ruiva estava sentada atrás de um balcão, trabalhando com um discreto computador preto.

– Sr. Stella – ela disse, levantando-se para nos cumprimentar. – O sr. French me contou que você viria esta noite. Meu nome é Lisbeth – cumprimentei-a com um aceno de cabeça e ela fez um gesto mostrando o caminho. – Por favor, me sigam.

Ela se virou e nos conduziu por um corredor curto, sem nunca questionar a máscara de Sara ou pedir seu nome. Numa pesada porta de aço, ela inseriu uma longa chave em forma de caveira, abriu a porta e nos mostrou o caminho.

– Por favor, lembre-se, sr. Stella, nós permitimos apenas dois drinques por pessoa. Não use nomes e mantenha um segurança na porta dos quartos de exibição para o caso de vocês precisarem de alguma assistência – como que para enfatizar a última instrução, um grande segurança deu um passo atrás dela.

Lisbeth se virou para Sara e finalmente falou com ela.

– Você está aqui por escolha própria?

Sara confirmou com a cabeça, mas depois acrescentou "Com certeza", quando Lisbeth deixou claro que esperava uma resposta verbal.

Então, ela piscou para nós.

– Divirtam-se. Johnny disse que às quartas-feiras o Quarto Seis será de vocês pelo tempo que quiserem.

Pelo tempo que quisermos?

Virei e conduzi Sara pelo clube, sentindo minha mente girar. Tinha visto apenas alguns quartos na minha visita anterior. Passei a maior parte do tempo no bar principal, bebendo uísque e assistindo duas mulheres transando em cima da mesa ao meu lado enquanto Johnny andava ao redor cumprimentando os clientes. Andamos pelo corredor para ver alguns dos quartos, mas eu me senti estranho vendo aquelas coisas com um cliente homem da minha empresa. Acabei dizendo que estava cansado e fui embora, mas me arrependi de não explorar o que cada quarto continha.

– O que é o Quarto Seis? – Sara perguntou, envolvendo ambas as mãos em meu braço enquanto andávamos pelo bar.

– Não faço ideia – admiti. – Mas, se lembro corretamente, acho que Johnny nos deu esse quarto porque fica no fim do corredor.

O bar consistia num grande salão aberto com uma linda decoração minimalista: iluminação leve e acolhedora, mesas para duas ou quatro pessoas, sofás e poltronas posicionados elegantemente pelo salão. Pesadas cortinas de veludo desciam do teto e as paredes eram cobertas com um rico papel de parede preto que exibia um padrão dourado que mal se destacava sob as luzes tremulantes das velas.

Ainda era cedo; havia apenas alguns clientes nas mesas, conversando em voz baixa e observando uma mulher e um homem dançarem no centro do salão. Enquanto caminhávamos para o bar, o homem tirou a camisa da mulher e a usou para prender o braço dela e girá-la ao redor. Joias em seus mamilos cintilaram debaixo das luzes.

Sara ficou encarando o casal e depois desviou o olhar quando percebeu que eu a flagrei. Ela arrumou uma mecha de cabelo atrás da orelha, num gesto que aprendi a interpretar como um tique nervoso, e eu podia imaginar seu rosto corado atrás da máscara.

– Aqui, ficar olhando sempre é permitido – lembrei-a num sussurro. – Quando as coisas ficam realmente interessantes, você vai perceber que ninguém consegue desviar o olhar.

Pedi um *gimlet* com vodca para ela e uma dose de uísque para mim antes de conduzi-la até uma pequena mesa ao canto. Fiquei olhando para Sara enquanto ela absorvia o espaço. Ela tomou um gole de seu drinque e passou um tempo estudando os arredores. Fiquei imaginando se ela percebia o quanto sua figura chamava a atenção da clientela.

Em seu pescoço, eu podia ver sua pulsação acelerada. Observei a pele branca, queria me aproximar e chupar até deixar uma marca. Eu me endireitei na cadeira e imaginei como seria fazê-la gozar com minha mão enquanto o salão inteiro assistia.

Max. Você está ferrado.

– O que você está pensando? – perguntei a ela.

Ela ergueu o queixo, indicando os dançarinos que se beijaram, se afastaram e se uniram novamente.

– Por acaso eles vão transar ali?

– Provavelmente, de um jeito ou de outro.

– Então, por que eles têm os quartos?

– É uma questão de variedade. Se me lembro bem, os cenários nos quartos tendem a ser mais selvagens. E são menores, mais íntimos.

Ela assentiu, levantando seu copo e tomando mais um gole enquanto observava meu rosto.

– Ninguém aqui sabe quem eu sou, mas mesmo assim sou a única usando uma peruca e uma máscara.

Sorrindo, eu respondi:

– Bom, até onde sei, você é que sempre quis se manter anônima.

– Você faria isso por mim? Deixar as pessoas nos assistirem?

– Tenho a impressão de que eu faria quase qualquer coisa por você – quando não consegui decifrar no meio da escuridão como minhas palavras haviam afetado Sara, eu acrescentei: – Enfim, fazer isso foi uma decisão tão apressada para mim quanto está sendo para você.

Ela deslizou a mão em minha coxa debaixo da mesa.

– Mas as pessoas aqui *conhecem* você. Conhecem o seu rosto.

– Existem pessoas neste salão muito mais famosas do que eu. O homem naquele canto é um jogador de futebol americano de um time que o Will está sempre comentando. E aquela mulher? – fiz um gesto sutil para uma mesa perto do bar. – É da televisão.

Seus olhos se arregalaram levemente quando reconheceu a atriz ganhadora do Emmy.

– Mas eles não estão considerando transar no Quarto Seis – ela mencionou.

– Não, mas estão aqui para assistir. Ninguém vai me julgar por estar aqui com você. E, mais importante, todo mundo sabe que não se deve quebrar o sigilo do Johnny French. Ele sabe os podres de todo mundo. Ou pode descobrir.

– É, talvez você tenha razão.

– Nada sai desse salão, Sa... – comecei a dizer seu nome, mas ela pressionou um dedo nos meus lábios.

– Nada de nomes, estranho – ela me lembrou.

Eu sorri e beijei a ponta de seu dedo.

– Nada sai desse salão, *flor*. Eu prometo.

– A primeira regra do Clube da Luta? – ela perguntou, sorrindo.

– Exatamente – tomei mais um gole do meu uísque. – Diga o que mais você está pensando.

Ela se aproximou para me beijar, mas eu me afastei.

– Não posso tocar você aqui?

Balancei a cabeça confirmando.

– Infelizmente, essa é outra das regras. Apenas os exibicionistas podem ter contato sexual.

– E no Quarto Seis?

– Sim, obviamente.

– Droga.

Ela se ajeitou na cadeira e ficou assistindo os dançarinos por um tempo. Eles já tinham tirado as roupas e o homem segurou um arreio que desceu do teto para que sua parceira pudesse montá-lo. Uma vez amarrada, suas pernas foram abertas e uma polia subiu seu corpo até seus quadris ficarem na altura do rosto do homem. Ele começou a girá-la no ritmo da música, andando ao redor enquanto ela balançava com a cabeça caída para trás.

– Que horas são? – Sara perguntou após alguns minutos, sem parar de olhar para o dançarino, que havia interrompido abruptamente o giro da mulher e agora pressionava sua boca aberta entre as pernas dela.

– Nove e quarenta e cinco.

Ela suspirou, mas eu não conseguia dizer se estava tão impaciente quanto eu. A tortura do clube era saber que, se eu quisesse tocá-la, apenas poderia fazê-lo num local onde outros pudessem ver. Onde outros pudessem nos usar para suas necessidades da mesma maneira que nós os usaríamos para as nossas. Eu queria mais do que qualquer coisa fazer com ela o que o homem na pista de dança fazia com sua parceira: lamber, provocar, foder com os dedos.

Quando o homem girou a mulher novamente, um garçom se aproximou da nossa mesa.

– Boa noite, senhor – ele serviu água e começou a falar sem alterar sua expressão ou posição. – O proprietário mencionou que o senhor já esteve aqui, mas sua acompanhante não. Gostaria que eu contasse um pouco sobre o que pode esperar?

– Isso seria ótimo – eu respondi.

Ele se virou para Sara.

– O clube troca as atrações dos quartos a cada duas semanas. Nosso objetivo é sempre manter um ambiente renovado para os clientes. Você vai encontrar uma variedade de cenas ao explorar os quartos.

Olhei para Sara e fiquei imaginando como aquela doce garota do Centro-Oeste americano estava encarando tudo isso debaixo daquela máscara.

O garçom continuou:

– As apresentações começam às dez horas e duram até a meia-noite. Fui informado que o seu quarto é o Seis. Considerando que é a sua primeira vez, sinta-se livre para observar um pouco os outros exibicionistas antes de decidir se quer participar – ele sorriu. – Também fui informado que o proprietário gostaria muito de adicionar algo um pouco mais íntimo e sincero para as exibições regulares. Nunca tivemos um casal que olha um para o outro como vocês fazem.

Senti meus olhos se arregalarem e Sara se aproximou de mim. Podia sentir o calor de sua coxa encostada em minha perna. Eu realmente estava explodindo com o desejo de tocá-la.

O garçom fez uma leve reverência.

– Por favor, não se sinta pressionada.

—

Às dez horas, o corredor se iluminou com uma discreta luz dourada. Outros clientes pelo salão terminaram seus drinques e se levantaram lentamente. Mas Sara agarrou meu braço e me puxou para fora da cadeira.

O corredor tinha quase seis metros de largura, com mesas e assentos perto das janelas com vista para os quartos. No Quarto Um, o primeiro à esquerda, um jovem e musculoso homem estava de pé num canto vestindo apenas uma calça jeans. No chão, de quatro, estava outro homem de cabelo escuro com um rabo de cavalo enfiado na bunda. O homem no canto estalou fortemente um chicote no ar.

A mão de Sara voou para a frente de sua boca enquanto eu a empurrava pelo corredor, murmurando:

– Estão brincando de cavalinho, querida. Isso não é para qualquer um.

No Quarto Dois, havia uma linda mulher, sozinha e nua num sofá, apenas começando a se masturbar olhando um filme pornográfico projetado na parede oposta.

No Quarto Três, havia um enorme e pálido homem usando uma máscara de teatro grego e se preparando para comer por trás uma mulher amordaçada. Ao meu lado, pude sentir Sara ficando cada vez mais tensa.

– Isso parece... – ela fez um gesto vago para a estranhamente fascinante cena.

– Ousado? – sugeri. – Você precisa entender que as pessoas pagam muito dinheiro para vir até aqui. Eles não querem ver coisas que podem ver na televisão.

Pousei minha mão em suas costas e a lembrei:

– Outra coisa que você não acha na televisão é intimidade de verdade.

Ela olhou para mim e então sua atenção se voltou para minha boca.

– Você acha que nós somos íntimos de verdade?

– Você não acha?

Ela concordou.

– Quando foi que isso aconteceu?

– E por acaso em algum momento nós não fomos íntimos? Você só tentou ignorar esse fato.

Ela desviou o olhar, mas se aconchegou em meu braço, e voltamos a andar.

O Quarto Quatro possuía três mulheres que se beijavam e riam enquanto tiravam as roupas umas das outras numa cama branca gigante.

No Quarto Cinco, havia um homem amarrando uma mulher com uma corda, enquanto outro homem, também amarrado e usando um cinto de castidade, ficava ao canto apenas olhando.

- Nós vamos entediar essas pessoas - ela sussurrou com olhos arregalados.

- Você acha mesmo?

Sara não respondeu, pois havíamos chegado ao Quarto Seis, que estava vazio. Sem nem mesmo olhar para mim, ela virou no fim do corredor e se aproximou da entrada dos fundos do quarto.

A porta abriu facilmente e Sara entrou.

Após alguns instantes, nossos olhos se ajustaram e pude enxergar um bar no canto e um grande sofá de couro com uma pequena mesa de centro na frente. Mesmo no escuro, o quarto parecia muito com um canto da minha própria sala de estar, e, de repente, suspeitei que *era* uma réplica daquele espaço.

Sem pensar em primeiro perguntar à Sara, eu acendi a luz. E vi que estava certo. Paredes claras com detalhes em madeira escura, um largo sofá preto e o tapete felpudo como o que comprei em Dubai. Abajures da Tiffany decoravam as duas mesinhas de canto. O quarto era bem menor que minha sala de estar, que eu usava para grandes eventos, mas a semelhança era inegável. A janela gigante pela qual as pessoas podiam nos observar possuía a mesma cortina do meu apartamento, mas de onde estávamos, apenas parecia uma janela com vista para um espaço negro e vazio.

Johnny esteve em minha casa apenas uma vez, mas, em apenas um dia, ele transformou um dos quartos de seu clube para mim, sem dúvida pensando que seria familiar para nós dois e isso nos deixaria mais à vontade. Ele não tinha ideia de que Sara nunca tinha estado em meu apartamento.

- O que foi? - ela perguntou ao se aproximar. Quando percebeu que já podia me tocar ali dentro, envolveu minha cintura com os braços.

- Ele construiu uma réplica da minha sala de estar para nós.

– Isso é... – ela olhou ao redor, arregalando os olhos. – Isso é loucura.

– O que é realmente louco é que esta é a primeira vez que você está vendo meu apartamento. De dentro de um clube de sexo.

O absurdo da situação nos atingiu ao mesmo tempo e Sara começou a rir enquanto pressionava o rosto em meu peito.

– Isso é a coisa mais esquisita que alguém já fez em todos os tempos.

– Nós podemos ir embora se você quiser...

– Não. Vai ser a primeira vez que transamos no *lugar certo* – ela disse, sorrindo. – Você acha que vou perder essa oportunidade?

Merda. Essa mulher poderia pedir para eu me ajoelhar e beijar seus pés e eu obedeceria.

Eu quase disse *eu te amo*. As palavras ficaram tão próximas de escapar que eu literalmente precisei me virar e andar até o bar para preparar um drinque.

Mas ela me seguiu.

– E provavelmente é tarde demais para perguntar, mas o que estamos fazendo aqui?

– Acredito que estamos tentando encontrar um jeito de aproveitar esse aspecto da nossa relação sem colocar em risco nossas carreiras ou ter nossas fotos estampadas em colunas sociais.

Levantei a garrafa de uísque, oferecendo em silêncio. Ela negou com a cabeça, arregalando os olhos por trás da máscara enquanto me observava servir uma dose.

– Três dedos – ela sussurrou. Pude praticamente *ouvir* o sorriso em sua voz.

– Apenas um, por enquanto.

Sara se aproximou depois que eu tomei um gole e ficou na ponta dos pés para me beijar, chupando minha língua.

Ela tinha um sabor incrível.

As penas de sua máscara rasparam de leve em meu rosto.

– Três – ela insistiu.

Quando ela beijou meu pescoço e passou a mão na frente da minha calça, segurando meu pau, eu olhei por cima de seu ombro para a janela escura. Lá fora, os clientes provavelmente já estavam sentados e assistindo, curiosos sobre o que poderia acontecer. Ou talvez estivéssemos realmente sozinhos ali, no final do corredor. Mas a ideia de que *não estávamos*, a mera possibilidade de que outros poderiam ver a maneira como ela me tocou... entendi pela primeira vez como Sara podia se sentir outra pessoa quando ficava comigo. Ela podia brincar. Podia ser selvagem, aventureira e correr riscos.

E eu também. Ali, eu poderia ser, pela primeira vez na minha vida, o homem que está desesperadamente apaixonado.

– Você quer mesmo fazer umas safadezas aqui? – perguntei, sentindo minha própria franqueza.

Mas ela confirmou.

– Estou um pouco nervosa. O que é levemente insano, considerando nossa história.

Ela riu e começou a arranhar meu abdômen. *Merda*. Nunca senti uma mistura tão angustiante de proteção, adoração e uma necessidade maluca de possuir completamente outra pessoa de um jeito físico. Ela era tão linda e confiava tanto em mim – e era toda minha.

Eu me abaixei, beijei seu queixo e abri os primeiros botões de sua camisa.

– O que você imagina quando lembra que estamos sendo observados?

Ela hesitou, brincando com a barra da minha camisa.

– Imagino alguém vendo seu rosto e a maneira como você olha para mim.

– Humm – chupei seu pescoço. – E o que mais?

– Imagino uma mulher que deseja ficar com você, mas vendo você comigo. Vendo o quanto você me quer.

Eu gemi em sua pele, empurrando a camisa para fora de seus ombros e desabotoando o sutiã.

– Continue.

Quando beijei seu pescoço, pude sentir sua garganta engolindo em seco contra meus lábios. Sua voz saiu num sussurro quando ela admitiu:

- Imagino alguma pessoa sem rosto que viu Andy me tratando mal. Imagino a mulher que foi flagrada com ele vendo o quanto você me quer.

Aí está.

- E?

- E ele. Imagino ele vendo o quanto estou feliz - ela balançou a cabeça, agarrando minha camisa e me puxando para perto como se eu pudesse escapar. - Não acho que vai durar para sempre, mas odeio ainda sentir tanta raiva.

Seus olhos subiram até os meus.

- Mas você faz eu me sentir incrível, desejada e, sim, parte de mim ainda quer esfregar isso na cara dele.

Não consegui evitar um sorriso convencido. Eu adorava a ideia daquele bastardo me ver comendo Sara como se não houvesse amanhã. Pois o maior erro de sua vida - a infidelidade - foi o que me deu a melhor parte da minha vida.

- Eu também. Adoraria que ele visse a cara que você faz quando está gozando. Já que aposto que ele não teve muitas chances de ver isso antes.

Ela riu, lambendo minha garganta.

- Não.

E, merda, pela primeira vez em minha vida, desejei ser o *único* para alguém.

Eu a levei até o sofá, então me ajoelhei no chão entre suas pernas.

Suas mãos mergulharam nos meus cabelos.

- O que você quer que eu faça? - ela sussurrou, olhando para baixo em meus olhos, sempre tão disposta a me dar qualquer coisa.

O *que eu quero?* Lutei para encontrar uma resposta, completamente sobrecarregado pela enormidade daquela questão.

Quero você por cima.

Quero você por baixo.

Quero sua risada em meus ouvidos.

Quero sua voz em meu peito.

Quero sentir você molhada com meus dedos.

Quero sentir seu sabor em minha língua.

Quero saber se você sente o mesmo que eu sinto.

– Apenas quero que você se divirta essa noite.

Eu me inclinei para frente e pressionei minha boca no meio de suas pernas. Seu cheiro era inebriante, seu sabor era bom demais, a vista era mais do que linda. Os sons que Sara deixava escapar eram sussurrados, angustiados, e pareciam feitos inteiramente para meus ouvidos. Seus dedos correram por cima da minha cabeça, arranhando minha pele levemente antes de puxar a própria perna mais para cima, abrindo-se ainda mais, melhorando meu acesso. Ela não se movia com sensualidade exagerada; ela sabia ser devagar e calma, era facilmente o ser mais sensual que existe neste planeta.

Eu me concentrei em dar prazer a ela, imaginei como estava sua imagem vista de fora daquele quarto, com meus dedos dentro dela, minha boca devorando-a e suas costas arqueadas no sofá. Tinha me acostumado tanto a vê-la com a máscara que já não provocava mais estranhamento nem distanciamento; a maneira como ela olhava para mim por trás da máscara me fazia sentir como se tivesse ganhado o mundo todo. A peruca preta e macia enquadrava seu rosto perfeitamente e deixava sua pele ainda mais alva, os lábios ainda mais vermelhos. Aqueles mesmos lábios se abriram enquanto ela começava a implorar silenciosamente, me pedindo para que acelerasse, não parasse de chupar, fodesse com mais força usando os dedos.

Quando ela estava perto do clímax, sua mão subiu por seu corpo, chegou aos seios, passou pelo pescoço até o rosto, onde tirou a máscara, expondo o último pedaço de pele que ainda estava coberto.

Seus grandes olhos castanhos estavam focados em meu rosto, os lábios ainda abertos ofegando silenciosamente.

Quando gozou, em nenhum momento desviou o olhar, em nenhum momento voltou sua atenção para as janelas atrás de mim.

Alguém estava atrás, do outro lado daquele vidro. Eu podia sentir. Mas não acho que poderíamos estar mais sozinhos naquele quarto mesmo se estivéssemos de verdade em meu apartamento. Nada neste mundo existia além de nós dois e a maneira como ela pressionou minha boca, gritando quando o orgasmo arrebatou-a.

E então, ela suspirou, agarrou meus cabelos, e riu.

– Meu *Deus*.

Talvez, se um dia eu encontrar esse tal de Andy, eu não darei um soco naquela cara idiota dele, afinal de contas. Talvez eu apenas darei meus cumprimentos por ele estragar tudo com Sara de um jeito tão épico que a fez se mudar para Nova York e parar de ser uma mulher que agia conforme as regras e começar a ser uma mulher que fazia qualquer coisa que quisesse.

Subi um caminho beijando seu corpo e deixei-a sentir o próprio sabor em minha boca, minha língua e meu queixo. Embaixo de mim, ela estava quente e vagarosa; seus braços me envolveram preguiçosamente, sua risada se esvaiu em meu pescoço.

– Acho que isso foi a coisa mais divertida que já fiz – ela sussurrou.

E suspeitei que eu faria qualquer coisa para poder passar o resto da minha vida cuidando da felicidade dessa mulher.

Quinze

Eu sabia que não seria bom ter cada noite da semana preenchida com Max, pois isso destruiria minha habilidade de pensar em qualquer outra coisa. Durante a manhã, fiquei imaginando as fantasias mais malucas que já criei em minha mente: pensei em me arrastar debaixo da mesa de Max e chupá-lo enquanto ele falava ao telefone, ou transar com ele no elevador subindo até seu apartamento.

Foi divertido finalmente permitir a mim mesma desfrutar desses devaneios eróticos, e comecei a não me importar por ele ter desestabilizado tanta coisa na estrutura da minha vida. E, depois do que fez comigo no clube, percebi que eu andaria em cima de brasas por aquele homem.

Fiquei nervosa, é verdade. O clube exalava um clima de prazeres sombrios e era frequentado por clientes que já se esbaldavam nesse tipo de fantasia sexual provavelmente por mais tempo do que eu tenho de vida. E eu não tinha certeza se havia regras implícitas que eu deveria seguir. Não falar em voz alta. Não cruzar as pernas. Não manter contato visual. Não beber o drinque rápido demais.

Meus pais pareciam tão ingênuos comparados a esse mundo. A ideia deles de uma noite selvagem era ir ao teatro assistir aos *Monólogos da Vagina* e depois jantar em algum restaurante asiático da moda. Até hoje, meu pai considera comer sushi uma aventura um pouco radical demais para seu gosto.

E lá estava eu entrando num clube secreto e, na minha primeira noite, deixei Max me chupar num lugar onde todo mundo podia assistir.

No fim, nunca soube se alguém de fato assistiu. Saímos pela porta dos fundos do quarto, onde o amigo de Max, Johnny, nos encontrou e deixou que fôssemos embora por uma entrada de serviço. Max ficou me estudando a noite inteira, como se estivesse avaliando se eu sairia correndo ou teria uma crise nervosa. Mas, na verdade, eu estava tremendo tanto porque tudo ao meu redor parecia muito certo. Max ficou de joelhos entre as minhas pernas e não permitiu que eu retribuísse. Em vez disso, ele apenas me beijou por longos minutos, ajudou a me vestir e jogou um olhar tão cheio de significado que um arrepio se espalhou em meu corpo.

Brincar numa biblioteca era uma coisa diferente, mas, comparando com o clube da noite anterior, aquilo pareceu inofensivo. E, no caminho de casa, com a mão de Max em meu joelho e seus lábios em meu pescoço, orelha, boca e – finalmente – seu corpo por cima e dentro de mim, completamente selvagem no banco de trás da limusine, eu percebi o quanto minha vida estava louca.

Loucamente boa.

Loucamente maravilhosa.

Fazia tanto tempo que eu não me sentia enfeitiçada assim... que até tinha esquecido como era.

– Você está suspirando – George disse na quinta-feira de manhã enquanto eu caminhava para minha mesa. Ele mordeu a ponta de sua caneta e murmurou: – Você está pensando no seu Max.

Como diabos ele sabia disso? Será que eu estava sorrindo como uma idiota?

– O quê?

– Você gosta dele.

Eu me rendi.

– Sim, eu gosto.

– Eu vi o jeito como ele olha para você quando esteve aqui na segunda-feira. Ele praticamente entregou uma coleira na sua mão.

Fiz uma careta e abri a porta da minha sala.

– Prefiro quando ele fica sem coleira, se é que você me entende.

– Ele veio aqui hoje de manhã – George acrescentou com um jeito casual.

Congelei no meio do caminho para minha sala, esperando que ele continuasse.

– Pareceu triste por não te encontrar, mas eu disse que você é uma troglodita pela manhã antes de tomar suas dezessete xícaras de café e raramente chega antes das oito horas.

– Obrigada– eu resmunguei.

– Sem problemas – ele se endireitou na cadeira e mostrou um envelope em sua mesa. – Ele deixou isto aqui.

Levei o envelope para minha sala. A caligrafia de Max era um garrancho miúdo.

Sara,

Preciso viajar na sexta e participar de uma conferência em San Francisco. Posso te encontrar hoje à noite?

Max.

Peguei meu telefone, arrastei o dedo pela tela e pressionei seu nome. Ele atendeu depois de apenas meio toque.

– Você ainda está no modo troglodita?

Eu ri.

– Não. Acabei de tomar a décima sexta xícara de café.

– Seu assistente é uma figura. Tivemos um conversa muito interessante sobre você. Fiquei satisfeito em saber que é improvável ele dar em cima de você enquanto eu estiver de viagem.

– Acho que ele é mais fã de você do que de mim. Se você tivesse qualquer propensão a jogar no outro time, ele nunca mais sairia do seu pé.

– Eu ouvi isso! – George gritou da sua mesa.

– Então pare de bisbilhotar! – gritei de volta, sorrindo ao telefone. – E, sim, estou livre hoje à noite.

– Onde?

Hesitei por um instante antes de sugerir:

– Meu apartamento?

Ele ficou em silêncio.

Ouvi a satisfação em sua voz quando ele finalmente respondeu:

– Na sua cama?

– Sim – minhas mãos estavam tremendo. Inferno, tudo mudou na noite passada. A ideia de ficar com Max numa cama parecia a aventura mais louca de todas. Fiquei imaginando se poderíamos sobreviver a isso.

– Posso encontrar você lá às oito? Hoje vou ter que ficar até mais tarde falando ao telefone com a Costa Oeste.

– Perfeito.

Mudei de roupas três vezes antes das oito horas – casual? sexy? casual? sexy? – até que finalmente vesti de novo a roupa que usei no trabalho. Arrumei minha cama, tirei o pó do apartamento inteiro e escovei os dentes duas vezes. Não fazia ideia do que estava fazendo e tinha certeza que estava tão nervosa quanto no dia em que perdi minha virgindade.

Eu ainda estava tremendo quando ele bateu na porta. Max nunca tinha visto meu apartamento, mas, quando entrou, ele mal olhou ao redor. Suas mãos buscaram meu rosto e ele me empurrou contra a parede, com a boca firme na minha, aberta, chupando meus lábios e língua. Não havia nada de gentil no jeito como ele me beijou. Foi algo áspero e desesperado, com mãos apertando ombros e puxando roupas que pareciam existir apenas para atrapalhar e lábios quase machucados com o quanto aquilo parecia *real*. Ele tinha uma bolsa pendurada em seu peito, que deslizou e atingiu a parede com força.

– Estou ficando maluco – ele disse em minha boca. – Estou perdendo a cabeça, Sara. Onde fica o seu quarto?

Andei de ré, puxando-o com seus beijos pelo pequeno corredor. Apenas o abajur ao lado da cama estava aceso, e uma luz amarela e calorosa se espalhava até o teto. Paredes brancas, cama grande, janelas gigantes – tudo dentro de um espaço minúsculo.

Ele riu, olhando ao redor e deixando as mãos caírem de meu rosto.

– Seu apartamento é pequeno.

– Eu sei.

Passando sua bolsa por cima da cabeça, ele a jogou na cama.

– Por quê? Você pode pagar algo maior.

Dei de ombros, hipnotizada com a pulsação em seu pescoço. Por que estávamos falando do meu apartamento? Eu queria saber o que tinha dentro da bolsa. Ele sempre carregava apenas a carteira, o telefone e as chaves de casa.

– Não preciso mais do que isso por enquanto.

Seus olhos procuraram os meus e ele assentiu uma vez, com os lábios se curvando num pequeno sorriso.

– Você é uma mulher complicada, Sara Dillon.

Às vezes, quando corria um pouco, eu ficava tão eufórica depois que não conseguia fazer mais nada além de voltar e correr mais um pouco. Eu acumulava tanta energia em meu sangue que não conseguia ficar parada. Era assim que me sentia agora.

– Max, eu... – levantei a mão e mostrei o quanto tremia. – Não sei o que fazer agora.

– Tire as roupas para mim – ele abriu sua bolsa e tirou uma câmera grande e cara. – Quero fotos de tudo hoje – ele disse, olhando para mim através da lente. O som do obturador fez meu coração acelerar dentro do meu peito. Senti uma tontura e a cabeça leve.

– Incluindo nossos rostos – eu disse num sussurro.

– Sim – ele disse, com a voz rouca. – Exatamente.

Olhei para minhas roupas: uma camisa branca com pequenos botões de pérola e uma saia preta lisa.

Tire as roupas para mim.

Gosto de ter uma tarefa para me concentrar. O peso da noite passada ainda pressionava meu coração, e a visão dele no meu quarto quase acabou comigo.

Levei minhas mãos para o primeiro botão da camisa.

Meus dedos ainda tremiam.

Era diferente desse jeito, no meu apartamento, sozinhos apenas com sua câmera como testemunha. O que eu mostraria nesta noite? Meu corpo? Ou tudo debaixo da minha pele: meu coração, meus medos, minha loucura e meu desejo sem fim por ele?

Ouvi o clique na câmera seguido pela voz grave de Max:

– O jeito como você parece nervosa me faz pensar que não sabe que eu estou apaixonado por você.

Olhei para ele, com olhos arregalados e mãos congeladas.

Clique.

– Eu te amo, flor. Já faz um tempo que sei disso, mas tudo mudou para mim na noite passada.

Fiz um gesto com a cabeça, concordando e sentindo uma tontura.

– Certo.

Ele mordeu o lábio, depois o soltou e mostrou um sorriso malicioso.

– *Certo?*

– Isso – voltei aos meus botões, abrindo um de cada vez. Lutei para não deixar escapar o maior sorriso do mundo.

Clique.

– Você não tem nada mais a dizer além de "certo"? – ele perguntou, levantando os olhos da câmera. – Eu digo que te amo e você nem diz um "obrigado" ou "que adorável"?

Deixei minha camisa cair no chão e virei de costas para ele, alcançando o fecho do sutiã – *clique* – e também deixando-o cair.

Clique. Clique.

Abri o zíper da minha saia e deixei que se juntasse às outras peças de roupa no chão enquanto eu me virava para encará-lo.

– Eu também te amo – *clique.* – Mas estou apavorada.

Ele abaixou a câmera, com os olhos colados em mim.

– Eu não queria me apaixonar por você – eu disse.

Ele deu um passo para frente.

– Se isto fizer você se sentir melhor, eu sei que você lutou bravamente contra isso.

Ele não colocou a câmera de lado quando deu outro passo em direção a mim para me beijar. Apenas moveu a mão para o lado e pousou a outra em meu rosto, pressionando os lábios nos meus.

– Também estou com medo, Sara. Tenho medo de ser apenas uma vingança contra seu ex-namorado. Tenho medo de estragarmos tudo. Tenho medo que você se canse de mim. Mas acontece que ele disse, sorrindo – não quero mais ninguém. Você me estragou para qualquer outra mulher.

Ele deve ter tirado centenas de fotos de mim enquanto eu terminava de me despir, subia na cama e o observava enquanto ele espreitava ao redor, continuando a dizer o que sentia: distraído, insaciável, como se quisesse agradecer ao Andy e depois matá-lo, e que estava sinceramente preocupado que nunca conseguiria ficar longe de mim. Ele capturava cada reação minha como se estivesse completamente obcecado.

Pairando sobre mim, ele apontou a câmera no meu torso, onde seu corpo roçava no meu. Fechei os olhos, perdida na sensação e nos suaves sons da câmera. Quando abri novamente, meus olhos encontraram imediatamente os dele.

Estiquei o braço e movi a câmera para meu pescoço. Ele tirou a foto, deixando que eu guiasse a lente cada vez mais para cima. Então olhou para mim através da câmera.

Suas mãos tremiam enquanto ajustava o foco, tirando fotos e mais fotos do meu rosto, de seus dedos tracejando meu queixo e sentindo meu rosto. Depois segurou a câmera afastada para capturar nossos beijos.

De repente, tudo naquele momento parecia concentrado na sensação de sua boca em mim, de seus cabelos em minhas mãos, sua língua se movendo por minhas curvas, seus lábios pressionando palavras em minha pele. Eu sentia cada suspiro e cada som que ele fazia. Podia sentir sua boca se tornando cada vez mais faminta e urgente enquanto descia por meu corpo. Vagarosamente, ele empurrou dois dedos dentro de mim e chupou meu clitóris com vontade, como se me desafiasse a gozar. Mas fiquei quieta. Não queria ouvir minha voz dentro da minha mente. Queria apenas senti-lo.

– Você é linda – ele sussurrou. Não aguentei mais, soltando um grito. Quando terminei, ele subiu por cima de mim e me beijou profundamente. – É incrível o quanto você mexe comigo.

Subi minhas mãos e corri as unhas em seu peito, pedindo que usasse meu corpo do jeito que quisesse, para sentir tudo que fosse possível sentir. Minhas mãos se moviam por vontade própria, explorando e arranhando, puxando-o e afastando-o para que eu pudesse vê-lo quando se posicionou sobre mim. Minha barriga se arrepiou ao sentir seus músculos debaixo da ponta dos meus dedos.

Sussurrei:

– Por favor.

Ele gemeu, suspirando enquanto baixava o corpo e me penetrava fundo. A sensação foi incrível. Senti tudo ao mesmo tempo: seu peito em cima do meu, seu rosto contra meu pescoço, meus braços envolvendo sua nuca, mãos puxando os cabelos, seus quadris girando enquanto se movia dentro de mim.

Por favor, não deixe isso acabar nunca. Não quero que este momento termine.

Estávamos sem palavras, cobertos de suor e *isto*, pensei, *isto sim é fazer amor*.

Ele me virou, me colocou por cima e observou meu rosto até que eu não aguentasse mais e fechasse os olhos, sentindo o orgasmo se aproximando. Ouvi um clique e então o som pesado da câmera caindo no colchão. Max de repente já estava por cima de novo, com ainda mais vontade, pressionando minhas coxas com as mãos e mostrando no rosto toda sua concentração.

Imagens de luzes e sombras atacavam minhas retinas, mas, desta vez, eu me recusei a fechar os olhos.

Ele caiu em cima de mim com todo seu peso; sua boca buscou a minha e as mantivemos abertas, respirando juntos enquanto chegávamos ao ápice. Ele moveu seus lábios abertos sobre minha boca enquanto se movia por cima de mim e nós dois começamos a falar silenciosamente.

Vou gozar, dissemos juntos, implorando um ao outro. *Vou gozar*.

Acabamos não jantando, então fiquei assistindo com muita atenção enquanto Max assaltava a cozinha.

Ele estava usando apenas uma cueca, e, de repente, me dei conta que nunca tinha ficado *apenas olhando* seu corpo. Obviamente, Max era alto e malhado, mas também ficava à vontade quando estava relaxado. Gostei de ficar assistindo-o coçar a barriga enquanto examinava o conteúdo da minha geladeira. Meus pensamentos se perderam na maneira como seus lábios se moviam enquanto ele estudava tudo que havia nas prateleiras.

– Mulheres são incríveis – ele murmurou, encantado com a variedade de queijos que eu tinha. – Na minha geladeira deve ter mostarda e só. Talvez um pouco de batata.

– Fiz compras ontem mesmo – vesti sua camiseta e a puxei até o nariz para sentir seu cheiro. Cheirava a sabonete, desodorante e o inerente aroma da pele de Max.

– Acho que a última vez que eu fiz isso foi... em maio.

– O que você está procurando?

Ele deu de ombros, pegando uma tigela com uvas.

– Petiscos – também pegou um pacote de seis cervejas e as levantou para mim, sorrindo. – Stella Artois. Bela escolha.

– É minha preferida.

Ele empilhou uvas, nozes e algumas fatias de queijo numa bandeja e fez um gesto com a cabeça mostrando o quarto.

– Petiscos na cama.

De volta ao cobertor, ele serviu uma uva entre meus lábios e depois abocanhou algumas, murmurando:

– Então, estive pensando.

– Pode contar.

– Vou sediar no meu apartamento, daqui a duas semanas, uma festa para arrecadar fundos. Que tal se usarmos esse evento para oficializar nosso namoro? Max e Sara: apaixonados um pelo outro – ele mordiscou algumas nozes e estudou minha reação antes de acrescentar: – Vou até impedir a imprensa de participar.

– Você não precisaria fazer isso.

– Não precisaria, mas eu faria.

Demorei para saber o que eu queria responder, e, enquanto pensava, Max continuou comendo pacientemente. Era um contraste tão grande com Andy, que sempre queria uma resposta imediata assim que perguntava alguma coisa. Mas acontece que minha cabeça não funcionava desse jeito. Os políticos são acostumados a perguntas e respostas rápidas como num jogo de tênis. Eu sempre precisei de tempo para formular aquilo que queria dizer. E, no caso do Max, parecia que demorava meses para eu entender o que estava sentindo.

– Quer dizer, o motivo que me fez não gostar de fotos públicas por tanto tempo é que isso lembrava muito minha relação com Andy. E essas fotos sempre estarão lá, fáceis de achar para quer quiser ver. Sempre me sinto humilhada quando vejo meu sorriso ignorante... e o sorriso mentiroso dele também.

Ele terminou de mastigar antes de responder:

– Eu sei.

– Então, acho que você está certo. Talvez seja melhor sem a imprensa dessa vez. Talvez seja melhor apenas ficarmos com os seus convidados e ver o que acontece.

Max se inclinou e beijou meu ombro.

– Acho uma boa ideia.

Ele me deu outra uva na boca e depois guardou a bandeja no criado-mudo ao lado da cama antes de tirar a camiseta.

O sexo foi menos apressado dessa vez, quando a noite já estava em seu ápice e os ventos sopravam do outro lado das janelas abertas. Com minhas pernas ao redor de sua cintura e seu rosto mergulhado em meu pescoço, nós encontramos um único ritmo, com ele por baixo, apenas sentindo e observando.

Nunca nada chegou perto disso.

Nada.

Quando o sol mal tinha começado a raiar, Max estava abraçado ao meu corpo. Sua imagem era incrível. Cabelo desarrumado e o calor de seus braços e pernas enrolados ao meu redor. Ele estava duro e pressionando contra mim; faminto e honesto e pedindo por contato mesmo antes que sua mente acordasse.

Ele não disse uma única palavra quando percebeu que eu estava observando-o. Apenas esfregou o rosto, olhou para meus lábios e pegou a garrafa de água no criado-mudo. Ofereceu para mim e então tomou um gole, antes de guardá-la novamente para poder passar as mãos em meus seios.

Eu me perdi instantaneamente na sensação enquanto ele se virava por cima de mim, beijando meus lábios e dando bom-dia. Nós dois ainda estávamos sonolentos e ele começou a descer por meu corpo chupando pele, costelas, cintura. Deslizei meus braços e pernas ao seu redor, querendo me sufocar na extensão de sua pele. Eu o queria nu por cima de mim, queria seu rosto entre minhas pernas, queria seus dedos por toda a parte.

Suas mãos pareciam calmas e deliberadas: ele estava me provocando. A faísca que se iniciou estava se concentrando debaixo da minha pele como uma lenta queimação. Senti seus beijos em todos os lugares, dando prazer com mãos, boca e palavras; perguntando o que eu gostava como se não tivéssemos feito aquilo inúmeras vezes. Mas eu entendi: era diferente aqui, na minha cama. Tudo se desfez na noite passada, e eu não conseguia enxergar nada além da sensação de finalmente abrir meu coração para ele.

Dezesseis

Olhei para ela na cama, banhada pelo sol da manhã, toda sonolenta com o rosto no travesseiro e o cabelo esparramado ao redor. Meus olhos se moveram por seu corpo, junto à curva dos seios, até as costas, onde o lençol cobria seus quadris.

Existe uma lista de coisas que você aprende sobre uma pessoa na primeira vez que passam uma noite juntos: se ela rouba o cobertor, se ronca, se gosta de dormir abraçada.

Sara gostava de se esparramar: braços e pernas para todo lado, seu corpo todo parecia uma estrela do mar para mim.

Fizemos amor novamente quando o céu começou a se iluminar, com tons de azul, rosa e lilás surgindo no horizonte. Então, ela se deitou por cima de mim, relaxada e sorrindo, e imediatamente caiu no sono de novo.

Então já passava das dez horas e eu percorri meu dedo por seu braço, não querendo acordá-la e certamente não querendo ir embora. Minha câmera ainda estava no criado-mudo e estiquei o braço para pegá-la, sentando cuidadosamente na ponta do colchão enquanto começava a ver as fotos. Tirei centenas na noite passada, algumas de quando se despiu, porém tirei ainda mais quando estava ansiosa e se retorcendo debaixo de mim. Os sons de nossos corpos se movendo juntos e os suaves gritos dela em meio aos cliques ficariam para sempre marcados na minha memória.

Voltei para as fotos do começo da noite e fiquei olhando para sua expressão no momento em que admiti meu amor. Ela me deixou tirar tantas fotos de seu rosto na noite passada; eu me deliciei com a lembrança do momento em que tocou no assunto. Era nossa última regra que ainda não tinha sido quebrada. Sua permissão disse mais do que quaisquer palavras poderiam. Enquanto eu clicava pelas séries, sua expressão passava de desesperada para aliviada e depois para brincalhona numa rápida sucessão.

E as fotos das horas seguintes, em sua cama, pareciam tão íntimas e carnais quanto eu lembrava que tinham sido.

Eu me levantei em silêncio, atravessei o quarto e peguei meu notebook. Levou apenas um instante para iniciar e logo conectei o cartão da câmera. Entrei no meu site favorito de fotografia, de uma pequena e discreta empresa especializada em impressão profissional de fotos. Enviei as imagens de que mais gostei, apaguei os arquivos do notebook e depois removi o cartão e o guardei na minha bolsa.

Com tudo guardado exceto a câmera, eu me inclinei sobre ela e sussurrei em seu ouvido:

– Preciso ir – sua pele se arrepiou e ela se ajeitou na cama. – Tenho que pegar o avião.

Ela murmurou algo, então se espreguiçou e eu fiquei observando seus olhos se abrirem lentamente.

– Não quero que você vá – ela disse, virando para olhar em meu rosto. Sua voz estava rouca e sonolenta, e imediatamente pensei numa centena de coisas que queria dizer a ela.

Ela estava tentadora demais, com olhos ainda cansados e marcas de travesseiro no rosto, mas foram seus seios nus que ganharam minha atenção total. Coloquei as mãos em cada lado de seu rosto e me aproximei.

– Você fica fenomenal pela manhã. Sabia disso?

Corri um polegar pelo seu mamilo e precisei respirar fundo, quase sufocado pela proximidade imediata de seu corpo, parecendo preencher todo o espaço dentro do meu peito.

– É mesmo? – ela sorriu, erguendo uma sobrancelha e tocando meu lábio inferior. Eu queria chupar e morder seu dedo. Sua expressão pareceu acordar de vez e ela me olhou novamente, procurando meus olhos. – A noite passada realmente aconteceu?

– Você quer saber se eu realmente comi você com vontade e basicamente disse que você é minha dona? Sim, aconteceu.

– Mas o que "eu te amo" significa de verdade? É estranho o quanto pode parecer diferente dizer três palavras. Quer dizer, eu já falei antes, mas nunca pareceu algo tão... *grande*, entende? Não sei se antes significou a mesma coisa. Tipo, eu era jovem demais para entender. Isso é loucura? Você deve achar que eu sou maluca. Mas não sou. Acontece que... isso é novidade para mim, eu acho. Honestamente, acho que isso é novidade para mim.

– Eu sei que você está dizendo algo profundo, mas fica difícil eu me concentrar vendo seus peitos assim tão de perto.

Sara revirou os olhos e tentou me empurrar, mas não saí do lugar. Em vez disso, eu me inclinei e a beijei, abafando seu protesto enquanto tentava dar forma a cada sentimento louco e selvagem que eu tinha naquele beijo.

Percebi a aproximação de uma tempestade de verão quando pingos de chuva começaram a atingir as janelas e trovões soaram ao longe. Em algum lugar no fundo da minha mente, pensei brevemente nas ruas molhadas e todo mundo tentando chamar um táxi ao mesmo tempo e o quanto iria demorar para chegar ao aeroporto. Mas, quando ela enlaçou minha coxa com sua perna e me puxou para cima dela, os pensamentos sobre o clima se evaporaram da minha cabeça.

Seus lábios se moveram da minha boca para minha orelha e me fizeram esquecer completamente o motivo que eu tinha para ir embora.

– Estou dolorida de um jeito muito bom – ela disse, arrastando os quadris sobre mim. – Quero mais.

Se ainda tinha algum sangue no meu cérebro, ele escoou totalmente para meu pau.

– Isso provavelmente foi a melhor coisa que alguém já me disse.

Sara empurrou meu peito e eu gemi quando ela me fez deitar de costas.

– Não vá – ela disse, subindo em cima de mim. O lençol caiu de seu corpo e eu agarrei seu torso, com meus polegares raspando a base dos seios. Ela pegou minha câmera e apontou para mim, olhando através da lente. – Quero tirar fotos do seu rostinho bonito no meio das minhas pernas.

– Meu Deus, Sara – eu disse, deixando minha cabeça cair nos travesseiros e meus olhos se fecharem com força. – E eu pensando que você era uma pequena garota ingênua e eu era o grande Lobo Mau.

Ela começou a rir e eu apenas fiquei olhando.

– Eu te amo – eu disse, agarrando sua nuca e trazendo sua boca até a minha. Passei a mão na lateral de seu corpo, sentindo a pele nua, macia e coberta de arrepios.

– Realmente estamos fazendo isso, não é? – ela perguntou, afastando-se apenas o suficiente para olhar em meus olhos.

– Realmente estamos fazendo isso.

– Oficialmente.

– Cem por cento. Jantares, eventos, apresentando você como minha namorada. A coisa toda.

– Acho que gosto para onde isso está indo – ela disse, com o rosto corado. Sara arrastou as unhas em meus cabelos e eu me derreti, virando o corpo para tocá-la. Eu não queria estar em nenhum outro lugar no mundo.

Mas...

Olhei de relance as horas no relógio ao lado.

– Merda. Eu realmente tenho que ir – eu disse, fechando os olhos.

– Certo...

Senti o calor de seus lábios contra minha boca, não se movendo ou fazendo algo em particular, apenas parados num beijo recatado que acentuou as coisas depravadas que fizemos apenas horas antes.

Eu gemi, agarrando minha gravata e jogando-a por cima do ombro. Fiquei de joelhos e olhei para ela enquanto desabotoava minha camisa.

– Mas o seu voo – ela disse, apesar de seguir meu pensamento e começar a abrir meu cinto. Um sorriso maldoso surgiu lentamente em seu rosto.

– Eu pego o próximo.

—

Depois de uma correria no aeroporto JFK – que valeu a pena totalmente – e outras cinco horas voando, eu finalmente cheguei em São Francisco. Consegui dormir apenas duas ou três horas na noite anterior e apenas alguns minutos aqui e ali no avião: agora eu realmente estava sentindo o peso do sono.

Bocejei e tirei minhas malas do compartimento de bagagem, saindo do avião para o terminal e direto para a primeira xícara de café que encontrei.

Era imprudente perder meu avião para ter uma hora a mais com Sara; eu sabia disso mesmo enquanto olhava para ela e transava com ela. Mas nunca tinha sentido nada parecido com isso antes e ainda estava um pouco difícil digerir tudo o que dissemos.

Uma mensagem do Will apareceu enquanto eu esperava minha cafeína.

Alguma foto sexy nova, seu garanhão?

Vai se ferrar. Você nunca teria coragem de usar uma câmera.

Depois de responder, guardei o celular na bolsa. Mais tarde eu ligaria para o Will para contar sobre a reunião e a situação com Sara.

Com um sorriso em meu rosto e meu café finalmente na mão, eu me afastei do balcão e abri a tampa para acrescentar o creme. Senti um toque em meu ombro e me virei.

– Acho que você deixou cair isto – um homem baixinho de cabelo loiro ralo estava atrás de mim, segurando uma carteira preta de couro.

Balancei a cabeça.

– Não é minha, amigo. Desculpe – fiz um gesto em direção a um segurança perto da escada rolante. – Tente um daqueles caras – comecei a me virar e ele segurou meu braço.

– Tem certeza?

– Sim, tenho certeza – eu disse, tirando minha própria carteira e mostrando para ele. – Mas boa sorte em tentar achar o dono. Até.

Ele já estava dando um passo para trás e eu fiquei observando enquanto ele se afastava rapidamente em direção à escada rolante. Depois de já ter perdido tempo demais naquele dia, fechei meu café e me abaixei para pegar minha mala que estava aos meus pés.

Meu coração parou.

A mala havia sumido.

—

– Que tipo de mala era mesmo, senhor? – uma funcionária entediada do aeroporto olhou para mim de trás de um balcão. O crachá em sua camisa apertada dizia que seu nome era Elana June. Ela fez uma bola com seu chiclete enquanto esperava minha resposta.

Olhei para o monitor suspenso na parede atrás dela e vi meu próprio reflexo na tela, certo de que estava em alguma pegadinha da televisão.

– Senhor? – ela perguntou novamente, com um tom ainda mais entediado.

Passei a mão nos cabelos, lembrando a mim mesmo que estrangular aquele pescoço não iria ajudar em nada.

– Era uma mala Hermès. Cinza e marrom.

– O senhor pode identificar todos os pertences de dentro?

Engoli e senti um gosto de bile.

– Meus arquivos. Meu notebook. Meu celular. Merda. Tudo.

Pensei em todas as informações de clientes que perdi, todas as senhas que teriam de ser trocadas imediatamente. Quanto tempo tudo isso levaria e quanto problema poderia causar. E eu nem tinha meu maldito celular para poder ligar para Will.

Ela me passou um formulário e uma caneta presa ao balcão por uma corrente.

– Você parece estar precisando de um tempo. Apenas preencha isso e marque os quadrados necessários.

Peguei a caneta e preenchi meu nome e endereço, marcando os espaços para *notebook*, *celular* e *itens pessoais*. Olhei para o relógio e imaginei se havia um espaço para *sanidade*, pois eu sabia que estava perto de também perder isso totalmente. Estava quase terminando quando vi uma opção que quase me fez vomitar ali mesmo.

Câmera. Eu não trouxe minha câmera, mas tinha guardado o cartão na bolsa, pensando que apagaria assim que tivesse uma oportunidade.

Não existiam palavrões suficientes no mundo.

Olhei para o balcão nojento e notei a superfície envelhecida. Havia uma rachadura cobrindo toda a extensão e pensei que era a metáfora mais irônica de *todos* os tempos.

– Meu cartão de memória – eu disse para ninguém em particular.

– De uma câmera? – Elana June perguntou.

Engoli em seco. Duas vezes.

– Sim. O cartão, com todas as imagens – praguejei e me afastei do balcão, lembrando o que Sara tinha me deixado fazer na noite passada e em como ela havia confiado em mim.

Merda merda merda.

Uma mulher mais velha com cabelo armado se aproximou.

– Sr. Stella? – ela perguntou.

Interrompi minha crise para confirmar e ela continuou.

– Nós olhamos a gravação. Parece que havia duas pessoas. Uma delas o distraiu enquanto o outro pegava a mala. Ele já estava na escada rolante e quase fora do terminal antes de você perceber.

Imaginei se era possível o chão se abrir e me engolir. Fiquei rezando que fosse.

—

Depois de ter feito tudo que era possível no aeroporto, fui de carro para o hotel. Sem tempo para substituir meu celular antes da reunião, liguei para o serviço de informações e pedi uma ligação para meu escritório. Will não estava lá, mas sua assistente me assegurou que mudaria minhas senhas pessoalmente e explicaria tudo ao Will assim que fosse possível. Depois de prometer uma dúzia de rosas e um aumento, desliguei e sentei na cama, encarando o telefone enquanto decidia se contaria para Sara.

Aceitando que não haveria um jeito fácil de escapar, liguei para o serviço de informações novamente e pedi uma ligação para o escritório de Sara.

George atendeu e fechei os olhos. Eu até gostava do cara, mas não estava a fim de lidar com ele hoje.

– Escritório de Sara Dillon – ele disse.

– A srta. Dillon, por favor.

Ele fez uma pausa longa o suficiente para se tornar constrangedora, até que disse:

– E boa tarde para o senhor também, sr. Stella. Um momento, por favor.

Ouvi um clique quando fui conectado e esperei que ela atendesse. Três chamadas depois, ela atendeu.

– Aqui é Sara Dillon – ela disse. Senti um calor se espalhar em meu peito.

– Oi.

– Max? Não reconheci o número.

– Então. Estou ligando do hotel. Você está bem? Parece que está um pouco estressada.

– Pois é, tenho uma pilha gigantesca de pesquisa de preços na minha mesa. Eu deveria ter chegado ao trabalho antes do almoço, mas não posso dizer que me arrependo da minha manhã preguiçosa.

Ela fez uma pausa e eu fechei os olhos novamente, lembrando de seu rosto quando gozou na última vez.

– Como foi seu voo?

– Bom. Longo – eu disse. Fiquei de pé e andei até onde o fio do telefone permitia. Olhei pela janela e vi as pessoas lá em baixo perambulando completamente perdidas em seus próprios mundos. – Estou com saudades de você.

Ouvi quando ela se levantou e fechou a porta antes de sentar de novo.

– Eu também.

– Você conseguiu dormir?

– Um pouco – ela riu. – Alguém me cansou bastante.

– Deve ter sido um sortudo.

Ela gemeu com satisfação e eu tentei imaginar o que estava fazendo, o que estava vestindo. Decidi que usava uma saia, sem calcinha, e botas de cano longo.

Péssima ideia, Max. Ela está do outro lado do país e agora você está duro.

– Você vai ficar fora a semana inteira? – ela perguntou.

– Sim. Volto na sexta-feira de tarde. Você vai passar a noite comigo?

– Com certeza.

Respirei fundo, lembrando a mim mesmo que não tinha motivo algum para ficar preocupado. Provavelmente o ladrão iria apenas pegar meu telefone e notebook para vender.

– Então, minha mala foi roubada no aeroporto.

– O quê? – ela quase engasgou. – Isso é terrível! Quem faz uma coisa dessas?

– Filhos da puta.

– Qual mala? A que tinha suas roupas?

– Não, minha mala de mão – respirei fundo de novo. – Meu notebook, meu celular. Já mandei mudar as senhas de tudo relacionado ao trabalho, mas, Sara... o cartão de memória que usei à noite estava lá e eu ainda não tinha apagado tudo. No meu celular também.

– Certo – ela disse, suspirando. – Certo – ouvi o som de couro e pude imaginar ela ficando de pé e andando pela sala. – Presumo que o ladrão não foi preso.

– Não... Eram apenas dois malditos moleques, pelo que eu pude perceber.

Alguns instantes de silêncio preencheram a ligação, e lembrei do porquê eu sou péssimo com telefonemas. Eu queria vê-la, estudar sua expressão e avaliar se ela parecia preocupada ou aliviada.

– Bom, provavelmente eles apenas estavam atrás de um dinheiro fácil, não é? – ela finalmente disse. – Provavelmente vão penhorar o notebook e o celular e jogar fora o cartão. Até onde podemos supor, eles já devem ter apagado tudo e o cartão já está dentro de alguma lixeira.

Encostei minha testa na janela e suspirei, com minha respiração formando uma nuvem de condensação no vidro.

- Meu Deus, eu te amo. Eu estava completamente neurótico sobre como você iria reagir.

- Apenas volte logo para podermos tirar mais fotos, certo?

Sorri ao telefone.

- Combinado.

—

A exposição de arte no sábado e a conferência no domingo foram completamente insanas. Encontrei vários clientes pessoalmente com quem tinha conversado por meses apenas pelo telefone, e aceitei participar de algumas reuniões em Nova York para discutir possíveis investimentos. O ritmo do fim de semana manteve minha mente afastada do fato de que eu não tinha nenhuma foto de Sara para me distrair.

Na segunda-feira, eu acordei num dia de céu cinzento com croissants e café do serviço de quarto. Por mais estranho que fosse admitir, eu até que aproveitei esse desligamento forçado causado pelo roubo da minha mala. Consegui um novo celular naquela manhã, e passaria bem o resto da semana sem um notebook; e, com exceção das fotos perdidas, foi bom me desligar um pouco das constantes ligações de trabalho.

Então notei que, ao lado da minha cama, uma luz vermelha piscava no telefone do quarto. Será que eu tinha perdido uma ligação?

Checando o aparelho, percebi que o som estava desligado. Peguei o fone e apertei o botão do correio de voz.

A voz séria de Will surgiu do outro lado da linha:

- Max. Veja o *New York Post* e depois me ligue assim que possível. Temos vários incêndios para apagar por aqui.

Dezessete

A segunda-feira chegou desabando com outra tempestade de verão e um céu tão azul-esverdeado que até parecia que o oceano tinha tomado o lugar das nuvens. Corri, debaixo de um guarda-chuva, até a estação de metrô e quase perdi meu trem das 7h32.

Por um milagre, havia um assento vazio, onde sentei, guardei meu guarda-chuva e fechei os olhos para pensar em tudo que precisava fazer hoje. Pesquisa de preços, algumas reuniões antes do almoço, depois uma reunião com minha equipe.

Quando olhei para cima e vi de relance o jornal que uma mulher ao lado estava lendo, todos esses planos foram por água abaixo.

Olhando para mim no meio da coluna social, havia uma foto de Max ao lado da manchete: "As várias amantes de Mad Max".

– *Como é?* – me levantei involuntariamente e me aproximei para ler o artigo, sem me importar se estava invadindo o espaço pessoal da mulher. – Posso ler isso? – perguntei, e a mulher me entregou o jornal, provavelmente pensando que eu era louca.

Li o mais rápido que pude.

> Max Stella é um amante das artes e de mulheres bonitas. E não é surpresa para ninguém que seu "segredo" é sua inclinação por combinar esses hobbies: fotografar a si mesmo em suas aventuras semanais. Flagrado apenas há uma semana com uma linda loira num bar, novas fotos vazaram de Max devorando uma igualmente deliciosa morena. Enquanto a maioria das fotos é, digamos, ***picante*** demais para publicação, uma

foto do rosto da mulher a identifica claramente como sendo a atriz Maria de la Cruz. A foto da "parceira" do investidor foi tirada apenas dias atrás, como mostra a data do arquivo.

Vamos lá, Max. Apenas nos dê logo um vídeo de sexo para acabarmos com isso, certo?

Depois de ler pela décima vez, o trem parou e eu saí correndo, tropeçando pelo caminho e andando transtornada pelas ruas.

Depois de andar os últimos quarteirões até nosso prédio, não fiquei nem um pouco surpresa de encontrar Chloe me esperando de pé dentro da minha sala.

Com as mãos trêmulas, eu levantei o jornal.

– Preciso que você me explique o que estou vendo aqui. Isso é apenas fofoca? Quem é essa mulher?

Ela deu um passo em direção a mim e me entregou seu celular. A tela mostrava o site *Celebritini*, que aparentemente foi quem deu o furo. No topo da página, havia uma foto que eu já tinha visto algumas semanas atrás, na cobertura do prédio de Max. Era uma foto dos meus quadris, com sua mão aberta sobre minha pele.

Ao lado da foto do obviamente meu corpo nu havia outra foto do rosto de uma mulher. Ela tinha cabelos escuros e não dava para ver a cor de seus olhos, pois sua cabeça estava caída para trás e os olhos fechados. Na parte de baixo, havia um pedaço do cabelo do homem cujo rosto estava pressionado contra o pescoço dela.

Ela estava muito provavelmente tendo um *orgasmo*.

– Esta foto estava no celular dele – li rapidamente o artigo que falava de quantas mulheres o Max tinha fotografado. – Aparentemente havia muitas fotos de outras mulheres.

Chloe pegou uma tesoura em minha mesa.

– Volto daqui a pouco. Tenho que cortar um par de bolas.

– Ele está fora da cidade.

Ela parou e respirou fundo.

– Bom, pelo menos isso vai impedir que eu seja presa.

– O que Bennett disse?

Chloe desabou no meu sofá.

– Ele disse que deveríamos tentar ser cautelosas. Disse que não sabemos a história inteira. Que a impressa publica muitas mentiras. E lembrou que eu pensava que ele estava transando com todo mundo no escritório antes de ficarmos juntos.

Apontei para a foto de sua *atriz espanhola.*

– O artigo diz que esta é a foto mais recente e que existem muitas outras. E a minha foto foi tirada há poucas semanas. Então ele ficou com ela nesse meio-tempo.

Chloe não respondeu. Fiquei olhando para a parede e considerei dar um soco, então quase ri pensando nessa imagem. Max poderia quebrar a parede com um soco. Eu não deixaria nem uma marca e provavelmente quebraria a mão.

– Estou cansada de me sentir uma idiota.

– Então não se sinta. Dê um chute no traseiro dele.

– Essa é exatamente a razão porque eu não queria me envolver com ninguém. Pois estou sempre vendo o melhor das pessoas e acabo sempre me frustrando quando a verdade vem à tona.

Chloe continuou em silêncio, apenas me observando do outro lado da sala. Max nem tinha um celular ou notebook. Eu não podia simplesmente ligar para descobrir qualquer coisa.

E nem sabia se queria. Peguei meu celular e o desliguei.

– O que temos na agenda hoje? – apertei a barra de espaço no meu computador para sair da proteção de tela e olhei meus compromissos. Então, voltei a olhar para Chloe.

Ela esticou o braço e desligou meu monitor.

– Nada urgente. George? Cancele tudo e arrume suas coisas. Vamos sair para beber.

Ao meio-dia eu já estava bêbada, animada com a jukebox do bar que escolhemos no Queens, e ainda mais animada com o dono do bar, que gostava de músicas dos anos oitenta tanto quanto eu. Era um dos prazeres da minha mãe, e tocar "Twisted Sister" várias vezes de alguma maneira fez com que eu me sentisse em casa.

– Ele foi brilhante na cama – murmurei por cima do meu copo. – Bom – corrigi, levantando a mão –, pelo menos na única noite que transamos numa cama. Minha cama. E naquela cama ele foi *brilhante*. Acho que transamos umas sete mil vezes naquela noite.

– Vocês transaram numa cama só uma vez? – George perguntou, de pé ao lado de uma mesa de sinuca e segurando um taco para se apoiar.

Chloe suspirou alto e o ignorou, jogando alguns amendoins altamente suspeitos na boca:

– Odeio ver que você sente que precisa desistir disso tudo. Nada é melhor para manter uma relação do que sexo fantástico. Ah, e honestidade. Quer dizer, isso é importante também – ela coçou o queixo e acrescentou: – E, tipo, ter diversão juntos. Quer dizer, sexo, honestidade e diversão. É, aí está o segredo do sucesso.

– Nós tínhamos o sexo e a diversão.

Chloe parecia que estava a caminho da terra do sono eterno.

– Bennett também é maravilhoso na cama – ela murmurou.

– Minha completa falta de atividade sexual também é fantástica – George resmungou. – Obrigado por perguntar. As mulheres realmente falam só de sexo o tempo todo desse jeito?

Chloe disse "Sim" ao mesmo tempo em que eu disse "Na verdade, não".

Depois mudei de ideia e disse "Talvez", bem quando ela disse "Pelo visto, não".

Caímos uma na outra rindo, mas minha risada rapidamente se dissolveu quando um homem alto entrou no bar. Eu me ajeitei, com o coração na mão. Ele tinha ombros largos, a mesma cor de cabelo...

Mas não era Max.

Meu peito parecia pequeno demais para tudo que havia dentro dele.

– Ai – gemi, esfregando o coração. – Da última vez, eu estava tão além da tristeza que apenas me sentia brava. Mas, agora, sinto *dor.*

Chloe jogou um braço ao redor dos meus ombros.

– Homens são uns estúpidos.

Seu celular tocou e ela atendeu com apenas um toque.

– Estou num bar – fez uma pausa, escutou, depois disse: – Pois é, estamos bebendo no meio do dia... Ela está triste e eu quero castrar ele... eu sei. Eu vou... prometo. Não vou vomitar no tapete novo, calma. Vejo você depois – ela terminou a ligação e mostrou o dedo do meio para o celular. – Ele é tão mandão.

E então ela se apoiou em mim.

– Você merece um cara como Bennett.

George se inclinou e nos olhou de um jeito estranho antes de balançar a cabeça.

– Vocês duas já estão acabadas. Amanhã à noite vamos animar a Sara ao estilo gay.

Na noite de terça-feira, George nos levou para um bar gay, lotado de uma parede a outra, com música no último volume. Era exatamente o tipo de lugar que eu gostaria que ele me levasse em tempos mais felizes, mas agora apenas me lembrava do quanto eu estava infeliz. E a verdade era que eu realmente não estava a fim de sair para me divertir. Eu não queria estar no meio da pegação de um monte de homens. Eu queria apenas encontrar uma maneira de acelerar o tempo e chegar ao ponto onde Max não importava mais.

O que me assustou mais foi que quase não tive tempo de parar de *amar* Andy, pois tinha conhecido Max apenas uma semana depois. Mas suspeitava agora que levaria bem mais tempo para esquecer desta vez.

Por fim, liguei meu celular apenas na quinta-feira de manhã e encontrei dezessete chamadas perdidas de Max, mas ele não deixou nenhuma mensagem de voz. Enviou quase vinte mensagens de texto na segunda e terça-feira que diziam:

Ligue para mim.

Sara, eu vi o Post. Ligue para mim.

Havia outras variações do mesmo tema: ligue, envie mensagem, confirme que recebeu etc. E, bem quando eu estava para ligar, vi a última mensagem que acionou uma barreira instintiva ao redor do meu coração.

Sara, eu sei que parece realmente ruim. Mas não é o que você está pensando.

Ah, perfeito. Quantas vezes ouvi *isso* na minha antiga vida? Acontece que, se alguém precisa dizer isso, quase sempre acaba sendo exatamente o que você estava pensando. Levei uma eternidade para aprender essa lição, e não seria um aprendizado que eu simplesmente apagaria da minha mente.

Desliguei o celular novamente, desta vez determinada a deixar assim.

Max voltou na sexta-feira, eu sabia disso, mas mesmo assim não liguei. Ele não foi me ver em meu escritório, e, quando liguei novamente meu celular alguns dias depois de checar as mensagens de texto, percebi que ele havia desistido de me ligar.

O que era pior? O clichê de sua insistência em dizer que eu tinha interpretado errado? Ou seu silêncio?

Será que eu estava mesmo sendo justa? Odiava essa indefinição, onde a raiva se encontra com a incerteza. Vivi nessa situação por tanto tempo com Andy, sempre sentindo que algo estava acontecendo pelas minhas costas, mas nunca sabendo com certeza. Eu estava no meio de uma horrível batalha entre um sentimento de culpa e ter certeza que ele estava me traindo.

Mas agora minha angústia era muito pior. Pois, desta vez, eu realmente pensei que Max era um homem que valeria a pena conhecer. Em comparação, percebi que nunca senti isso em relação ao Andy. Talvez eu apenas quisesse *transformar* ele num homem que valesse a pena.

Qual era a história com a outra mulher? Será que era alguém com quem ele tinha ficado uma vez antes da nossa relação ficar mais séria? Será que eu poderia realmente condená-lo, mesmo depois de combinarmos nossa monogamia? Mas quando a foto foi tirada? Será que foi realmente apenas dias antes de passarmos a noite em meu apartamento?

– Sarinha. Eu posso praticamente ouvir você pensando aí dentro – George chamou de sua mesa. – Seus pensamentos estão estridentes e cada vez mais histéricos. Já está na hora de se acalmar um pouco. Guardei um cantil na sua gaveta. É rosa e cheio de brilhantes, mas não se apegue demais. Estou apenas emprestando.

Abri a gaveta.

– O que tem dentro?

– Uísque.

Fechei a gaveta com força e soltei um grunhido.

– Nem pensar. Isso é a marca registrada de Max Stella.

– Eu sei disso.

Olhei para a parede, querendo que ele sentisse sua nuca queimando com meu olhar.

– Você é um cretino.

– Você não ligou para ele, não é?

– Não. Eu deveria? – passei a mão no rosto. – Não responda. Ele está explorando o menu espanhol. É claro que eu não deveria ligar.

Eu me levantei e fechei a porta, mas, quando me sentei de novo, alguém bateu de leve três vezes.

– Você pode entrar, George – resmunguei. – Mas não vou beber uísque.

Bennett entrou em minha sala, preenchendo o espaço como apenas Bennett Ryan conseguia. Eu me ajeitei na cadeira e olhei para minha mesa procurando instintivamente algum trabalho.

– Oi, Bennett. Eu estava totalmente brincando sobre o uísque. Imagina, nunca bebi no trabalho.

Ele sorriu.

– Eu não a culparia se bebesse.

– Certo... – eu disse, imaginando o que ele estava fazendo ali. Nós raramente tínhamos motivos para interagir no trabalho.

Ele estudou minha expressão por um tempo antes de dizer:

– Em Chicago, quando eu atingi o fundo do poço, você entrou na minha sala e gritou comigo.

– Ah.

Ah, merda.

– Você me deu perspectiva e insinuou que meus sentimentos não eram surpresa para ninguém. Deixou claro que todos sabiam que eu era duro com ela porque a respeitava mais do que qualquer um.

Sorri quando percebi que ele não tinha vindo me dar bronca.

– Eu lembro. Vocês dois estavam completamente deprimidos.

– Estou aqui para devolver o favor. Conheço o Max há muito tempo – Bennett sentou na cadeira do outro lado da minha mesa. – Ele sempre teve um lado playboy. Nunca se apaixonou, eu acho. Até você aparecer – acrescentou, erguendo uma sobrancelha. Eu sabia que não importava há quanto tempo eu conhecesse Bennett, eu sempre me sentiria intimidada por ele, especialmente quando mexia a sobrancelha. – Ele não me contou o que está acontecendo, mesmo quando eu quebrei minha regra de não me envolver e acabei perguntando, mas Max respondeu que você ainda não falou com ele. E, pelo que soube do Will, ele não está bem. Se você realmente teve sentimentos por ele, então você tem obrigação de pelo menos dar uma chance para ele se explicar.

Soltei um gemido.

– Às vezes acho que você está certo, mas então lembro que ele é um babaca.

– Olha, Sara. A maneira como Andy tratou você era inconcebível. Todos enxergavam isso e me arrependo de não ter defendido você. Mas agora você tem a opção de decidir como vai usar isso para amadurecer. Se for pensar que todos os homens são iguais a ele, então você não merece o Max. Ele não é um cara desses.

Ele ficou me observando por um tempo e eu não sabia como responder. Mas a maneira como meu coração se apertou ao ouvir que eu não merecia o Max foi uma indicação de que Bennett estava certo.

E que eu precisava encontrar um vestido para o evento em seu apartamento.

Chloe e Bennett foram me buscar de carro, e, quando ele abriu a porta, eu tomei um segundo para apreciar a visão de Bennett vestindo smoking. Honestamente, aquele homem era tão lindo que até parecia um pouco injusto. Já dentro do carro, Chloe brilhava ao seu lado num vestido longo cheio de pérolas. Ela revirou os olhos quando ele sussurrou algo em seu ouvido e, depois, respondeu:

– Você é um cachorro.

Ele riu em silêncio e beijou seu pescoço.

– É por isso que você me ama.

Eu adorava ver os dois tão felizes, e não era cínica o bastante para pensar que não existia alguém assim para mim. Mas percebi, ao olhar para meu próprio vestido, que tinha passado mais de uma hora me arrumando para o evento. E realmente queria que o meu alguém fosse o Max.

Virei o rosto e olhei pela janela, tentando não lembrar da última vez que estive em seu prédio e como me senti segura com ele debaixo do chuveiro. Então senti uma mistura de horror e alívio quando chegamos, pois o porteiro se lembrou de mim e sorriu.

– Boa noite, srta. Dillon – ele nos acompanhou até o elevador e apertou o botão da cobertura antes de se afastar e nos deixar sozinhos. – Divirtam-se.

Eu agradeci enquanto as portas se fechavam, e senti como se fosse desmaiar.

– Estou realmente com medo de ter um ataque do coração – sussurrei. – Alguém pode me lembrar o que estou fazendo aqui?

– Respire – Chloe sussurrou de volta.

Bennett se ajeitou e olhou para mim.

– Você está aqui para mostrar o quanto é linda e mostrar que está muito bem sem ele. Se isso for a única coisa que acontecer hoje, já estará de bom tamanho.

Fiquei tão encantada com as palavras de Bennett que até esqueci de me preparar para ver a sala de estar de Max. Quando as portas do elevador se abriram, a visão de seu apartamento me acertou como um soco no peito e até dei alguns passos para trás.

A seção que foi reproduzida no clube do Johnny era uma parte minúscula da sala – uma pequena área que ficava num canto e obviamente feita para pequenas reuniões. Mas, para mim, aquilo parecia um farol. Mesmo com o vasto espaço aberto e o que pareciam quilômetros de chão de mármore entre eu e aquela memória, eu mal conseguia desviar os olhos. Alguns homens estavam por lá, bebericando e olhando pela janela. De alguma maneira aquilo parecia invasivo, como se estivessem do lado errado do vidro.

Sem perder tempo, Chloe enlaçou meu braço e me puxou quando um senhor alto nos acompanhou pelo saguão de entrada até a sala de estar.

– Você está bem? – Chloe perguntou.

– Não sei se isso foi uma boa ideia.

Ouvi quando ela suspendeu a respiração e disse:

– Na verdade, você pode estar certa.

Levantei o olhar e segui sua atenção através da sala para onde Max tinha acabado de entrar, logo atrás de Will.

Ele vestia smoking, parecido com o que usou no baile do museu algumas semanas antes. Mas, nesse dia, o colete debaixo do casaco era branco e seus olhos estavam vazios. Sua boca sorria cumprimentando todos ao redor. Mas o sorriso desta vez não se espalhava até os olhos.

Havia talvez centenas de outras pessoas observando suas obras de arte, indo até a cozinha em busca de vinho, ou de pé no centro da sala, conversando. Mas eu me sentia congelada perto da parede.

Por que escolhi um vestido vermelho? Eu estava me sentindo uma sirene no meio dos outros convidados que vestiam basicamente cores neutras. O que eu pensava que ganharia com isso? Por acaso eu queria que ele me visse?

Se queria ou não, isso não importou, pois ele não me viu. Ao menos, foi o que pareceu. Max andava pela sala, conversava com os convidados, agradecendo a presença de todos. Tentei fingir que não estava observando cada movimento que ele fazia, mas era uma causa perdida.

Eu estava com saudades dele.

Não tinha certeza de como me sentia, o que era real e o que não era. Não sabia o que realmente fomos um para o outro.

– Sara.

Eu me virei ao ouvir a voz grave de Will.

– Oi, Will – odiei vê-lo tão sério. Eu raramente via Max ou Will sem um sorriso no rosto. Isso parecia totalmente errado.

Ele estudou minha reação por um instante, depois murmurou:

– Ele sabe que você está aqui?

Olhei para onde Max estava falando com duas senhoras.

– Não sei.

– Você quer que eu avise?

Balancei a cabeça negando e ele suspirou.

– Ele tem sido um cretino muito inútil nos últimos dias. Estou contente por você ter vindo.

Rindo um pouco, eu admiti:

– Ainda não sei se foi uma boa ideia.

– Sinto muito por tudo que aconteceu – ele disse suavemente.

Olhei em seus olhos.

– Você não precisa se desculpar pelas indiscrições do Max.

Ele ergueu a sobrancelha e balançou a cabeça uma vez.

– Ele não te contou?

Meu coração afundou e imediatamente começou a bater mais forte.

– Contou o quê?

Mas ele deu um passo para trás, aparentemente desistindo de dizer qualquer coisa.

– Ah, você realmente não falou com ele ainda.

Franzi a testa e ele olhou por cima do meu ombro, para onde Max estava. Will pousou a mão em meu ombro.

– Não vá embora antes de falar com ele, certo?

Concordei e olhei de novo para Max, que estava conversando com uma bela morena. Ela tocava seu braço e ria de algo que ele disse. E ria de um jeito muito exagerado.

Quando virei de volta, Will já tinha sumido.

Senti uma repentina falta de ar e procurei o corredor mais próximo, onde não houvesse garçons com bandejas de comida ou convidados socializando. Encontrei um largo corredor cheio de portas fechadas. Entre eles, havia lindas fotografias de árvores, neve, lábios, mãos e costas.

Para onde eu estava indo? Haveria ainda mais coisas sobre o Max para eu descobrir? Será que eu encontraria um quarto cheio de coisas de mulher? Será que a razão para ele sempre ter aceitado tão bem minha exigência de ficar longe de seu apartamento era o fato de que isso o permitia ter privacidade com outra pessoa?

Por que diabos eu estava ali, afinal de contas?

Ouvindo passos se aproximando, eu rapidamente me escondi num quarto no fim do corredor.

Dentro, longe das pessoas, o silêncio era tanto que eu podia ouvir minha própria pulsação batendo em meu ouvido.

E então, olhei ao redor.

Era um quarto enorme, com uma grande cama no centro. No criado-mudo, onde estava o único abajur aceso, havia uma foto minha num porta-retratos.

Na foto, eu estava de pé encarando a câmera, com meus dedos em cima dos botões da camisa e os lábios separados. Olhei para aquilo sentindo surpresa e alívio ao mesmo tempo.

Eu sabia exatamente que foto era aquela. Ele tinha acabado de dizer que me amava.

Virei e olhei a parede atrás de mim. Havia mais fotos: minhas costas enquanto eu desabotoava o sutiã. Meu rosto sorridente olhando para baixo e desabotoando a saia. Meu rosto olhando para ele debaixo do sol da manhã.

Comecei a andar cambaleando, querendo escapar da percepção de que eu tinha estragado tudo. De que havia mais coisas ali para eu entender. Mas, quando passei por outra porta, eu me deparei com um grande closet e, se ainda era possível, tudo piorou.

O lugar estava explodindo com intimidade. Havia provavelmente trinta fotos de nós dois, todas em preto e branco, de diferentes tamanhos, artisticamente penduradas na parede.

Algumas eram recatadas e simplesmente lindas. A imagem de seus lábios pressionados no topo do meu pé. Seu polegar em cima de um pequeno espaço de pele enquanto levantava minha camisa.

Algumas eram eróticas, mas discretas, sugerindo momentos onde nos perdíamos um no outro, mas sem mostrar demais. Meus dentes mordendo sua orelha, onde apenas minha boca e queixo eram visíveis, mas meu estado de clímax era claro. Minha barriga debaixo de seu corpo. Minhas unhas se enterrando em seus ombros, minhas coxas levantadas para o alto.

Outras fotos eram totalmente depravadas. Minha mão agarrando seu pau duro. Seu corpo desfocado e contorcido por trás de mim.

Mas aquela que me fez congelar ali mesmo era uma foto tirada na noite em que transamos em meu apartamento. Eu nem tinha percebido que Max tinha programado o timer, com a câmera em cima do meu criado-mudo. Na foto, Max estava por cima, com os quadris flexionados enquanto me penetrava. Uma das minhas pernas enlaçava sua coxa. Ele se apoiava nos braços e se abaixava para me beijar. Nossos olhos estavam fechados, mas os rostos não mostravam qualquer tensão.

Aquilo era nossa essência, capturada numa única e perfeita imagem de nós dois fazendo amor.

E, ao lado, havia mais uma foto de seus lábios abertos em meu seio, com seus olhos focados em meu rosto mostrando uma completa adoração.

– Oh, meu Deus – sussurrei.

– Ninguém pode entrar aqui.

Pulei de susto, pressionando meu peito ao ouvir sua voz. Fechando os olhos, perguntei:

– Nem mesmo eu?

– *Principalmente* você.

Eu me virei para olhar em seu rosto, mas isso foi um erro. Eu deveria ter respirado fundo e me preparado para encarar sua imagem de perto: todo arrumado e incrivelmente lindo.

Mas, por dentro, ele parecia vazio. Linhas escuras circulavam seus olhos, que não sorriam. Os lábios estavam duros e pálidos.

– Estava difícil ficar lá fora – admiti. – A sala, o sofá...

Ele olhou para mim com olhos endurecidos.

– Foi difícil para mim também quando voltei para casa depois de São Francisco, sabe? Pensei em jogar fora toda a mobília.

Nós caímos num pesado silêncio até que ele finalmente desviou o olhar. Eu não sabia por onde começar. Tive que me lembrar que seu celular tinha fotos de outras mulheres, algumas mais recentes do que as minhas. Mas ali, naquele quarto, ele parecia mais machucado do que eu.

– Não entendo o que está acontecendo agora – admiti.

– Eu não preciso que minha humilhação seja jogada na minha cara desse jeito – ele disse, fazendo um gesto para as fotos. – Acredite em mim, Sara, eu já me sinto bastante patético sem você vir até aqui sem ser convidada – ele olhou para a foto onde meus lábios beijavam sua cintura. – Fiz um acordo comigo mesmo. Iria deixar as fotos penduradas por duas semanas, e depois tiraria.

– Max...

– Você disse que me *amava* – seu exterior calmo se partiu levemente; nunca o vi tão bravo antes.

Eu não sabia o que dizer. Ele usou o verbo no passado. Mas nada parecia tão presente quanto meus sentimentos por ele, principalmente naquele quarto, cercada pela evidência daquilo que nos tornamos naquela noite.

– Você tinha fotos de outra mu...

– Mas se você me amasse da mesma maneira que eu te amo – ele me interrompeu, – teria dado uma chance para eu explicar o que você viu no *Post*.

– Mas quando explicações são necessárias, geralmente já é tarde demais.

– Você deixou isso bem claro. Mas por que presume que eu fiz algo errado? Por acaso eu já menti para você alguma vez? Eu *confiei* em você. E você presume que eu nunca me machuquei e que a confiança vem fácil para mim. Você fica ocupada demais protegendo seu coração para perceber que talvez eu não seja o filho da mãe que todos esperam que eu seja.

Qualquer resposta que eu pudesse dar se dissipou quando ele disse isso. Max estava certo. Depois do que me contou sobre Cecily e sua vida romântica depois dela, eu presumi que *tinha sido* fácil para ele, e também pensei que ele não tinha experiência com o lado difícil do amor.

– Você poderia ter me deixado explicar – ele disse.

– Estou aqui. Então me explique agora.

Seu rosto ficou ainda mais fechado, mas concordou.

– A pessoa que roubou minha mala vendeu as fotos como se fossem dela. Os idiotas do *Celebritini* encontraram cento e noventa e oito fotos suas. Estavam no meu cartão, no meu celular e num pen drive. Se tivessem descoberto a senha do meu laptop, teriam encontrado outras duzentas fotos. Mas, mesmo assim, eles decidiram publicar uma foto dos seus quadris e a foto de uma mulher que eu nunca vi antes.

Senti minhas sobrancelhas se curvarem sem entender; meu coração batia desesperadamente em meu peito.

– Você quer dizer que eles simplesmente colocaram lá no site? A foto não era sua?

– A foto *estava* no meu celular – ele disse, olhando de volta para mim. – Mas eu não sei quem ela é. Era uma foto que o Will tinha me enviado naquela manhã, um pouco antes da minha mala ter sido roubada. Era de uma mulher com quem ele ficou algumas vezes, vários anos atrás.

Balancei a cabeça, ainda sem entender.

– Por que ele enviaria isso?

– Eu contei a ele sobre as fotos artísticas que tirei de você e como tudo isso era novo para mim. E, como sempre, ele fez piada dizendo que obviamente já tinha feito isso antes. Tirar fotografias de amantes, fotografias artísticas. Era uma piada entre melhores amigos. Ele estava tirando sarro de mim. Percebeu que eu estava sendo sincero e amava você de verdade – Max deu um passo para trás e se encostou na parede. – E estava fazendo piada sobre isso no dia anterior à viagem. Ele perguntou se eu tinha enchido meu celular com pornô da Sara. E enviou aquela foto só porque estava sendo um cretino e tirando sarro. Mas não podia ter sido numa hora pior.

– O artigo dizia que havia fotos de várias mulheres.

– Foi uma mentira.

– Por que você não me disse isso? Por que não deixou uma mensagem de voz ou de texto falando a verdade?

– Bom, primeiro porque achei que iríamos conversar cara a cara como dois adultos. Foi preciso muita confiança para tudo o que fizemos juntos, Sara. Pensei que eu já tinha superado as dúvidas com você. Mas, além disso – ele passou a mão nos cabelos e praguejou –, eu teria que admitir que contei ao Will sobre você deixar eu tirar as fotos. Teria que admitir que traí nosso segredo. Teria que revelar que ele me enviou uma foto privada de uma mulher que confiou nele. Deixei meus advogados lidarem com o controle de danos, mas, honestamente, isso tudo nos fez parecer dois idiotas.

– Não tanto quanto ver a foto dela nos jornais.

– Mas você não vê que isso era exatamente o que eles queriam? Uma história sobre eu e minhas várias mulheres? Eles encontraram centenas de fotos de nós dois, mas decidiram mostrar apenas uma? E tinha *uma* imagem de outra mulher e pronto! Agora eles têm uma história. Eu disse a você que não estava saindo com mais ninguém; por que isso não foi suficiente?

– Porque estou acostumada com homens que dizem uma coisa e fazem outra.

– Mas você esperava que eu fosse diferente – ele disse, com os olhos procurando os meus. – Caso contrário, por que admitiria que me ama? Por que me daria uma noite como aquela?

– Acho que quando as fotos saíram no jornal... pensei que a noite não tinha significado tanto para você quanto para mim.

– Isso é besteira. Você estava lá também. Está olhando agora mesmo para as fotos. Você sabe exatamente o que aquilo significou para mim.

Estendi a mão para ele, mas reconsiderei. Max parecia realmente bravo, e minha frustração comigo mesma, com ele e com toda a situação simplesmente *explodiu*. Eu ainda lembrava da facada no coração que senti quando vi a foto da outra mulher.

– *O que eu deveria pensar?* Parecia razoável que você estivesse me traindo. Tudo entre a gente sempre pareceu tão fácil para você.

– Porque *foi* fácil. Me apaixonar perdidamente por você foi algo *realmente fácil*. E não é assim que deve acontecer? Só porque não tive meu coração despedaçado nos últimos anos não significa que sou incapaz de me apaixonar. Merda, Sara! Passei as últimas duas semanas no fundo do poço. Completamente destruído.

Pressionei a mão em minha barriga, como se tivesse que fisicamente me manter inteira.

– Eu também.

Ele suspirou, olhou para o chão e não disse mais nada. Em meu peito, meu coração se apertava cada vez mais.

– Eu quero ficar com você – eu disse.

Ele assentiu uma vez, mas não tirou os olhos do chão e nem respondeu.

Eu dei um passo para frente, fiquei na ponta dos pés e fui beijar seu rosto, mas cheguei apenas até o queixo, pois ele continuou parado como uma estátua.

– Max, eu sinto sua falta – admiti. – Sei que tirei conclusões precipitadas. Acontece que... eu pensei... – parei de falar, odiando a maneira como ele se mantinha parado.

Sem olhar para trás, saí do closet, atravessei seu quarto e voltei para a festa.

– Quero ir para casa – eu disse para Chloe, assim que consegui, quase discretamente, puxá-la de uma conversa com Bennett e Will.

Os dois homens nos observaram da maneira óbvia como os homens fazem quando nem tentam esconder o que estão fazendo. Estávamos na parte da sala que parecia exatamente igual ao quarto no clube. As memórias lançaram pontadas de dor em meu peito. Eu queria tirar o vestido, lavar o rosto e mergulhar numa banheira cheia de sorvete.

– Pode nos dar uns vinte minutos? – ela perguntou, tentando olhar em meus olhos. – Ou você precisa ir embora agora mesmo?

Eu gemi, olhando ao redor da sala. Max ainda não tinha saído de seu quarto e eu não queria mais estar na festa quando saísse. Certamente não queria estar de pé exatamente onde eu estava, lembrando de como ele foi amoroso comigo no clube de Johnny e em cada segundo depois disso. Eu me sentia horrorizada, confusa e, acima de tudo, loucamente apaixonada por ele. A lembrança da maneira como ele exibiu a beleza de nossas fotografias ainda pulsava como um eco vívido em minha mente.

– Acabei de ter a conversa mais constrangedora possível com Max. Eu me sinto uma estúpida e ele está agindo com muita frieza, e tem todo o direito porque eu sou uma idiota e quero ir embora. Vou chamar um táxi lá fora.

Will colocou a mão em meu braço.

– Não vá embora ainda.

Não pude deixar de lançar um olhar de ódio para cima dele.

– Você também é um idiota, Will. Não posso acreditar que fez aquilo. Eu mataria o Max se ele enviasse uma foto minha para você.

Ele concordou, mostrando-se arrependido.

– Eu sei.

Minha atenção se voltou para o corredor que dava para o quarto de Max. Ele tinha saído de lá sem que eu visse. Estava agora encostado na parede, tomando um gole de uísque. Olhava diretamente para mim. Era a mesma expressão intensa que tinha usado na noite em que nos conhecemos, enquanto me observava dançando.

– Sinto muito – eu disse apenas movimentando os lábios e com os olhos lacrimejando. – Estraguei tudo.

Will estava dizendo algo, mas não prestei atenção. Eu estava focada demais na maneira como Max lambia os lábios. E, então, seus olhos sorriram de um jeito muito familiar, e ele movimentou os lábios dizendo:

– Você está linda.

Will tinha perguntado algo. *O que foi que ele disse?*

Assenti e murmurei:

– Sim...

Mas ele riu, balançado a cabeça.

– Isso não foi uma pergunta de sim ou não, minha querida Sara.

– Eu... – tentei me concentrar. Mas, atrás dele, Max deixou o drinque de lado e começou a andar diretamente para mim. Arrumando meu vestido, eu ajeitei minha postura e tentei manter meu rosto impassível. – O que você perguntou mesmo?

– Max está vindo para cá, não é mesmo? – Will disse, olhando para mim com visível diversão.

Assenti de novo.

– Humm.

Eu não havia percebido o quanto estava perto da parede até estar pressionada contra ela, com a boca de Max quente e macia me beijando e sussurrando meu nome de novo e de novo. Eu queria dizer alguma coisa, queria fazer piada por ele me beijar daquele jeito no meio de sua própria festa, mas fiquei tão absorvida pela intensidade do meu próprio alívio que apenas fechei os olhos, abri a boca e deixei sua língua deslizar contra a minha.

Ele arranhou meu queixo com os dentes, chupou meu pescoço. Por cima de seu ombro, vi que todos na sala tinham parado de conversar e agora nos encaravam com olhos arregalados. Alguns já estavam discutindo no ouvido um do outro o que viam.

– Max – sussurrei, agarrando seus cabelos para puxar sua cabeça de volta. Eu não conseguia parar de sorrir; sentia como se meu rosto fosse se partir ao meio. Ele olhou para meus lábios, com olhos semicerrados, como se estivesse bêbado por minha causa. – Nós temos uma plateia.

– Não é esse o seu fetiche? – ele se inclinou e me beijou mais uma vez.

– Eu gosto de um pouco mais de anonimato.

– Problema seu. Acho que já tínhamos concordado que esta festa serviria para anunciar nosso namoro.

Eu me afastei, estudando seus olhos enquanto se tornavam mais sóbrios.

– Eu sinto muito mesmo.

– Acho que já está óbvio que eu também quero ficar com você. Eu apenas precisava... de um momento para me recompor – ele disse num sussurro.

– Entendo totalmente.

Max sorriu e beijou meu nariz.

– Pelo menos tiramos isso da frente. Mas agora eu já mereço o direito de um julgamento justo. Não quero mais ver a Sara Desconfiada.

– Eu prometo.

Ajeitando-se, ele enlaçou meu braço e se virou para seus convidados perplexos. Então, anunciou para todos ouvirem:

– Desculpe a interrupção. Acontece que eu não via minha namorada fazia duas semanas.

As pessoas sorriram em nossa direção como se fôssemos a coisa mais charmosa do mundo. Era uma atenção muito familiar, do tipo que recebi por vários anos. Mas desta vez era *real*. Aquilo que descobri com Max não tinha nada a ver com pesquisas de eleitorado ou imagem pública. Pela primeira vez em minha vida, o que acontecia na intimidade era mil vezes melhor do que as pessoas de fora podiam enxergar.

E ele era meu.

Max ainda estava lá fora se despedindo dos últimos convidados quando entrei em seu quarto para olhar as fotos novamente. Elas revelavam tanto de nossas emoções que quase faziam com que eu me sentisse completamente nua.

Ouvi quando ele entrou no quarto e fechou a porta silenciosamente.

– Como você conseguiu aguentar?

– Aguentar o quê? – ele se aproximou e se abaixou para beijar meu pescoço.

– Ver essas fotos todos os dias – apontei para a parede. – Se estivessem na minha parede enquanto estávamos separados, isso teria me machucado tanto que eu acabaria enrolada no cobertor, sobrevivendo apenas de chocolate.

Ele riu e me virou para encará-lo.

– Eu ainda não estava pronto para desistir de você. Eu estava me sentindo horrível, mas ficaria ainda pior se admitisse que tudo estava acabado.

E esse foi o presente que ele me deu, um lembrete de que o copo não estava apenas cheio pela metade, estava transbordando.

– Isso vai esgotar você às vezes – eu disse. – Essa coisa de você ser otimista por nós dois.

– Ah, mas eventualmente eu vou fazer você enxergar o meu lado das coisas – ele estendeu a mão atrás de mim, abriu o zíper do meu vestido e o deslizou por meus ombros. O tecido caiu aos meus pés e senti o prazer de ter seus olhos pousados em minha pele.

Quando olhei para seu rosto, ele parecia tão sério que até fez meu estômago doer.

– O que foi?

– Você poderia partir meu coração. Você sabe disso, não é?

Confirmei, engolindo em seco.

– Eu sei.

– Quando eu digo "eu te amo", não estou querendo dizer que amo o que você faz pela minha carreira, ou que amo o fato de você sempre estar disposta para uma transa. Quero dizer *eu te amo*. Amo fazer você dar risada, amo suas reações, amo descobrir as pequenas coisas sobre você. Amo quem eu sou ao seu lado, e estou confiando que você não vai me machucar.

Talvez por ser tão alto, e largo, e estar constantemente sorrindo, e ser impossível de ofender, Max *parecia* tão formidável, como se nada pudesse abalar sua pessoa. Mas acontece que ele também era apenas um ser humano como todos nós.

– Eu entendo – sussurrei. Era tão estranho estar do outro lado, ser a pessoa que estragou tudo e a pessoa que recebeu uma nova chance.

Ele me beijou e se afastou, tirando o casaco e o pendurando num gancho. Eu vi sua câmera numa prateleira do outro lado do quarto e fui até lá. Achei o botão para ligar, levantei e ajustei a lente.

Enquadrei Max, que estava me observando e abrindo a gravata.

– Eu também te amo – eu disse, aproximando o zoom e fechando em seu rosto. Cliquei algumas fotos em rápida sucessão enquanto ele continuava me encarando com uma expressão faminta. – Tire as roupas.

Ele tirou a gravata e a deixou cair, com os olhos cada vez mais sombrios. Em seguida, começou a abrir os botões da camisa.

Clique.

– Um aviso – murmurei por trás da câmera enquanto ele abria a camisa. – Eu provavelmente vou precisar lamber cada centímetro do seu peito hoje.

Um sorriso surgiu no canto de sua boca. *Clique.*

– Por mim tudo bem. Mas talvez eu insista para que você desça um pouco mais.

Tirei uma foto de sua mão sobre o cinto, de suas calças no chão e de seus pés, ao ficarem bem na minha frente.

– O que você acha que está fazendo? – ele perguntou, tirando a câmera das minhas mãos.

– Tirando fotos para o *meu* quarto.

Ele riu e balançou a cabeça.

– Já para a cama, flor. Aparentemente você precisa se lembrar de como isto funciona.

Subi na cama, sentindo os lençóis frios e o colchão afundando com meu peso. Ele estendeu um braço, ajustou minhas pernas e me estudou.

Clique.

– Olhe para mim – ele murmurou.

A luz do horizonte de Manhattan banhava meu corpo, iluminando uma faixa de pele em meu peito. Seu dedo percorreu minha coxa quando olhei em seu rosto, que estava parcialmente coberto pela câmera.

Clique.

Suspirei, fechando os olhos e sorrindo.

Nova vida. Novo amor. Nova Sara.

Agradecimentos

Nenhuma palavra deste livro poderia ser escrita sem o apoio de nossos maridos, Blondie e dr. Mister Shoes. Nós continuamos chocadas por, coincidentemente, termos encontrado os dois melhores homens deste planeta. Obrigada por tudo que vocês fazem para apoiar esse nosso trabalho maluco.

Nossa agente, Holly Root, provavelmente nasceu da mistura de magia, *cupcakes*, poeira das estrelas e lágrimas de unicórnio. É claro, não temos certeza disso, mas simplesmente parece impossível que uma pessoa tão maravilhosa possa ter surgido deste nosso humilde planetinha.

Agradecemos a Adam Wilson, nosso hilário editor e o nome que mais amamos ver em nossas margens. A lista das expressões dele (os Adamnismos) que são nossas favoritas está ficando tão longa que precisamos criar uma planilha. Obrigada por aguentar nosso estilo ridículo e por nos levar a querer fazer direito pela primeira vez.

Agradecemos a Mary McCue e Kristin Dwyer, nossas assessoras na Simon & Schuster Gallery. Seu entusiasmo e apoio já nos impulsionou demais, e, agora, queremos apenas sentar em sua sala e ficar olhando com cara de bobas para vocês. Agradecemos também a todos na Gallery: Jennifer Bergstrom, Ellen Chan, Natalie Ebel, Julia Fincher, Liz Psaltis: obrigada por tudo que fizeram para editar, promover e apoiar *Cretino irresistível* e *Estranho irresistível*. A Simon & Schuster deve ser um lugar fantástico para trabalhar, porque todas vocês são preciosas.

Para nossas colegas escritoras e leitoras Erin, Martha, Kellie, Anne, Myra, Amy, Tonya e Moi: graças a Deus vocês gostaram logo de cara, porque acho que não conseguiríamos reescrever em apenas uma semana. Há! Há! ::um brinde:: Nós não adoramos os nossos livros até consertarmos tudo o que vocês dizem que está errado.

Alison e Anya, agradecemos demais por sua ajuda com a cidade de Nova York, mesmo que talvez vocês fiquem horrorizadas com o que fizemos com suas informações. (A quem estamos enganando? Vocês sabiam desde o começo.) Helen, obrigada por nos ajudar com as expressões britânicas. E, Ian, obrigada por beber tanto com a Lo que agora ela consegue imaginar todos os palavrões com o seu sotaque! Spangly, sua ajuda com o mundo das artes foi inestimável porque, se ficássemos apenas com o nosso conhecimento, só poderíamos falar da *Mona Lisa* e imaginar esculturas feitas de maquiagem e esmalte de unhas. Lauren Suero, agradecemos eternamente por todo o trabalho de promoção. Você é um poço de sabedoria (e possui sapatos incríveis).

Todo nosso amor para as nossas leitoras, tanto as antigas quanto as recentes. Obrigada pela torcida e por continuarem nos apoiando. Não poderíamos fazer nada disso sem vocês. Se preferirem manter suas calcinhas intactas, ao menos esperamos que tenham um momento depravado numa biblioteca.

E, finalmente: Christina, você é a calma no meio do meu furacão. Lo, você é o furacão ao redor da minha calma. Fazer isto juntas é a maior diversão. Agora, é hora de comer o bolo.

Este livro foi composto nas fontes Adobe Garamond Pro,
ChopinScript, AgencyFB e Neutraface Text,
e impresso em papel *Norbrite* 66,6 g/m² na Imprensa da Fé.